はなのワルツ

「花のワルツ」を踊り終った。その瞬間、けれども下りて来る幕がまだ彼女等の胸を隠しきらないのに、友田星枝はいきなり姿勢を崩した。

《花的圆舞曲》结束了。刹那间，未等落下的帷幕全部遮挡她们的胸脯，友田星枝的姿势猝然松垮下来了。

［日］川端康成 著
かわばたやすなり

陈德文 ⊙ 译

花的圆舞曲

图书在版编目(CIP)数据

花的圆舞曲 /（日）川端康成著；陈德文译. - - 北京：人民文学出版社，2025. - -（川端康成作品精选）. - - ISBN 978-7-02-019222-9

Ⅰ. I313.45

中国国家版本馆 CIP 数据核字第 2025LC0561 号

责任编辑	陈　旻
装帧设计	刘　静
责任印制	王重艺

出版发行	人民文学出版社
社　　址	北京市朝内大街 166 号
邮政编码	100705

印　　刷	侨友印刷（河北）有限公司
经　　销	全国新华书店等

字　　数	220 千字
开　　本	880 毫米×1230 毫米　1/32
印　　张	9.25　插页 3
印　　数	1—4000
版　　次	2025 年 7 月北京第 1 版
印　　次	2025 年 7 月第 1 次印刷

书　　号	978-7-02-019222-9
定　　价	42.00 元

如有印装质量问题，请与本社图书销售中心调换。电话:010- 65233595

目　录

花的圆舞曲 …………………………………… *1*

　　译后记 ………………………………… *75*

湖 ……………………………………………… *77*

　　译后记 ………………………………… *179*

睡美人 ………………………………………… *183*

　　《睡美人》解读 ……………… 三岛由纪夫 *258*

臂腕 …………………………………………… *261*

　　论川端先生的《臂腕》 ………… 三岛由纪夫 *284*

附录　川端康成简谱 ………………………… *286*

花的圆舞曲

一

《花的圆舞曲》结束了。

刹那间,未等落下的帷幕全部遮挡她们的胸脯,友田星枝的姿势猝然松垮下来了。

早川铃子单腿脚尖独立,一侧的下肢正在向上大劈叉,体重的压力集中于同星枝相牵的一只手上。就是说,铃子和星枝两副身子正在描画一种共同舞姿时,仿佛半个身子被突然切割。正向地面倒去的当儿,铃子突然抱住星枝的腹部。

星枝的一条腿趁势打个趔趄,铃子的脸孔紧贴星枝的腹部向下滑落。她想改变这种奇怪的姿态重新站直,不料一只腕子又猛然扑在星枝的肩膀上。

"混账!"

铃子扇了星枝一个耳光。

突然动手打人,连铃子本人也惊呆了,她凝视着星枝的面孔。

"这辈子再也不和星枝一起跳舞了。"

铃子说着,浑身没了力气,不由向星枝的肩头靠过去。

星枝突然转过肩头,她并非想摆脱铃子,也不是出于挨打的愤怒。然而,失去支撑的铃子向前倾倒,两手向地面冲去。

星枝仿佛不知道这是自己造成的,她头也不回,呆呆站立着,厉声说道:

"我这辈子也不会再跳舞啦!"

此时,大幕已经落到地面。

随着布幕落地的响声,观众暴风雨般的掌声随风远逝,蓦地静止下来。

舞台的照明也稍稍变暗了。

当然,这是为回应观众席喝彩,于大幕再度升起之时,使得舞台重新恢复明亮与华丽做准备。舞女们也都等着这一刻,继续保持刚才的舞姿,迅速跑动回去。舞台两侧静候着献花的少女。

掌声的波涛再次响起。

"不能那样任性的啊!"

铃子胡乱抱住星枝的肩膀,随着大伙儿身后往回走。

星枝似乎忘记了走动,像个木头人一样呆然而立,一任听从铃子的摆布。

"对不起,我是打了你这里吗?"

铃子一边笑着,一边将手伸向星枝面颊,星枝转过脸去,喃喃自语:

"我一辈子不会再跳舞了。"

"你想过没有,要是被观众看到了怎么办?我们会遭到耻笑的啊,报纸上也会报道的。今晚的演出就都前功尽弃了。观众应该确实没看到吧,好在大幕遮盖了一切,或许只露出脚来。最多看我摇晃一下,不过,肯定不会知道的。看那热烈鼓掌,就是为了要我们返回舞台啊!我们肯定也会谢幕的。"

铃子摇晃着星枝的肩膀。

"咱俩应该好好向老师检讨,多亏老师今晚上没有看到。"

两人走近舞台侧面,蜂拥在一起嬉笑打闹的舞女和少女们一时安静下来。铃子脸上稍带羞赧,露出微笑;而星枝一味紧绷着面孔,默然无语。再说那样的场面,有一种令人沉默的氛围。

这时,大幕又拉起了。

舞女们相互示意,手牵手出现在舞台上。她们让铃子和星枝走在最前头。

她俩站在中间,所有人在舞台上排成一列,向鼓掌的观众致意。

这时,少女们各人手捧鲜花,献给铃子与星枝。

这些献花的孩子都是不到十一二岁的少女,其中年龄最小的只有六七岁,一律穿着振袖和服①。她们的母亲、姐姐,以及没有参加《花的圆舞曲》演出的舞女们,都身穿其他舞台的服装,抚摸着少女们的头发,给她们整理好腰带,提前在舞台一角照料着,叮嘱她们不要在舞台上出差错,告诉她们应该把鲜花献给谁。

花束集中到星枝和铃子手里。

《花的圆舞曲》是专门为她们两人编排的舞蹈,动作设计也一样。其余舞女都是作为两人的背景或舞蹈的陪衬上场的。为了突出她俩的形象,服装也和其他舞女不同。

观众为献花的少女们送上热烈的掌声。

铃子和星枝怀里揣满鲜花,遮盖了前胸。

眼看一个脚步蹒跚的最小的孩子,献花献迟了。她手捧一束纤细的淡蓝色鲜花,似乎比大圆盘的向日葵小一些。女孩儿虽说站在星枝面前,但孩子的身材与花束都很小,星枝似乎没有看到。

"星枝,这么美丽的鲜花,是送给你的呀。"

铃子从旁提醒她。女孩迟疑地望着星枝的脸,听到铃子的声音,

---

① 振袖和服:未婚少女穿着的宽袍大袖式样的和服。

就把花献给了铃子。

"不是的,是给星枝姐姐的呀。"

铃子说着,用眼神向女孩儿示意,但那女孩没明白她的意思。这样一来,星枝也不好从旁边夺去。铃子高高兴兴接过蓝色的花束,摸着女孩儿的头低声说:

"谢谢你,回去吧,妈妈在那儿叫你呢。"

穿着振袖和服的少女们,完成献花的使命退了下去。舞台上的舞女们再一次向观众鞠躬致意。幕徐徐落下。

"这是星枝你的花。"

铃子说着,将那一小束花插在星枝满抱鲜花的胸前。

"你为何不接呢?就连那样的小孩子,你都让她在舞台上出丑,太过分啦。看她都要哭了呀。"

"是吗?"

"独木不成林,记住这句话吧。"

铃子说着,笑了。

小小的淡蓝色花朵,夹在玫瑰和康乃馨的花束之间,反而显得更加艳丽。

舞女们你一言我一语,有的说可爱,有的说别致,有的说好看,有的说仿佛像神话世界的王冠,还有的说像梦幻之国的糕点,不约而同地一起好奇地注视着星枝的胸前。

"香吗?"

有人接过去看。

"真想手拿这束鲜花跳舞啊。是什么花来着,星枝是什么花呀?"

"不知道。"

"这花从未见到过。这么使人印象深刻的花儿,献花的到底是什么人?"

星枝随手接过重新还回来的花束。

"这花枯萎了。"

那人吃了一惊,望着星枝的脸孔,星枝又说了一遍。

"花枯萎了。"

"没有枯萎呀,在这里先不说这话,回去插在花瓶里就好了。要是给献花人听到了,多不好啊。"

"是枯萎了嘛。"

站在稍远处看着这一切的铃子开口了:

"要是你以为枯萎了,不喜欢,那就给我吧。因为我错接了过来,毁了你的心情不是?"

星枝默然,忽地将花扔过来,这花虽然最后回到铃子手里,但途中有个东西掉落在舞台上了。那是缀着宝石的项链,看样子是藏在花里,系在花枝上的。一两枝鲜花也随着项链坠下来了。

星枝几乎在扔掉花束的同时,急忙穿过舞女队列,跑到刚才献花的女孩儿面前,跪下了,说道:"啊,对不起,是姐姐不好,原谅我吧。"

说着,连同怀里的花束,顺手将女孩儿抱起来,跑步登上通往后台的阶梯。动作快捷,就连掉下的项链也未看见。

"星枝!"

铃子带着峻厉的目光望着她的背影,捡起项链后,看了看系在蓝色花束上小小的名牌。一两个舞女也过来盯着看。

"胜见,铃子认识这人吗?"

"知道。"

"是个男士?"

铃子没有回答。

星枝快步攀登,胸前的鲜花掉落在阶梯上,她都很麻木。一只脚上的舞鞋带子散开了,她一脚甩掉。鞋子落到下边远处的走廊上,她连头也不回。

这期间,观众要求演员返场的掌声不绝于耳。

乐队走向乐池,掌声进一步高涨。

铃子猛地打开门扉。

"返场啦,星枝,返场啦!"

她一走进后台,就把项链悄悄放在星枝的镜台角上,抬眼斜睨了一下星枝,故意朗声说道:

"有什么悲伤的,返场啦!乐队都坐好了,等着呢。你一个人在这里闹情绪,真是不懂道理。"

抱来的女孩子不知去哪里了。星枝一个人站在窗前,眺望着夜间的大街。

"你不要惹恼了大家。"

铃子伸手挽着她,星枝也不反抗,跟随铃子走了五六步,在穿衣镜前站住了。

"哎呀,瘸脚丫儿,你的舞鞋呢?"

铃子在镜子里看到星枝的脚。然而,星枝只顾自己的脸。

"这张脸没法再跳。"

"观众根本看不到脸。"

"铃子,你不是说这辈子再也不和我一起跳舞了吗?"

"这辈子还要跳,咱俩跳上一辈子。舞鞋丢哪儿了?"

"我可不想跳,我没心情再跳舞啦!"

"那么,你考虑别人的心情了吗?你绝对不可这样。请你想想,今晚上不是老师专为咱们两个筹划演出的吗?这么多人为咱俩忙里忙外,费尽心血,你一点都不知道?即使心里悲戚,脸上也要露出微笑。你看观众,他们多么高兴!"

"真的高兴吗？可我心情那么糟,怎么能跳得好。"

"你没有听到鼓掌吗?"

"听到了呀。"

"好啦,快把鞋子穿上,鞋子在哪里呀?"

后台是一间逼仄的西式房间,墙边高起之处铺着榻榻米,并排放置着镜台。有一面大穿衣镜。墙上挂不下全部舞装,中央低矮的桌子上也堆满了。此外,桌子上还胡乱摆着观众赠送的花篮、糕点盒以及花束。

榻榻米下边并排摆放着的脱掉的各种舞鞋,铃子蹲在一旁,焦急地寻找星枝的另一只舞鞋。这时,门打开了。

她们的老师竹内来了。他一只手拿着星枝的舞鞋,走近星枝,若无其事地放在她的脚边。

"掉了呀。"

他沉静地说着。

"啊,老师!"

铃子涨红了脸,飞快跑过去,跪在星枝面前,给她穿上舞鞋。

星枝将脚完全交给了铃子,凝神望着竹内。

"老师,我不想跳舞了。"

说罢,她转过脸去。

"管你想跳不想跳,舞蹈总归是舞蹈,这就像人的一生一样。"

竹内笑着,坐到自己的镜台前,开始化妆。

他已经穿起了一半舞装,就近瞅着他化了舞台妆容的脸,比起将要年过半百的实际年龄,面孔掩盖不住老境的凄凉。

铃子和星枝走出后台,当她们一条腿跨上阶梯时,木管早已奏响了序曲。

观众的掌声顿时静止下来。

二

这是柴可夫斯基《胡桃夹子》中的《花的圆舞曲》。

三四年前竹内舞蹈研究所举办的新作观摩大会上,曾经演出过《胡桃夹子》全部组曲,包括《糖果仙子舞》《俄罗斯特雷巴克舞》和《咖啡阿拉伯舞》等。

当时,星枝跳了《中国茶舞》,铃子跳了《芦笛舞》。

《胡桃夹子》的内容原是根据圣诞之夜一位少女梦中所见而创作的童话故事舞曲。

那时候,铃子和星枝都是正当做胡桃夹子美梦的年龄的少女。

《花的圆舞曲》作为压轴,花样年华的少女们翩翩起舞,宛若群芳绽放。

这首舞曲成为她们愉快的回忆。

竹内为两位女弟子扬名于世做准备,今夜专门举办"早川铃子·友田星枝首届舞蹈艺术汇报演出",曲目中特别加入了《花的圆舞曲》,并以她们二人为领衔主演,重新修订了原有的动作设计。

星枝和铃子一走出后台,竹内便立即走过来,拿起星枝镜台上的项链看了看,又悄悄放回原处。然后,无意识地摸一摸挂在墙上带着女孩儿气息的戏装。

衣服、花束和化妆道具越是凌乱不堪,就越是显得富于青春朝气。

两人下了阶梯,走向舞台一侧,乐队早已奏起华尔兹主题曲,舞女们一边跳跃一边等待主角登场。

"友田,友田!"

后面有人呼叫,星枝没有听见,预先做好舞姿出场;同时,铃子从另一侧走到舞台中央,与星枝相会。

"没事吧?挺好的。"她小声鼓励星枝。

星枝只用眼睛示意没问题。

接着,铃子一边跳跃,一边担心地时不时望着星枝,两人又一次接近时,她对星枝发话:

"我好高兴,心情好些啦?"

第三次接近时则说:

"好棒,星枝!"

然而,星枝似乎没有听到,她只顾跳舞,如入无我之境,昂奋而又热烈。

铃子看在眼里,自己的动作变得有些零乱,肉体和精神都未能完全入戏,浑身显得很不自然。

不一会儿,两人再次靠近,互相牵手。

"撒谎!可恶!"

铃子不知是嫉妒、愤怒还是悲戚,她焦躁不安,不久又说道:

"太过分啦!好可怕的人啊!"

星枝只是一门心思跳舞。

铃子一心不甘后人,舞姿里涌动着青春的激情。

不料,一边同星枝相争,一边跳跃的铃子,以及对于铃子的争斗之心浑然不觉的星枝,却造就了一场互不协调的美丽。两人的动作,不像是款款飞行的蝴蝶的羽翅。

当然,观众不知道这些,一曲终场,她们又被掌声再度唤回舞台。

星枝同刚才相比,完全像另一个人,她精神昂扬,旁若无人,连声音都充满兴奋。

"太好啦!从来都没有跳得这样痛快。音乐和舞蹈完美一致!"

铃子也满怀高兴地回应观众的喝彩。她走到舞台一侧,在那里

身穿东方舞装、观看跳舞的竹内,抱住铃子的肩膀,安慰她道:

"跳得好啊。"

老师话音刚落,铃子满含热泪正要投向竹内怀里,又猝然转过身子,抢在舞女们头里,登上阶梯,跑回后台去了。

星枝用口哨吹着刚跳过的圆舞曲中的一节,蹦蹦跳跳走进化妆室。

"撒谎,耍阴谋,自私自利!我上你的当了!骗人,卑鄙!"

"哎呀,生这么大的气?"

"好样的干吗不正儿八经地斗一斗?"

"我讨厌和别人斗!"

星枝急不可待,她一把撸掉花束上的花瓣儿,撒在地上。

"不要碰我的鲜花!"

"这是你的?谁要同你争啊?"

"是啊,你就是彻头彻尾的个人主义者。为所欲为,没见过像你这样可怕的人。"

"你真生气啦?"

"我说的不对吗?刚才还在怨天尤人,垂头丧气,说什么不想跳舞,不是吗?弄得我放心不下,上了台还在记挂,自己跳得反而缩手缩脚。有这么可恨的吗?而你星枝,一转脸儿什么都忘了,自己跳得风风火火,好不高兴!真是个骗子手,撒谎家!"

"你说的我一概听不懂。"

"不觉得卑鄙吗?想点子骗人!对别人使绊子,只顾自己跳得好。"

"才不是呢,那些事儿不怪我。"

"不怪你怪谁?"

"怪舞蹈呀,一旦跳起来,什么都忘了。要是想着要好好跳,反而跳不好呢。"

"看来,你星枝真是个天才!"

铃子只顾冷嘲热讽,可是话音里连她自己都觉得可悲。

"我不会服输的,决不服输!"

铃子焦躁不安,一边整理那里的戏装,一边叨咕。

"好吧,走着瞧,星枝,今后你肯定要吃大亏的!说不准什么时候扑通一声,一落千丈。在别人眼里,凭你的性格,就是属于那种悲剧谷里走钢丝的主儿。自己倒不觉得什么,其实既危险又可怜。大家都为你揪着心呢,想着千万别出事啊!所以人人都让着你点儿。你自己反而不知道,一个人独自逞强。"

"我在舞台上只顾高高兴兴地跳舞,有什么不对呢?"

"高兴,高兴,你只顾自己高兴,还想到过别人高兴不高兴?"

"在舞台上一边跳一边还要想别人,我可不是那种可恶的世故之人,想起来都可悲,心里一点儿也不痛快。"

"要是世人都服你,那还真了不起。"

铃子随之放低嗓门说:

"不过,在舞台上获得成功,成为舞蹈明星,不是靠勤奋和才能,而是像你星枝这样的韧性,这才是最重要的。那好吧,你就把我踏碎在脚下,只顾自己成名好啦!"

"根本不是。"

"那么,我问你,别人对你那么关心和爱护,你有没有放在心里?"

星枝没有回答,只是望着镜中的自己。

铃子悄悄来到星枝背后,和她脸贴着脸对着镜子说:

"凭着这副态度,星枝你也能喜欢上什么人吗?那时你会是一副什么面孔呢?真想见识见识啊。"

"我才是一副苦相。"

"瞎说。"

"看不出来是因为化了妆。"

"快点儿拾掇拾掇衣服吧。"

"不用,女佣会来的。"

这时,竹内从前台回到后台。

继《花的圆舞曲》之后,又有竹内参演的一出舞剧,至此,今晚的演出结束了。

铃子翩然跑着迎了过去。

"今天晚上全靠老师多方关照,太感谢啦。"

铃子用毛巾揩拭着竹内肩头和脖子上的汗水。星枝坐在自己的镜台前没有动。

"谢谢老师。"

"祝贺你们,大获成功。"

竹内的身子一任铃子摆布,自己只顾擦拭脸上的妆面。

"都是托老师的福啊!"

铃子为竹内脱掉戏装后,给他擦擦光裸的脊背上的汗水。

"铃子,铃子!"

星枝尖着嗓子带着谴责的口气高声呼叫,用白粉刷子敲打着镜台。

铃子装着没听见,到洗漱间洗洗毛巾拧干后,一边仔仔细细为竹内擦干净前胸和后背;一边愉快地交谈着今晚的演出。最后,她仿佛抱起竹内的脚,一只手捧住,一只手为他擦拭足底和脚趾丫儿。接着,又为竹内按摩小腿肚。

铃子高高兴兴地做着这一切,情致殷殷。站在旁人的角度,这一切看起来她对老师真心实意,不藏半点虚假。

但是,由于铃子的动作过于娴熟,并且仍是一身舞装,肌肤裸露,在别人眼中宛如窥探密室中的一对情侣。

"铃子!"

星枝又喊了一声,这是带有神经质的厌恶感的尖锐呼叫。于是,她霍然起立,走出屋门。

竹内默默目送着她远去。

"啊,可以了,谢谢。"

他走到房间一角的洗漱间一边洗脸一边说道:

"听说南条呀,下周要乘班轮回来啦。"

"哎呀,真的吗,老师?太叫人高兴啦。这回是真的要回来了吗?"

"是的。"

"他还会记得我吗?"

"那时你多大了?"

"我十六七岁。南条君曾经埋怨说,和一个不曾恋爱过的女孩子一同跳舞,实在跳不出什么味道来。这些他都还记得吗?"

"他当然会记得的。这回他肯定会主动邀请你一起跳舞的。他或许觉得还是没有恋爱的人更好。当他看到那个被他当小孩子看待的人,眼下成为一名舞蹈明星,一定会感到惊奇的啊。"

"真是的,老师。本来,我指望他回来教我跳舞呢,眼下反而觉得有些害怕,及早担心起来。他在英国的学校苦读、深造,接着又去法国观看一流明星跳舞,哪里瞧得上我这等人。"

"男人总不能一直单独跳舞,总得有个女舞伴才行。"

"不是有星枝吗?"

"你不能甘拜下风啊。"

"南条君要是瞧着我,我一定会惶恐不安,浑身打哆嗦的。而星枝依旧可以沉着冷静地跳舞。要是有个好舞伴,她自己也会达到走火入魔的神奇之境,一跃跳出异乎寻常的水平来。她好可怕呀。"

"难为你想得真多。"竹内稍稍有些不悦,他接着说:

"南条归来后,所里准备尽早为他举办汇报演出,到时候你们俩和他同台共舞。以南条为中心,三个人齐心合力,推动咱们研究所发展起来。我也好就此安心地隐退了。你也吃了不少苦,你要和南条君携起手来共创辉煌!研究所地板也需要更换了,墙壁也要重新粉刷。"

铃子联想到,南条的归来比预期延迟了两三年之久,竹内也一直为此而担心来着。所以,这回去横滨迎接指不定有多高兴呢!

"他是绕道美国回来的吧?"

"好像是。"

"为何'好像'是呢?"

铃子有些吃惊,她又问老师,南条有没有在信或电报里说清楚呢?

"其实是从新闻记者嘴里听说南条君要回来,我也是刚在这里知道的。"

"啊?这种事儿,他预先怎么没有告诉老师一声呢?"

铃子一时愕然,看到竹内阴郁的脸色,随之同情起老师来。同时感到自己也将被南条抛弃,于是失望地突然哭了起来。

"简直不可相信,一切全靠老师的栽培,他才有机会出国留学。真是个知恩不报的狂人!老师,您为何还要到横滨接他呢?我讨厌他,无论如何,我都不会和他一起跳舞。"

三

星枝走到廊下的时候,负责道具和照明的人员一个个焦头烂额,正在忙着收拾东西。乐手们早已携带着乐器回去了。

晦暗的观众席空无一人。

会场管理人、舞女们的家人亲友以及她们的舞迷的学生和小姐,各自带着兴奋的表情,有的在评论今晚的演出,有的坐在长椅上等待,有的前往后台。

说是舞女,其实都是研究舞蹈艺术的学生。她们并非一直在舞台上服务,立志将来当舞蹈家的人也很少。一半是女中学生或小学生,多是富贵人家的女孩子。

她们的化妆室比铃子等人的化妆室宽敞,有的换下戏装,有的去后台浴室洗澡,有的化妆,有的寻找献给自己的花束……人人都在忙着做回家的准备。一派热烈的气氛中,演出后兴奋的余波,也荡漾于青春的话音之中。

星枝在廊子上受到各类人物例行公事般的祝贺:

"恭喜演出成功!"

有人请她签名,对她赞不绝口。

即便如此,她也是随便应酬一下。当她在舞女们的化妆室里玩的时候,她家的女佣在走廊上呼叫她,她们一起回到星枝自己的化妆室。

打开房门,铃子正站在竹内身后,为他穿上西服。

和刚才不一样,星枝虽然注意到了,但没有瞧一眼,只是把自己的戏装一一指点给女佣看:

"这件,这件,还有这件……"

铃子向她示意,她也认真点点头,披上春季的外套,两人一起把竹内送到门口。

未等竹内开车离开,铃子就兴冲冲地告诉星枝南条下周乘船归来的消息。

"是吗?"

星枝淡然应道。

"不过,他没有预先通知老师。知恩不报,哪里有这样的狂人?太过分啦!我太为老师痛心了。"

"可不是嘛。"

"要是舞蹈演员们一起抵制他,在报上写文章抨击他就好了。我们约好不去迎接,也决不和他同台演出,好吗?"

"好啊。"

"不行,真令人信不过,你应该更加愤怒才是。你也是个薄情之人,这一点不比南条君差。"

"什么南条君,我不认识他呀。"

"老师不是经常像谈论自己的孩子一样提起他吗?你没看过他跳舞?"

"他的舞蹈我是看到过的。"

"跳得很棒吧?人们都说,日本第一个西洋舞蹈的天才诞生了。他是日本的尼金斯基[1],日本的谢尔盖·利法尔[2]。所以,老师不惜

---

[1] 瓦斯拉夫·弗米契·尼金斯基(1890—1950):俄罗斯芭蕾舞艺术家,演员、舞美设计师,父母皆为波兰人。一九〇〇年十岁时进入圣彼得堡马林斯基剧院附属舞蹈学校学习舞蹈,十八岁成为该剧院芭蕾舞明星。所演曲目有《牧神的午后》《玫瑰花精》《春之祭礼》等。

[2] 谢尔盖·利法尔(1905—1986):诞生于俄罗斯的法国芭蕾舞艺术家,早年受到尼金斯基姐姐栽培,后又在芭蕾舞艺术大师指导下,系统学习芭蕾艺术,一生参演过众多曲目,其中有《猫》《颂歌》《铁蹄》等。

重金,借钱送他出国。从此,竹内研究所变得贫困起来了。"

"是吗?"

此时,星枝的司机和女佣提着她的衣箱以及别人赠送的彩带绣球走出来,彼此会合了。

坐在走廊长椅上的一位青年站起身来,紧跟星枝其后。

"友田姐姐!"

"哎呀,您在做什么,怎么还不回家呢?"

星枝目无表情地打他面前通过。

铃子回到后台,洗干净脸,躲在屋角屏风后面,脱去戏装,对星枝说:

"为了我们两个今晚的演出,老师也十分艰难地筹措了一笔资金啊。"

"是的。"

星枝看到她前胸和胳膊上还有白粉,说道:

"不洗个澡回去吗?"

"星枝你也要考虑考虑,研究所的房子、乐器,以及所有值钱的东西都作了抵押。为了今晚演出的租场费,老师就往来奔波了三四天。"

"制装费似乎也欠下好多,戏剧服装店常来讨债,令人心烦。"

"我说星枝啊。"

铃子看来有点儿不堪忍受。

"'门里门外两重天',你知道什么意思吗?"

"我知道。就是说,一旦贫穷,缎子腰带也会卖掉。"

"你星枝说不定也会有卖掉缎子腰带的一天,因为乞丐也要吃米饭。你太缺乏人情味啦。就拿刚才来说,一副令人生厌的表情,太过分啦!作为老师的一名学生,为何就不能照顾老师一下呢?"

"太碍眼啦!"

"碍眼?什么叫碍眼?"

"碍眼就是碍眼。老师光着膀子,太不像样了,真亏你动得了手。"

"哎呀。"

铃子出乎意料,她的胸口似乎被人捅了一刀,再也说不出话来。

"洗洗澡吧。"

"你是叫我洗洗手对吗?"

铃子似乎遭受了屈辱,绷起面孔。

"铃子你那一番表现,我有点儿看不惯。"

"可是……"

"我觉得很可怜!"

星枝又进一步强辩道。

铃子像斗败的鸡,沉默不语。

"因为可怜,所以我看不下去,看了生气。"

"为了我吗?"

"是的。"

"我懂了,我很高兴。"

铃子自言自语。

"千金小姐,就是不同于贫苦人家的姑娘,生来的性格,没办法。不过,我是觉得老师很可怜,真心想为他尽把力。并非为了做贴身门生而有意换取老师的欢心,才去照顾他日常起居的。我只是很愿意这么做。说实在的,咱们女人家,结了婚还不就是干这些吗?"

"要是别人,爱干什么干什么,我才不管呢。我不是喜欢你吗?所以看不顺眼,心里难受来着。"

"嗯。"

铃子抱住星枝的肩膀,让她坐到镜台前边。

"我给你化化妆吧。"

星枝顺从地点点头。

两人都换上了自己的西服。

铃子一边为星枝整理头发,一边说道:

"我十四岁就成为老师的一名贴身弟子,他送我上女校,像对待自己的女儿一样呵护我。但我也和女佣一起在厨房里忙活着。毕竟是在别人家里,各种事情使我处处倍加小心。首先体察别人的心情,然后再考虑自己的心情。我一心想学舞蹈,一直承受着这一切。"

"别人的心情?从旁真的能明白别人的心情吗?我很怀疑。"

"我不愿谈论那些冠冕堂皇的大道理。老师没有夫人,或许正是这个缘故,我更加了解老师的心境。要是没有我在他身旁,很难想象,老师将会是什么样子。可能他会一直穿着脏污的衬衫,指甲长了也不剪。"

"了解他人之心,你不认为是一件很苦的事吗?"

"是啊,所以我认为艺术很难得,自己要是不献身于艺术,我一定会成为一个性格扭曲、行为不检,喜欢卖弄小聪明的孩子,缺乏少女应有的气质。是艺术拯救了我。"

"艺术这东西,我觉得好可怕呢。"

"舞蹈不就是艺术吗?正因为你生来就有跳舞的天才,人们才会原谅你的任性和自负,不是吗?要是夺去你的舞蹈权利,你肯定变成一个管不住的疯子。"

"艺术,不知为何,我总有些害怕艺术。它使我立即沉沦其中。当我一旦醉心于跳跃,浑身觉得酣畅淋漓,仿佛在天空飞翔!自己究竟要飞向哪里?又会变得如何?总是忐忑不安。梦中遨游太空,就是那种感觉。没有抓手,一个劲儿飞翔而去。即便想停止,也仍似他人之躯。我不想失去自我,因此不论何事,我都不愿沉沦其中。"

"富贵人家的娇小姐,仗恃于个人天赋,才会说出这番话来。真羡慕啊!"

"是吗?铃子你真的打算跳一辈子舞吗?"

"讨厌,现在怎么还说这些呀?"

铃子嬉笑着,拿起大白粉刷子扑打星枝的脸,星枝一直闭着眼睛,稍稍抬起下巴颏说:

"瞧,我才是一副苦相对吗?"

铃子为星枝的面颊涂抹胭脂,描画眉毛。

"刚才什么事使你伤感?从来没见过你那样粗暴呀,你怎么突然失态了呢?"

星枝寂然不动,宛若一副美丽的能乐面具①。

"我要是因为你倒在舞台上,那才难为情呢。"

"我当时不想跳舞了,出场时我看到母亲在观众席上,就满心的不高兴,立即乱了舞步,怎么也跟不上音乐的节奏了。伴奏也很不争气。"

"哎呀,你家母亲来啦?"

"她偷偷地把什么候选未婚夫带来了。可我不愿意光着身子跳舞时给人看到。"

铃子愕然地望着星枝的脸。

"好了。"

铃子将眉笔放到镜台旁边的化妆包里,即刻叫道:

"哎呀,项链呢?项链收到哪里去了?"

"不知道。"

"是在这儿的呀,你真的不知道吗?真讨厌,弄丢啦,你闪开,我

---

① 古典戏剧能乐演出时,演员戴假面具登场,谓之"面"或"能面"。

看看。"

铃子说着,拉开镜台的抽斗,又瞅瞅镜台后面,匆匆寻找了一遍。星枝一味听任铃子处理。

"算啦,或许女佣收起来了。"

"那倒好了,不过,女佣没有收拾镜台啊,要是丢了可就糟啦。真不该放在这个地方。这个可不是演出时戴的玻璃假项链啊。我去问问别人看。"

铃子风风火火走出了后台。

星枝对着镜台照着自己的脸。

外面的夜风已经像初夏,但后台上舞女们的服装与花束,还有她们脂粉的馨香,依旧笼罩着晚春的气息,滋润着少女们滑嫩的肌肤。

四

美国航线上的"筑波"号轮船,上午八时驶入横滨港。

竹内一行出于职业关系,已经习惯于外国音乐家与舞蹈家的迎来送往,他们计算好时间,于轮船靠岸稍晚些时候到达那里。

不过抵达时时间还早,海关大楼屋顶的尖塔,依旧辉映着初夏的朝晖,清晨街道树一地清荫。

他们在海关前边停车,铃子去陆务部领了门票。这里不愧是码头,右边排列着细长而低矮的仓库,他们就从这儿渡过新港桥。桥左侧像是掘的一块脏污的海面,三菱仓库前边,泊满了日本老式木帆船,船上晾晒着内裙、白布袜子、紧身长裤、贴身背心、尿布,以及孩子们的红裤褂等,又破又脏,愈加为周围现代化的海港风光增添异国景观。还有的船上正在洗涮早饭后的盘碗。

竹内和铃子之外,还带来两位女弟子,其中一人在海关岗亭前边下车,把照相机交付受检。

一行人抵达四号码头,星枝早已候在那里了。她家在横滨,一个人先来了。

"呀,欢迎啊!"

竹内一下车,忙着招呼道。把自己的花束交给星枝。星枝接过来说道:

"老师,我不认识南条君,不想为他献花。"

"没关系,他今后就是你台上的舞伴啊!但凡我的得意门生,也是你的兄弟姐妹。"

"我和铃子约好了,我们不和南条君同台跳舞,您其实不用来接他的。"

竹内只是微笑着,他走向轮船公司值班人员身边查阅乘客名单,铃子从他背后一眼瞅到了。

"啊,有啦!老师,他在一百八十五号船室,他还是回来了呀,回来了呀!"

铃子满脸通红,兴奋得几乎要跳起来。她把两手搭在竹内肩头,竹内也很高兴。

"是啊,回来了,到底回来了。"

"简直就像做梦,心中始终不能平静,老师。"

一行人带着明朗的神情眺望海港。

南条不会不向老师通报一声就回来的,除非他目空一切,谁都不在乎了。到底发生了什么呢?不过,大家对南条的愤恨与疑虑,从一走进轮船靠岸时的码头开始,就一直混杂在重逢的欢乐之中。竹内甚至联想起这位心爱的弟子少年时期的面影。

他们登上码头的二楼,决定在临港餐厅里等着。这里也挤满了接船的人们。人人都透过敞开的窗户眺望海港,女弟子们耐不住性子,呷一口红茶,将花束放在桌子上,走上通往岸边的步廊。

海港满溢着初夏早晨的光辉。

那里停泊着各国的客轮和货船,摩托艇往来其间。

铃子满心兴奋,分不清哪个是"筑波"号客轮。星枝生在横滨,她指着海面对铃子说:

"瞧,那里,眼下正向这里驶来。一艘漂亮的大船,画有红色粗线、有着白烟囱的那艘。那烟囱又短又粗。听说轮船没有烟囱,乘客心里会感到不安。因此,轮船公司都把烟囱精心打扮一番,作为吸引乘客的政策,称作化妆烟囱。大烟囱,不仅看起来船速快,也使人觉得更加安全可靠。"

铃子知道那艘就是"筑波"号之后,心里想象着,当南条看到令人怀念的故国陆地,该是多么高兴啊!她仿佛就是南条,心中兴奋不已。

"南条君正向我们这边眺望吧?他一定在望着我们。甲板上有没有在争抢望远镜呢?"

铃子说着,想借用一下身边女子的望远镜,那女子套着厚厚的草鞋,一头鬈发,衣袖宽大,像是振袖和服。

"人们走动起来之后,还要费好长时间,我们去散散步吧。"

星枝挽着铃子的手臂说。

她们迎着急急登上码头的车辆和人群逆向走去。如今折回刚刚走过的通道,铃子回望着"筑波"号客轮,心里始终平静不下来。

星枝打开报纸神奈川版,大声阅读今日的《进出海港船只栏》,其中分别列举了今明两天的进出港船只与滞港船只。星枝一边阅读,一边对照停泊的船只,什么"利用递信省①补助金建造的豪华货

---

① 递信省:主管邮政、电信、灯台业务等的日本旧中央行政机关。一八八五年设立,一九四九年废止。

轮"啦,什么"达拉公司的轮船"啦,不愧是横滨出身的姑娘,滔滔不绝地一一说明,听得铃子云里雾里一般。

她们走到栈桥,欧洲航线上的英国船停泊在那里,甲板上一个水手正在向这里俯瞰。走近船腹,寂静得令人害怕。

栈桥餐厅也紧闭着大门。

咯噔咯噔闯入一驾运货马车来。马儿多么老朽、瘦弱啊,车夫也和马儿一样,打着盹儿,似乎随时都要摔倒在地。说是马车,只是在四个角落支起四根棍棒,破旧不堪。

迎头走来一对英国老夫妇,领着一个十二三岁的女孩儿,静静地回到船上。女孩儿在唱歌,嗓音甜美。

栈桥屋顶,或者说楼上更合适,星枝和铃子站在一头,眺望海港,默然不语。过了一会儿,星枝突然问道:

"铃子你要同南条君结婚吗?"

"哎呀,没那么回事,你怎么问这个?讨厌,全是风言风语。"

"你不是打算南条君一回国就结婚吗?所以才一直等着。"

"瞎扯,只是有人这么说说罢了。"

铃子急忙打断话题,不久又自言自语:

"当时我还年小,他出国时依旧把我看作一个小女孩儿。"

"初恋啊。"

"那是五年前。"

"铃子一旦结婚,老师就惨啦。"

"哎呀,星枝居然如此替人着想,真是难得啊!要是叫老师听到了,他会很高兴的。"

"不过,没关系的,一个个总要结婚的啊!"

"南条君要是稍微想到我,也不至于闷声不响地回来的,不该连封信或电报都不肯来一个呀!"

"咱们还来接他，真是太傻啦！"

"南条君一定会更喜欢星枝你的啊！"

"瞧你怕的，真不知你如此胆小，又在撒谎啦。"

两人回到四号码头时，"筑波"号庞大的船身，已经贴近前来迎接的亲友们的胸前了。

听到了船上演奏的音乐。

海鸟群集而来，在轮船和码头之间急匆匆往来飞翔。摩托艇从船头和船尾拖来船缆，岸上的人们一边相互推拥着后退，一边又将身子探出栏杆外。已经可以看见乘客了，他们也都在甲板上伸展着身子，有的挥动手里的国旗，有的举起望远镜眺望。吊着一排排救生艇下面的小圆窗内，也填满了一张张面孔。

迎宾人群中，有人高高舞动着欢迎退伍军人时使用的国旗。西洋人的家属拥抱在一起，挥动着帽子。唯有一位日本姑娘，她不顾人们的喧嚣吵闹，独自依靠在餐厅的墙壁上，悠悠然在阅读一部外文书。突向海里的一角陆地上，聚集着旅馆招徕住客的人群。有的穿戴考究，那是为了迎接海外淘金者成功归来的人们。有的是同移民有亲缘关系的乡下农民，也有船员的家属。甚至还有娼妓，她们始终是一张睡眠不足的脸孔。

已经可以看清船上人们的面孔了。船上地面感情相连，欣喜欲狂。确实是纯粹而兴奋的一段时刻。

"啊，太高兴啦，啊！"

不知是否是找到了所等的人，一位漂亮的姑娘长舒了一口气，踮起脚尖，不停地顿着双足。铃子从一旁看着她，不由也被她带动起来，高高挥舞着鲜花。竹内也大声问道：

"在哪里？在哪里？是南条吗？你看到他了？"

"没有看到，我只是兴奋来着。"

"你再仔细瞧瞧,看有没有他。"

"南条君一定看到我们了。"

"好奇怪,看不到像南条君模样的人。不知为什么。"

近旁的人们都在匆匆向下面走去,竹内等人也来到外边。那里等着登船的人已经排起长队。铃子和星枝被前推后拥,只得将花束高高举过头顶。

不一会儿,到了允许登船的时候了。他们一行也从 B 甲板上了船,心里估摸着,南条可能在进门的大厅里等候,但哪里都看不到他的身影。

"肯定还待在船室里吧。"

急忙走去一看,一百八十五号房间倒是用罗马字标示着船客的名字"南条",但房门紧闭,任怎么敲门也无人答应。

然后又到 A 甲板上的步道、吸烟室、图书室、娱乐室以及餐厅,匆匆找了一遍,也不见南条的人影。到处都是陶醉于重逢喜悦之中的亲人、情侣、朋友……动辄就同他们磕磕碰碰,前推后拥,奔跑不停。其间,竹内渐渐露出一副歪斜着的阴沉的面孔。

铃子和星枝登上逼仄的阶梯,那里是儿童游乐室。

"哎呀,这里还有玩沙子的地方呢。"

星枝抓起一把沙子奇异地看着,铃子双膝跪在狭小的沙地上,哭泣起来。

"太过分啦,太过分啦,简直不像话啊!"

"那也用不着啼哭啊。"

星枝紧闭朱唇,握紧拳头。

"你不觉得很痛快,很有趣吗?"

竹内两眼布满血丝,他一走进办公室,就问道:

"一百八十五号房间的南条上岸了吗?"

"哎呀,这么多乘客,很难弄清楚啊。不过,负责的服务员现在还在那座房间附近,他也许会知道的。"

听了办事员的回答,竹内随即折回船室,询问正在打扫房间的服务员。

"大部分客人都上岸了。"

一百八十五号房间依旧锁着门。

两边船室之间细长的走廊,闪耀着白漆的光亮,没有一个人影。

大厅里的女弟子们,带着不安的神色等待着。那里也已寂然无声。

竹内压抑着愤怒,他苦笑地说:"可能已经上岸了。应该在岸上等着的。"

或许的确应该如此。码头分为楼上楼下两段阶梯,接船的人从楼下上船,乘客由上段阶梯上岸,这是为了防止拥挤。从海岸通往轮船的渡桥,也分上下两座,可能竹内一行人尚未上船时,南条已经上岸了。

开始运送乘客的行李了。

正要走出船舱时,星枝忽地将花束投进海里。铃子看到随波漂荡的花朵,茫然凝视着自己手里的鲜花。

临港餐厅又热闹起来了。归国的人还有的正在欢迎宴会上致辞。

走到码头的后门口,一一对着车内瞅了一遍,终不见南条的影子。问报社记者,他们回答说,他们也在找南条,打算要他谈谈回国的感想。

竹内也许不堪忍受屈辱和愤怒,抑或悲伤之余,很想独自一人待上一会儿。

"谢谢了,对不起,我先回去了。"

他说完,头也不回地匆匆走了。

女弟子们你看看我,我瞅瞅你,星枝家的司机将车开了过来。

"要回家吗?"

铃子冷不丁问了一声。星枝使劲儿摇摇头。

"不回家。"

"那么……"

铃子一直望着竹内的背影,不由热泪滚滚,猝然奔跑起来。

"老师,老师!"她喊着,追了过去。

两位女弟子带着困惑的表情,望着星枝问道:

"不回家吗?"

"不回家。"

"好吧,再见。"

"再见。"

星枝独自上船,来到南条房间前边,悄悄靠在门扉上纹丝不动,她闭起双眼,露出一副冷峻的神情。

五

仓库铁锈色的屋顶,林荫道的新绿,前方泛白的西洋式街衢,海上吹来的微风,无不给人以鲜明的爽适的印象。铃子的皮鞋似乎仍在笃笃敲击着地面,她一心想要追上竹内,这敲击声更使得她的一腔思绪增添忧伤,她目无旁顾地疾步向前。

"老师!"

她几乎一头撞在他身上。

"啊。"竹内虽说有点出乎意料,但也满脸喜色地问道:

"你一个人吗?"

"是的。"

铃子摘掉帽子,甩甩头发,擦擦汗水。

"已经是夏天了。"

"天气真好啊!"

铃子快乐地笑着。

"星枝她们不知到哪儿去了,我只顾紧追老师来了。"

竹内沉默不语,铃子无心地望望竹内的脸色,向前走着。

"南条说不定正在旅馆休息呢。"

竹内说着,走进新格兰饭店①,看样子南条不会在这里,立即出来了。

"去吃午饭吧。"

在外边等着的铃子,依然表情沉重,只顾摇着头。

"稍微走走吧。"

铃子点点头,他们随即从绿荫遍地的山下公园旁边,渡过垂柳飘动的谷户桥,沿着道路两侧排列着西洋花店的斜坡,向山丘顶端竖立一面旗子的气象观测站攀登。到达那里之后,听到一群少女合唱赞美歌的声音,两人被歌声吸引,随后进入外国人墓地。

虽说是墓地,却显得颇为明丽,绿意充盈的草坪,清晰地凸显着大理石的洁白。草坪上面点缀着花草,辉映着初夏正午的太阳。看起来愈加像是一座洁净、有序,既欢快又静谧的庭园。山丘斜面陡峭,自右首的滞港船舶,中间经过海岸街、伊势崎町百货店,直到远方山峦,一目了然。

赞美歌继续从山麓的墓地上传过来,应该是一群基督教学校的

---

① 新格兰饭店:即 Hotel New Grand,位于横滨中华街附近、横滨唯一富于古典西洋情趣的饭店。

女学生。

进口一侧土堤上的灌木丛中,盛开的火红的杜鹃花,似乎是那颜色映射着大理石十字架的断面。

女人衣服的色彩,或许因为草坪和空气的缘故,宛若艳丽的绘画。尤其是年轻姑娘的日式和服,看起来无可形容的美丽。前方的景观一无遮挡,身处此处,仿佛飘荡在街道上方。或许这地方也是横滨一方旅游胜地,前来凭吊的不仅有外国人,也有装扮得花枝招展的日本姑娘前来参观,流连忘返。

有的碑上镌刻着"为我爱妻圣洁的回忆"的碑文,下边附有《圣经》语句。随着恭敬地拜读下去,同这墓地有着千丝万缕关系的人的情爱与悲婉,也似乎同铃子的内心相通,自己的感情也借此原原本本全部流出。

"哎,老师,南条君真的回来了吗?"

"是回来了呀,不是明明有他的房号吗?"

"他会不会途中跳海了呢?"

"怎么会有那种傻事呢。"

"我也不相信啊,但我总以为那间房子里是南条君的骨头或幽灵乘船回来了。"

铃子说着,随即发现脚边有座小小的坟茔,崭新的大理石表面上镌刻着百合花。

"呀,好可爱呢,婴儿的墓啊。"

她似乎忘掉了一切,将一直捧在手里的花束,悠然放在这座墓前。

小小墓碑前,同样用大理石围起一块花圃,不仅长满了鲜花,还放着凭吊者带来的盆栽。

"星枝早就把花束扔到海里去了。她不像我这样一直抱在怀里不放。管他什么南条北条,干脆就扔到这座外国人的墓地算啦!"

"也好嘛。"

竹内随口应和着,他们朝着形似地岬、突出一端的草地走去。唱着赞美歌的少女们,沿着下边的道路回去了。铃子坐在竹内身旁,说:

"上回汇报演出的那个晚上,老师,我和星枝看到南条君那样忘恩负义,两人当即发誓,坚决不同南条君一起跳舞,也不来迎他。只因老师要来所以也就来了。"

"哎,算啦。"

"我想他不会对老师连个招呼也不打就踏上日本土地的。"

"他或许有他的考虑,说不定有什么隐情。总之,他是乘坐'筑波'号回来了,这一点确定无疑。必要时找遍全国,总会有人知道他。干的是立足于舞台的买卖,瞒也瞒不住的。你一定要抓住他啊!"

"我不愿意。"

"你不是同南条有什么约定吗?"

"约定?"

"南条出国前。"

"没有啊,什么约定也没有。"

铃子认真地摇着头。

"我送他来码头的时候,他只是对我说过,在他回国前,不论发生什么事,叫我都不要停止跳舞。"

"你应该信守他的约定,即便我这把老骨头丢弃坟场,你也要同南条一直跳下去。"

"快别这么说啦,我怎能离开老师您呢?"

"那又怎样? 修炼艺术,更是残酷的事业,连父母兄弟都可以置于不顾,要忘掉那些黏黏糊糊的世俗人情,首先有献身精神!"

铃子好半天瞧着竹内的脸。

"老师在说谎。"

"是你在说谎啊。"

"老师最疼我了。"

"这倒是。不过,这五年你不是一直等着南条归来吗?一旦南条回来,你又怕被他嫌弃,又怕缩手缩脚放不开身子跳舞,其实这些都是多余的顾虑。还有,你听说南条不打招呼乘船回国,就马上骂他是知恩不报的狂人。其实,这些都不是你心里话,不是吗?"

"我是真心的。老师不觉得南条君做得太过分了吗?"

"是的,确实令人生气。"

"您还是来接他了。"

"是啊,不过,为了让南条将来多照顾你们一些,我也只好忍辱负重。"

竹内虽然口头说得好听,但内心感到歉疚,也有点苦涩。其实,他本想叫新回国的南条作为研究所助手,重整旗鼓,试图摆脱经济困窘的局面。然而,眼下这类事情,铃子根本是想不到的,所以听了竹内的话,铃子内心里也有所触动,"嗯"的一声,随即点点头。

"我很理解老师的用心,所以才会感到太多的遗憾。"

"不要气馁,只管一个劲儿地坚持下去。"

"该怎么办呢?"

"还不明白吗?抓住南条不放就行啦。他在西方学到的东西,你也全都学过来。拿出吸干他生命之源的劲头,吞噬他掌握的知识。这个可以说是一种复仇的手法,倘若南条背叛了我与你。或者他是个坏人,干了坏事,你也可以和他同归于尽,如果你爱南条的话。果真如此,你也没有什么可遗憾的,我可以为你料理后事。人们常说的

'毫无遗憾地活着',或许就是艺术的根本。你思念南条五年,如今,你的一份纯洁的情爱遭到亵渎,实在很可惜啊!"

铃子听着听着抽噎起来。

竹内说这出这番话来,同他的年龄很不相称,完全出自他对年轻人的嫉妒和自己已逝青春的悔恨。虽说也出自对铃子的一番情爱,但当他觉察他的话在铃子身上已经有了实在感应的时候,立即站起身来。

"南条即使知恩不报,世人肯定还会对他的舞蹈报以喝彩的。"

铃子进一步抬眼追问道:

"您很感失落吧,老师?"

"你那样啜泣,不是也因为南条吗?"

"不是的,我听老师这么说,心里总觉得很难过。"

"不要太在乎这些。"

"可我从来没想到老师对我放手不管了。"

竹内惊讶地看着铃子,随口问道:

"友田家就在这附近吧。"

"哦,星枝已经回家了吧。"

"顺便去看看吧。"

铃子默默摇摇头,站起身离开了。

竹内和铃子尚未到达外国人墓地的时候,星枝已经背靠南条船室的门扉,一直站在那里了。她露出一副冷冰冰的表情。

不久,锁眼里响起钥匙转动的声音,星枝悄悄躲避起来。门静静打开了,星枝的身子正好藏在了门后。一个女子从门内探出头来,看了看走廊。于是,南条跟随女人身后出来了。

南条拄着松叶杖①。

---

① 松叶杖:一名"腋杖",专供腿脚不便者使用的状如松叶形的腋下双股拐杖。

女人轻轻触及一下门扉,门自动关上了。

他们一看星枝在这里,南条和那女子突然站住了,但是星枝和南条并不认识。

星枝依旧靠在门扉上,低着眉头不想动弹。

南条他们只好从她面前通过,当拉开距离之后,星枝也迈开了步子。

那女子不安地回头看看,她责问南条:

"她是谁?"

"不认识。"

"撒谎。"

"要是认识,总得打个招呼。"

"因为我在场,您想瞒着我。"

"别开玩笑啦。"

"她不是专等您出来的吗?"

"但我从未见过她呀。"

"不要脸,盯梢来了,讨厌鬼!"

星枝听不到他们两人的对话。那女子气呼呼地握紧拳头,两三次捶打着自己的腰部,接着就闭口不语,只管迈动着脚步。

船里已经没有一个乘客了。

码头静寂下来,只有装卸工在搬运从船腹中投下来的货物。

南条和那女子逃也般地奔向码头后门,上了出租车。

南条的右腿似乎有些毛病。

女人似乎比南条年龄大一些,或许过三十岁了,是个带有西洋风情的美人儿。

"小姐,您怎么啦?"

星枝的司机颇为疑惑地打开车门。

"跟着那个瘸子的车。畜生!"

"就是刚才那两个人吗?"

"是的,绝对不要叫他逃掉,不管到哪里都要追上他!"

在气冲冲的星枝的威压下,司机急忙发动车子紧追而去。

"怎么回事?什么人啊?"

"舞蹈家。舞蹈家还挂着松叶杖,没见过。哑巴唱歌,太好笑啦!"

"追上了要做什么呢?"

"不知道。"

"今天去迎接的,就是这一位吗?"

"是的。"

"那位太太,是他的同伴吗?"

"不知道。"

"以前就认识吗?"

"不认识。"

"只要看清车牌号码,跑到哪里都能立即找到。"

"别啰唆啦,只管追吧。你不觉得懊恼吗?"

星枝突然对司机大发牢骚。

车子只顾疾驰,离开横滨市区,从藤泽钻过松林,突然直奔明丽的大海驶去。眼前浮现着江之岛。

路途遥远,前面的出租车早就觉察被人追踪,说不定为了甩掉星枝的车子,故意绕圈子,跑冤枉路。

南条对星枝的行动很不理解。从星枝的年龄上看,自己离开日本时,她也就十五六岁光景,他不曾认识过这么幼小的小姑娘。刚才她那种近乎毫无表情的冷淡的言行举止,究竟为着什么呢?较之傲慢与倔强,那一副几乎等同于虚无的美丽,使得南条留下恐怖的印象,但他又不好停车责问她为何紧跟不舍。

女子除了怀疑南条与星枝间有什么秘密外,也别无他想。尽管如此,她看到这位妙龄女郎不像是坏女人,所以对她如此大胆,走到哪里追到哪里的行为,依然很不理解。

星枝也觉得自己的行动不合乎道理。

汽车自江之岛道口向鹄沼驶去。沿海车道,左首是海滨沙滩,右首是平坦的松原,眼前一片开阔,晴空万里,柏油马路好似一条笔直的白线,直通远处伊豆半岛。天空一派澄澈,富士山浮在空中。涛声高渺,海滨沙滩绵延不绝。幼松低矮群聚,景色坦荡明丽。还有一片培育松树苗的沙地。这里的植物只有松树。

两辆汽车飞快行驶,看上去全然是莫名其妙的兜风。

不一会儿,前面的一辆拐进辻堂松原,消失于那里一座别墅的庭院。

后面的一辆放慢了车速,稍稍落后些进入那条小路。星枝正要挨近车窗看看门牌时,南条蓦地从门内走出来。路面的宽度,刚好使得车体触及到两侧的松叶。南条和星枝的面孔出乎意料地靠得很近,可以相互感受到对方的呼吸和皮肤的温热。

星枝突然涨红了脸,紧闭双唇。

"你是谁?有什么事吗?"

南条极力装出一副若无其事的样子。

星枝沉默不语。

"不是你跟踪我到这里来的吗?"

"嗯。"

"究竟为了什么?"

"疯啦。"

"疯了?是你吗?"

"嗯。"

南条怪讶地打量着星枝。

"呵,疯子,有意思。我很喜欢疯子。你好不容易随我到这里,快请进来吧,待一会儿,说说话。"

"说话?我没话可说。"

"真没礼貌,我问你,为何到这里来?不回答就不放你回去。"

"因为疯啦。"

"别开玩笑了。你想耍弄我吗?"

"正是因为您,我只是想羞辱您一下。"

"什么?"

星枝示意司机发车,忽然悲切地闭上眼睛。

"拿根松叶状的棍子装模作样,我才不会上您的当呢。"

南条目送着星枝的汽车,仿佛做了一场噩梦。

六

铃子教少女们做基本练习。

她们和上回跳《花的圆舞曲》时登台献花的小女孩们年龄相仿。铃子对待小孩子很有办法,她亲切地照料她们,很多时候是由她替代竹内指导排练。

离开这些小女孩稍远的地方,三四个年龄稍大些的弟子,有的把脚蹬在横杆上;有的对着镜子做着各种动作;还有的实地跳起了剧中的片段。各自都在自行练习。

竹内在接待室里同经纪人会谈。

竹内带着困惑的神色说道,他刚接到南条的来信。据信上说,南条他右腿关节受伤了,如今扶杖而行,作为舞蹈家,已经不能站立,犹如行尸走肉。但纵使自己早已打算歇脚,想起恩师的悲戚,不忍让他看到自己那副可怜相。

以南条回国为基本构想的计划,全部化为泡影。尽管未收到乘船回国的消息,竹内依旧坚信南条一定会回到自己的怀抱。他本打算先在东京,接着在大阪和名古屋等地举办芭蕾舞回国汇报晚会。他还同影剧院签订了合同,准备率领自己的弟子们登台演出。

"即使南条君自己不能跳,也不妨碍参与动作设计与指导,他拄着松叶杖来往奔走,更显其悲剧色彩,愈加增强宣传效果,不是吗?"青年经纪人说道。

然而,竹内并不赞同经纪人的提议,他表示:

"我不想兜售悲剧角色,南条太可怜了。"

"别再犯傻了。好不容易在海外学习五年归来,他应该作为舞蹈设计师,开辟一条新的生路才是啊!"

"就南条本人来说,也许他想把舞蹈全都忘掉呢。总之,不见到南条就无法判断。他总会来致歉的嘛。"

"您的这番温情,反而会害了南条君。应该叫他振作起来啊!"

"谁温情啦?你根本不懂。"

经纪人露骨地指出:现在不是你我争论的时候。应该尽可能利用一切有宣传价值的东西,力求摆脱研究所的经济困境。这么说,当然没有错。因为交不起税,钢琴也被查封了,税务署发出的拍卖通知,是和南条的信一块儿送来的。

无论如何,不见到南条一切都无从谈起。最后只是在为浴衣巡回宣传上达成协议。可以说,这是一种出差性质的贩卖集团,免费招待那些购买浴衣的顾客观看歌舞。到各地方城市巡回演出,也是一次持续不断的长途旅行。竹内虽然对此事并不热心,但他还是让铃子和星枝都去参加这次巡演。

"还有,南条拄拐杖的事请你保密。因为他连我都瞒着,是悄悄上陆的。其实,我也还没告诉身边的铃子。"

竹内进一步叮嘱道,接着便和经纪人一道走出接待室。

他来到排练场,看到铃子正合着童谣唱片,指导小孩子们跳舞。铃子自己也仿佛变成个孩子,起劲地跳跃着。

年龄大一些的女弟子们在更衣室内脱去排练服。

竹内看一会儿孩子们跳舞之后,走到铃子身旁。

"我要外出,帮我准备一下吧。"

"好的。"

铃子对少女们说了一声"照着刚才继续练习",就进入后面帮老师更衣去了。

竹内一边结领带一边说:

"这次'浴衣之旅'决定让你参加,这是一件艰苦的差事。"

"不管怎么说,也是一次锻炼。只要认真跳舞就行了。我一定全力以赴。"

"这可是长途跋涉啊!"

"剧目已经定下了吗?"

"这次是乡间巡演,可以安排一些通俗、热闹的舞蹈节目。这类事情还是以你所好进行吧。"

"嗯。回头考虑一下,以便调配服装。"

铃子送走了竹内。

"天要下雨了,老师早点儿回来。"

铃子又回到排练场,将手里的竹内的排练服嗅了嗅,扔进浴室。接着,她又继续合着童谣指导跳舞。

过一会儿,孩子们回家了。

宽阔的排练场只有铃子一人。

花的圆舞曲

　　她背倚钢琴歇歇身子,无意中一只手触动琴键,鸣响一声。不久,她又选中一张唱片,静心听了一半曲子,然后急忙大幅度地跳起舞来。

　　铃子打开壁橱的橱门,这壁橱仿佛嵌入整个墙壁的一只大型西服衣柜,内部挂满戏装。铃子一一翻检着,一一追思着,随即取出两三件来。

　　似乎做着旅行准备。她检查一下手里抱的衣服是否适合使用。戏装上笼罩着舞台的幻影。铃子又想跳舞了。她随身将戏装套在排练服外头。

　　夕暮降临。看样子已经下雨了。

　　墙壁一整面广阔的镜子,随着房间的晦暗反而鲜明起来,映照着铃子水中游鱼般的舞姿。

　　外头有人敲门。

　　正在跳舞的铃子没听见,留声机也在响着。

　　门静静打开了。于是,铃子甚至未曾发现,自己的舞姿已经被人看到好一阵了。

　　"咯噔,咯噔",传来松叶杖越走越近的响声。正在做白鹤亮翅①动作的铃子听到响声,猝然站立不动了。

　　"哎呀,您是南条君吧?是南条君啊!"

　　铃子说着急忙跑过来,几乎倒在地上。

　　"您回来啦?您到底回来了呀!"

　　"你是铃子吧?"

　　"真高兴啊!"

----

① 白鹤亮翅:法语 arabesque,古典芭蕾舞基本体势之一。一只手斜向上举,另一只手斜向下指。支撑腿支撑体重,工作腿斜向后方抬起。

"几乎认不出来啦,你变得更加优秀啦!"

"啊,回来啦!您呀,真坏,真坏!"

铃子正要晃动南条的身子,但一触到松叶杖就立即缩回手去。

"哎呀,您怎么啦?受伤了?"

"老师呢?"

"受伤了吗?站着没关系吗?"

"我没什么。老师呢?"

"我问您,出了什么事啦?"

铃子战战兢兢搬来一把椅子。

"大伙儿去横滨迎接您,找了好久都没接到。好悲伤啊!"

"我躲在船室里了。"

"躲起来了?"

铃子脸色惨白,凝神注视着南条。

"您在?我那样敲门,原来您在?真可怕呀!老师也一起去的。"

"老师呢?"

"外出了。您打算如何向老师交代?太过分啦!"

"所以,我特来告别一下。"

"告别?"

铃子问,她怀疑自己的耳朵听错了。

南条沉静地点点头,说道:

"我就像忘记歌唱的金丝鸟,你都看到了,我再也不能跳舞了。"

铃子好半天说不出话来。

"最好不要见老师,免得徒增伤悲。铃子你能否替我诚恳地向老师表示道歉,就说南条没有自杀能活着回来,就算侥幸。"

暮色渐渐变浓了。

"对不起,我……"

铃子滴水般的言语一出口,眼泪便止不住流淌下来。宛若呼唤远方的人:

"不过,不能跳也没关系,也没关系的嘛。"

铃子的话似乎渗入南条心底,他沉默了。

"等呀,等呀,我一边等您,一边长大了。"

"可是,我对于老师,对于你,完全是个无用的人了。"

"不,我需要您,我需要您呀!"

"我对你会有什么用?我又能做什么呢?"

"有的,哪怕什么都做不到,我只要这一条。"

"是爱吗?"南条嗫嚅着说。

"然而,我呀,和你一道所能做的,也只是殉情自杀了。"

"死也无妨。"

铃子啜泣起来。

"不要那么哭嘛。一个想哭不能哭的可怜的人儿,就站在你面前。"

南条从椅子上站起来。

"你本来不是个凭感情用事的人啊。"

"您太扭曲了,其实我很明白,您非常需要爱。"

"天很晚了,我该回去了。请让我看一眼朝思暮想的排练场吧。"

南条凭记忆摸索墙壁上的开关打开电灯,不由一惊。

挂在墙壁上的星枝的照片,几乎碰着他的脸。虽然是胸以上的舞姿,但一眼就认出是她。

"那个疯子。"

他不由嘀咕一声,不经意地瞧了一会儿。

"好漂亮的人啊,也是老师的弟子吗?"

"是的,她叫友田星枝,前一阵子,老师曾经叫我和她两人同台做过汇报演出呢。星枝她也去横滨码头迎您了。"

铃子说罢擦擦眼泪。

南条环顾着墙上排列的舞台剧照,说道:

"好多弟子啊,研究所怎么样?"

"很艰难啊,您竟然还记挂着。当时送您去留学,这里的房子做了抵押,您都忘了吧?还有后来,给您寄去生活费……"

"这我知道。"

"师母去世了,您知道吗?"

"是啊,师母比生身母亲更疼爱我。"

"还有老师本人,不知怎的,自那之后一下子就衰弱了。"

"是吗?"

"老师本来是一心想着等您回来,把一切都交给您管理,安心引退。他是计划着把研究所让给您的。"

"请你转告老师,南条连自杀都做不到,就这么回来了。"

"您到底怎么了呢?"

"你问这个?是关节不行了。"

"不行了?脱臼了,还是折断了?疼吗?治不好了吗?啊,您说呀!"

"这才是我一生的腿啊!"

南条用松叶杖嘎嗒嘎嗒捅着地板,说:

"木头腿怎么跳舞?"

"这东西,不要啦!"

铃子一脚踢掉松叶杖,南条突然失去平衡,身子就要向前倾倒。此刻,铃子迅速挽起南条的右臂,绕在自己肩膀之上。

"就把我当作您的一只腿好了。不用木头腿,用肉腿走路吧。不能走吗?试试看,不是可以走吗?"

铃子说罢,亲切地挽着南条转了一圈。

"老师对您如亲生儿子。儿子伤残了,哪有父亲不愿接纳的呢?"

"谢谢,我也巴望用温热的肉腿行走啊!"

南条悄悄离开铃子,拾起松叶杖。

"代我向老师问好,我不会再见他了。"

"我不让您走。"

铃子拽住不放,南条倒在钢琴上。他用拐杖尖端重重敲击后面的西洋鼓,发出两三声脆响。

铃子被鼓声吓住了,随即松开了手。

"我让你醒一醒理智的眼睛!"

南条说道。

铃子当即思忖起来,南条所说的"你",是指南条自己还是指铃子。此时,南条已经走出门外。

"您到哪儿去?下雨啦!您现在要去哪儿?"

铃子追到门外,意外发现外头有汽车在等候他,此时车子已经开动了。

她心情茫然地回到排练场。

她想起了什么,"铃子!"叫喊了一声,同时"咚"的一声用力敲击一下西洋鼓。

"铃子!"

她又大喊一声,再次重重地敲响西洋鼓。

随后,铃子扔下鼓槌,迅速脱掉戏装,走进浴室,开始洗涤竹内的排练服。

这是一间镶嵌白瓷砖的清洁的浴室。

铃子只洗了这一件排练服,伸伸腰肢,站着思考了片刻,随后泡入浴槽。她的整个身子浸入一池温暖的热水中,突然令她泛起微笑,于是连忙用热水洗洗脸孔,接着下意识地凝视着自己的胸脯和臂膀。

电话铃响了。

铃子猛地一怔,紧缩着身子,环顾一下周围。

她不顾一副水淋淋的身子,披起一件便服,出去接电话。这期间,电话铃声在静静的屋子里继续高声鸣响。

不知为何,铃子心怀悸动,声音也梗在喉咙管里了。

"来啦,喂喂,这里是竹内……"

"啊?铃子吗?只你一个人?"

"星枝?你是星枝?"

铃子放下心来。

"对不起,我刚才在洗澡呢。"

"哎,是下雨啦。"

"洗澡啦,在浴池里。喂喂,你在家里吗?自那之后你一直没来,这可不行啊,你都在做什么?"

"今天吗?"

"是啊。"

"我用望远镜观看海港来着。"

"真讨厌,你一直不来,叫我担心极了。"

"'筑波'号轮今日起航了。"

"'筑波'号,是吗?"

"告诉你,那位姓南条的人,挺怪的呀。"

"嗯,他刚刚来过这儿。我正要告诉你呢,他很可怜,一条腿瘸啦,瘸啦,成了瘸子啦,知道吗?他说已经不能跳舞了。他那天躲在船室里了。"

"是的呢。"

"他谁也不想见,这倒也难怪。他是来向老师道歉的。他叫我替他转达老师,南条没有自杀,能回来就很侥幸了。老师不在,他是来告辞的。"

"他还是拄着松叶杖吗?"

"是呀,吓我一跳。那是傍晚时分,他像幽灵一般走进来,站在昏暗的排练场里。"

"此后,怎么了?"

"怎么了,你问南条君吗?他的腿真的不能跳舞了,今后可怎么办呢?"

"铃子你又哭啦?"

"我的话他根本听不进,他心灰意冷,像是不想再活下去啦。"

"撒谎!那是假的。"

"你说他撒谎?他确实是来告辞的呀。就是老师也不会眼睁睁看着不管啊。"

"所以我说他装相。我想,那松叶杖也是装门面的。"

"哦?不是啊。你听不清楚吗?你在放唱片,星枝?"

"嗯。"

"听我说,南条君是拄着松叶杖来的呀。"

"这我知道,看见了。"

"哎,看见了。他刚回去。啊呀,你说看到了,是星枝你吗?"

"是啊,所以我才打电话来呀。"

"看见南条君?你是说你看到了南条君,对吗?在哪儿看到的?真的吗?给我说说呀。"

"是想跟你说的呀,是你一个劲儿说个没完啊。那天我一直等他从船室出来。"

"等到了？没有拄着松叶杖吗？"

"拄着呢。"

"那是装相吗？为什么说是假的？"

"不存在什么'为什么'。"

"你跟我说清楚点。我不相信,你怎么知道是假的呢？"

"我只是这么想来着。"

"为什么要这样想？好奇怪呀。他有必要假装拄拐杖吗？"

"那我不清楚。或许因为是和女人一道回来的吧。"

"女人？"

"喂喂,铃子？你见到南条君时,他真的是瘸子吗？"

"嗯。"

"那么说,或许是的。是我多疑了。"

"我呀,现在想去你家可以吗？会比较晚,让我借宿一夜吧。"

"好啊。"

"还要说说关于老师要求的事呢。"

"我问你,铃子你怎么想的？跟南条君的结婚,想作罢了吧？"

"哎呀,没那么回事啊。"

"毕竟,瘸子舞蹈家起不到什么作用。比起结婚,你不是更看重舞蹈吗？倘若你见到南条,被他松叶杖的把戏所蒙骗,觉得如此二人不能跳舞,那也没办法了,这可不行。你可不能有这样的想法啊！所以我才打电话来。"

"星枝,我不明白你的话什么意思。你说那天一直等着,你一个人吗？一直等到看见南条君从船室里出来的吗？"

"是的。"

"那么,你是作何打算呢？真是个怪人啊！"

"南条君也这样问我,干吗一直盯他到这里,我回答说,我疯啦。他同女人一块儿到位于辻堂旁的森田家里了。"

"森田,森田,是辻堂那边的吗?那么你也一起跟到辻堂那里了吗?"

"要说一起,我只是在后头盯着罢了。"

"辻堂,你一直盯着到辻堂吗?"

"喂喂,你怎么啦?马上就来吗?我派人去车站迎你吧。"

"唔,不过,今晚就算了吧。一项巡演合同谈好了,由于南条君的关系,之前的计划全给打乱了。老师真可怜啊!是为贩卖浴衣作宣传的旅行。救救老师吧,我们俩一道去。这里连电话都成了他人之物了。"

"什么浴衣宣传,真可厌。"

"要是不去,老师就要犯难啦。"

铃子"咔嗒"一声挂断电话。

七

树林里传来盒子枪的响声,稍有间隔地连发四颗子弹。

紧接着最后一发,腾起一阵男女的欢笑。

然而,拨开绿叶扶疏的树枝,只有星枝一人出现在庭院里。

树林和庭院连在一起,分不清界限。庭院包裹在树林之中,不过一侧靠近一条小路。

小路对面是桑园,越过桑树枝头,可以窥见下面的山谷。谷底小溪一侧的一小块水田闪耀着寂寥的光亮。蝉忽然想起似的鸣叫起来。

这里似乎是冬季滑雪、夏季登山的往返基地——温泉浴场。这座别墅建在这里很相宜,虽说是一幢简单的建筑物,却位于稍离旅馆后面的山岗上,给人的感觉就是一处独门独户的山里人家。

星枝的动作显得有点野蛮,宛如一名猎手,目光炯厉,看那气势,仿佛连树上野果也要啃上几口,甚至随时都能猛烈地冲出树林。一身轻便的休闲服,贴合全身。有时姿态过度自由,随着一阵兴奋的突发,反而显得不很适合,暴露出危险。

她一边奔跑,一边甩掉鞋子,做出两三次大幅度跳跃,最后随着激烈的连续旋转颠仆在地上。

庭院的草坪似乎没有修剪,野草丛生,并向树林蔓延。星枝白皙的身姿伫立于一派翠绿之中,纹丝不动。

她将一只手臂支撑着草地,抬起脸孔。夕阳从对面照射过来,浅浅的薄云逆着日光飘动。星枝眺望着向远山倾斜的太阳,脸上闪现出渴望的神色,眼睛噙满泪水。

此时,她自然摆出一副舞姿站立起来,开始跳舞了。

说是跳舞,也是一时即兴,只不过将基本动作随心所欲地连缀起来罢了。

她来到甩落凉鞋的地方,正要从地上拾起的时候,抬头向前方一看,蓦然发现小路树荫下有个躲躲闪闪的人影。

星枝疾步奔向小路,一个挂着拐杖的瘸子慌忙向下走去。星枝一眼看到,没有停步,只是稍稍放慢脚步,又继续紧追不舍。今天那不是松叶杖,而是桦木拐杖。

南条回过头来微笑着问:

"你又追过来了?"

"是的。"

星枝随便应和着,不肯正眼看,而是斜睨着南条。眼里又像刚才一样重新燃起野蛮的怒火。

51

南条满怀感动地说：

"真像竹内老师啊。"

"太不讲礼貌啦。"

"也许我说话的方式不对头，但我实在很怀念啊。竹内老师的舞蹈，就是我整个少年时代的希望和憧憬，所以我打心眼里对你赞叹不已。我说你酷似老师，可能有点不适当，但我不得不承认，你确实是个天才。"

"我说您偷看，太没有礼貌。"

"这个我表示道歉，但盯着一位躲在船室里的乘客，一直追到辻堂，又尾随着找到这座山里来，到底是谁更没礼貌啊？"

"假装瘸腿的人没礼貌。"

"假装？"

南条惊讶地望着星枝，微笑着坐在道旁。

"那根松叶杖怎么了？"

星枝不是嘲笑，而是冷淡地问。

"我呀，已经再也不跳舞了。我厌倦了。可是，星枝小姐却对我紧追不放啊。"

"我没有追您啊。"

"那么说，就是舞蹈在追我，舞蹈不肯放我走吧。对于我来说，你就是舞蹈之神派来的使者。"

星枝倚靠路旁，将一只手提着的鞋子穿在脚上。

"我不管什么舞蹈，什么舞蹈之神，我只要弄清楚松叶杖是假的就够了。"

星枝一顿抢白，正要离开。

"记得在辻堂，你对我说过：'只是想羞辱您一下。'指的就是这一点吗？"

南条也起身跟了过来,一条腿依旧一瘸一拐。

"我在研究所看到过剧照,知道你就是那位星枝小姐。你还到横滨港接过我。那时候,我真的太卑怯了。不过我为何躲在船室里不出来,眼下可以告诉你了。因为现在星枝小姐你的舞姿太使我感动了。请不要急着逃脱嘛。"

"一直在逃脱的是您南条君啊!"

"是的,我一直想着逃脱舞蹈呢。"

"您跳不跳舞我管不着,在那之后,铃子立即到辻堂的家去探望,却大门紧闭,对吗?原来您躲到这山间谷地来了。"

"逃?对于一个患有神经痛和风湿病的人,太需要这座著名的温泉啦!来到这里后,我的腿好多了。"

星枝不由转过头去,眼里含着女性的温柔,半信半疑地审视着南条的腿,神色立即严峻起来。她越发生气地加快脚步,樱唇紧闭。

"刚才的枪声是你打的吗?"

"是我父亲打的。"

"那么说,在那里见到的是令尊了。当我一边心绪茫然地陷入沉思,一边前行的时候,猛然听到清脆的枪声。看到星枝小姐你在翩翩起舞,我一下子清醒了。我的体内已经腐烂死亡的舞蹈,仿佛一时又复活了。"

"能治好吗?"

星枝唐突地问道。

"我的腿吗?当然能治好啦,不过,不知道还能不能跳舞。"

"还说什么呢,回去吧!"

星枝喊叫了一声。

南条忽然闭起眼睛,颤动着前额。

两人不知不觉又回到刚才那座庭院。

"能否再跳一遍给我瞧瞧？"

"不行。"

南条自庭院到树林上空环顾了一圈，说道：

"舞蹈犹如自然界的鸟鸣蝶飞，自由自在，随心所欲，那才是真正的舞蹈。舞台上的舞蹈是堕落的。我刚才看到你的舞姿，实在有点迫不及待，很想和你一道跳起来呢。仿佛身子自然而动，就像墓场的死者，重新站立，翩然起舞一般。"

星枝无意中后退一步。

"因为从舞蹈上来看，我就是一个死人。这样的'我'如今竟然想跳舞，这连做梦都不曾想到。你就跳一遍让我开开眼吧。"

"不行啊，好可怕呢。"

"就做个动作给我看看嘛。"

"我已经说了，不行就是不行。"

"那么，我来模仿一下看看好吗？"

"请吧。"

星枝漫然地回答。既怪讶又畏葸地望着南条。

"瘸子跳舞啊。"

南条本人也忽然笑起来。

于是，他的脸色似乎有了些变化，说得夸张些，那是善与恶、正与邪一闪即逝的影子。

他犯起犹豫，不知右手里的拐杖如何处理。他立即举起左腕，一颠一跛跳起舞来。

一副含有不祥之相的怪奇的舞蹈，一侧臂腕优美的舞姿，反而显得阴森可怖。

然而，南条未曾跳上十五步，戛然而止，立即坐在草坪上了。

"就像是牛鬼蛇神的舞蹈啊！"

星枝站在庭院一头白桦树荫下,冷然地沉默不语。

"和星枝小姐你的舞姿相比,简直就是阳光和阴翳。我心中就是如此悒郁。你看了我刚才的舞蹈,你就不难理解,我为何一心想再看一看你的舞姿。"

"好心烦啊,您是认真的吗?"

星枝自言自语地嘀咕着。

"认真?说真的,我如今处于生死关头,站立在转折的路口。从幼年时代起,就一直沉沦于舞蹈。或许是这种因果关系所致吧,在我看不到舞蹈的时候,人间的美好,人生的可贵,仿佛一场梦幻,蓦地醒来,一切都茫然不知了。"

"我不愿看到别人一本正经的面孔。我也不想使自己变得认真起来。我在舞台上跳舞时,一眼瞥见观众十分投入的神情,我就觉得实在无聊。要是认真,倒不如独自活着为妙。"

"你也是个可怜的疯子啊!"

"是的,我一开始就这么说过。在辻堂,当时。"

"我很喜欢疯子,当时我就这么说过。或许舞蹈就应该这样。舞蹈的实质,抑或就在于将尘埃满布的灵魂,通过自古以来所说的更加污秽的肉体的动作,使之纯洁地表达出来。"

"我已经停止跳舞了。"

"停止跳舞?为,为什么?"南条诧异地凝视着星枝,"就这一点,你能否说说真实的想法呢?"

"我觉得再这样下去,我害怕会变成另一个人。跳起舞来十分认真,其余皆是一派寂寥。"

"这就是艺术家,是天才的悲剧!"

"撒谎!我不想被任何事物束缚,也不认为艺术可贵。我想永远独自一人。"

"那是因为星枝小姐的美丽,你天生丽质,才会使你那么说。"

"我想平凡地活着。此外,没有比这更自由的了。"

"你要结婚吗?"

星枝未作回答。

"看到你青春灵动的舞姿,不曾想到你身心疲惫如此。真是不可思议啊!"

"太失礼啦,我哪里疲惫啦?"

"你受伤了,你受伤了呀!"

"我没受伤。您戴着因果感应的艺术的有色眼镜看人,我不爱听。所以我不跳舞了。正是因为我既没有疲惫又没有受伤,所以我不再跳舞了。"

"刚才你不是在跳舞吗?"

"刚才?刚才在玩游戏呢。就像小孩子又跑又跳地玩游戏。"

"在我看来,那就是舞蹈,就是生命瑰丽的跃动。"

"那是因为您在模仿瘸子跳舞。"

"所以说嘛,我再三求你,让我再看一下星枝小姐你的游戏。求神拜佛,心诚则灵,跛子也能站立行走,这样的奇迹有的是。"

"我也厌恶奇迹。"

"伴随着又跑又跳的节奏,你可以一脚踢掉我的这根拐杖。凭着那股力量,我可以站立起来。"

"您可以立即独自站立起来啊。倘若我的游戏有股力量,可以使跛子站立起来,那么凭借您自己的舞蹈治好您的瘸行,也就丝毫不成问题了。"

"是吗?"

南条的眼里闪过一丝敌意。不过,似乎下定某种决心。

"那我就照着星枝小姐的吩咐,跳一跳试试看。"

"随您的便吧。"

"如此残酷的观众,对我有好处。"

南条又用右手拄着拐杖,一颠一跛地跳跃起来。

但他已经不同于刚才的舞蹈。出于愤怒,身体的动作也变得僵硬不灵了。

"我本来这辈子都不打算跳舞了。"

"为什么呢?"

"因为我热爱舞蹈。对于舞蹈,我还是稍稍知道一些的。"

他一边断断续续地诉说着,一边逐渐剧烈地狂跳起来。

沉积日久的污秽翻腾起来,不一会儿,南条的舞蹈好似火山喷发。

星枝望着南条的舞姿,眼里闪出好奇的光辉。

最初是一副厌弃丑恶的眼神,继而转向畏惧危险的眼神,仿佛充满一种对不安的恐惧。她用左手挽住头顶上的白桦树枝。

南条依旧拖着一条瘸腿跳舞,然而他的手足已经变得轻松自如、热情奔放了。

他的动作如闪电般迅疾,优美的线条流光溢彩。

星枝暗自用力握紧拳头,并逐渐滑向胸脯下缘。

白桦树枝弯作弓形,眼看就要折断了。

"星枝小姐,论其游戏,还是、还是你教我的游戏,更有趣。"

"您跳得太好啦!"

南条停住舞步,蓦然望着星枝,边跳边靠近过来。

"游戏,不能光是看着。我们一道玩游戏,你快跳起来吧。"

星枝不由得收缩着胸脯,似乎想守住身子。

南条继续向对面跳去。

"能跳啦,我又能跳舞啦,舞蹈使我获得新生!"

南条的舞姿颇似原始和野蛮时期的人,或像蜘蛛和雄鸟求偶一般。

星枝仿佛听到为南条的舞蹈作伴奏的音乐渐次接近渐次响亮起来了。

"自古就有这样的说法,别人跳舞你也跳。"南条转过身子说道。

"谁叫您还在装瘸子,谁叫您还不把那根骗人的拐杖扔掉。"星枝的声音亲切地震颤着。

南条倏忽跳跃过来,拉起星枝的右手催促道:

"只要有一根活生生的拐杖就行啦!"

星枝出乎意料,似乎被南条趁势用力一拽,身子前倾,手里的白桦树枝也忘记松开了。

那个树枝从主干上折断下来。

星枝失去支撑,"扑通"一声倒在南条怀里。

"您真坏,真坏!"

星枝扬起折断的树枝,假装要抽打南条,但南条没有抬起那根长长的拐杖加以遮挡。

南条也趁势来了个趔趄。

他杵着拐杖站稳身子说道:

"既然可以扶着温软的人肉杖跳舞,还用这根劳什子做什么?"

说罢,用力将那根拐杖高高地扔了出去。

于是,他邀请星枝一起跳舞。

正在出神地望着高飞的拐杖的星枝,此时突然切切实实泛起一种不应有的娇羞之态。

起初,她尚未注意到自己的娇媚,其后她蓦地飞红了面颊。

南条手把手指导星枝,使她慢慢跳起舞来。

星枝一边浅浅推拒着,一边合着步调跳着。不久,南条看到两人的身体已经乘上同一股情感的热流,随之加快了舞步。

"站起来啦!瞧,我的腿一下子站起来啦!就像这样啊!"

南条高喊着,紧紧拉住星枝的手不放,她的身子宛若卷裹于烈火的旋涡之中。两人回旋跳跃了一阵,南条欷然将星枝抱了起来。

接着,慌忙奔向树林深处。

他轻轻抱着星枝,再也看不到瘸行的步态,那动作仿佛还是舞蹈的继续。

夕暮将临,晚风劲吹。一群小鸟似乎被风追击着,打庭院上空飞过。

一边跳一边脱,两人的鞋子和南条的上衣,被罩在树木长长的阴影里。那树影随着晚风飘摇不定。

八

是去赶马市吧,小马驹沿着山路走下来。

饲主骑着一匹骡马,小马驹没有系什么辔头,噔噔噔地跟在后头,显得十分老实可爱。

三四个乡下人,背着成捆的小青竹走了过去。

旁边的小山改造成游乐场风格。可以听到做游戏的男女小学生的童谣,似乎是百人大合唱。

小山坐落在流向山谷的小溪旁边,南条从刚才起就坐在小溪岸上,时而怯生生地回头望望小路;时而看看近处山峦对面山脉顶端奔涌的夏云。

星枝和父亲肩并肩走下山岗。

父亲仰望着传来童谣的小山,说道:

"孩子们早已到来了啊。"

南条看见星枝的父亲也一起来了,随即团身躲进芒草荫里。

灼热的阳光令人不安,时时注意周围动静的星枝,一眼认出南条,不由得加快步伐,想迅速超越过去。

父亲望着谷底小溪和对面山峦,没有在意。

"他们都是东京来的体弱的儿童,租住胜见的宅子。那里本来是胜见的蚕种培育场,如今也变成宿舍了,想想真是无情啊!"

星枝心不在焉地听着。

"不过,比起偌大的仓房任其空闲着,白白地结满蛛网,目前这样做也许很合乎胜见的办事风格。不再培育蚕种了,转而培育人之种胤了。这就是胜见常挂在嘴边的为社会服务、为国家尽力。他这是免费借住。即使办葬仪也是如此。记得那时对你说过,他是蚕种业界老大,曾经获得总裁宫两万日元奖金。作为一位不仅在地方而且在中央蚕种工会的重镇,他的葬礼真是太冷清了!尽管本人一任作为一介乡村学者蛰居于荒野寒村,但节俭也得有个限度啊。毕竟为业界大腕儿,都有东京的蚕丝界名士蜂拥而至,参加葬礼。尽管我这个朋友也觉得没面子,不过都是遵从死者的遗书进行的。听说,他将丧葬费都捐献给村里了。万般皆照这一行事风格。"

"是吗?"

"近来,体弱儿童之类很多啊。"

"嗯。"

"以前每年也有学生到胜见这里来,他们都是蚕丝专业学校的学生,是来实习的。也只有胜见这样的怪人,会为研究蚕种而漫游世界。因为他富于名望,当地人每每推举他做县议会议员和国会议员,但他总是说育种繁忙,没有空闲,还说此种研究更能为国出力。一辈子与蚕共存,再也找不到如此令人感佩的男子汉了。他并非出于贪欲,而完全是出于热爱。"

他们围绕小山转了一圈,最先出现在父女二人眼前的是,胜见家的白粉墙蚕种培育场。

这座房屋耸立于小河岸整齐砌筑的石崖上,一时令人想到城堡。那是状如仓房的二层建筑。白粉墙上仿佛切割一般,开着两排窗户,一律大敞着,但都镶嵌着纸障子。

仓房一端转成直角之处,是日常住居的古风的平房。仓房建筑远比平房雄伟壮观。

"那里的标本资料和研究书籍,眼下也都束之高阁、无人问津,所以我正打算劝他们捐献给专业学校或蚕丝会馆。"

"为什么不做蚕种培育了呢?"

"大概因为胜见去世了吧,儿子也不可指望。为了保护胜见蚕种的信用,仅是蚕种一项,也不是容易的事。必须不断进行新的研究,力争不在改良的竞争中输掉。假若培育的蚕种有损于胜见的名誉,不如干脆停止,倒还能帮助贫弱蚕种商家一把。这或许就是夫人的想法吧。"

"能帮助弱小的蚕种商,那太好了。"

"傻瓜,最重要的是培育良种,提高蚕茧质量。你说话也像一个体弱儿童,看问题太小气,应该练练打手枪。"

"手枪?"

星枝嘀咕着,宛若小声地回忆一场噩梦。

"是手枪。昨天打中了,太高兴了。这样的天空,这样的山间空气,连响声都不一样。今年冬天,我带你去打猎。"

父亲说罢,尽力抬头仰望晴空。

"而且,一个女子使唤那么多人,恐怕也不愿意操那份心。她财雄一方,现金不多,股票也多是属于地方的,但山林倒不知道有多少。"

"我回去就练习打枪吧。"

"不要跟妈妈说。这座仓房或许还会恢复。以前的职工虽说是职工,也是胜见的工作助手,都是这方面的行家,他们都来跟我商量,打算振兴胜见蚕种。正因为是胜见的弟子,对于研究十分热心。不过,叫他们亲自做生意就不行了。"

"所以他们请爸爸出山,对吗?"

"也不是什么了不起的买卖。打算先征求一下夫人的意见,然后可以成立一家小型公司,先有个经营的模式。"

"这些同那件事有关吗?"

"哪件事?你的婚事吗?别说傻话了,就是因为你这么胆小、多疑,所以才说你是体弱儿童。我知道胜见的儿子迷恋你,他很可怜。不过,那小子并不傻气。"

父女二人来到胜见家门前。

宽阔的庭院巨木萧森,深幽静寂,一看就知道是名门望族,散放着时代的馨香。

远看并不华美,但来到门外向内窥探,宅子既古雅又富于品位,略显晦暗,古趣盎然。

写有"胜见蚕种培育场"的大招牌,依然原封未动挂在仓房的白粉墙上。

父亲停住脚步。

"稍微进去看看古代建筑的修葺吧。公交车乘下一班就行了。晚上能到那边就可以了不是吗?"

星枝轻轻摇摇头,一边望着父亲的表情,一边说:

"那件事希望爸爸为我辞退吧。"

"唔。"

父亲眼望着星枝,似乎说着"先这样",随之走入胜见家大门。

星枝倏忽抬头瞥一眼仓房,随即离开了。

走下那道斜坡就是温泉浴场。

跟在其后时隐时现的南条,看到星枝只有一个人时,急忙追了上来。他今天依旧拄着松叶杖,但走起路来疾步如飞。

走到大浴场前,南条高声呼叫:

"星枝小姐,请等一等,星枝小姐!"

这里是村中的公共澡堂,是一座寺院风格的建筑。为了排放蒸汽,屋顶上安设了格子窗,上面叠盖着一层小屋脊。

在旁边树林树荫里玩耍的村中儿童,听到南条的叫声,都一起回头望着这边。

星枝惶悚地站立着,忽然闭上眼睛,接着又冷然地睁开来。

"怎么又是松叶杖?"

"我从后面追来,你不知道吗?"

南条气喘吁吁,声音明朗。

"我知道。"

"我在报上看到竹内老师巡演的消息,心想星枝小姐也一定去城里。所以我在游乐场下面等你走过。我从午前一直在那里等你。我还想见见令尊请求给予关照。但似乎又有些突然,也想弄清楚你的真实的想法。"

"请父亲关照什么呢?"

"你问是什么?那么在这之前,必须先让星枝小姐你彻底了解一下我这个人,了解一下这根松叶杖。你一开始就说这松叶杖是假的,你一直憎恨、贬低这根松叶杖。然而,叫我扔掉松叶杖,最先使我站立起来的,也正是你星枝小姐!我应该感谢这根爱的魔法杖!"

"恶魔之杖!"

"这可是法兰西制品,我拄着它从法国走到美国,我对它寄有深情。如今有了温暖的人杖可以倚靠,终于要同它分别了。假若昨天没有看到星枝小姐的舞蹈,或许一辈子都离不开这根拐杖呢。"

"真像神话啊。"

"神话?"

"嗯,像希腊神话里的舞蹈。"

"啊,是的。实际上那就是希腊少女的舞蹈。我当是在舞蹈中获得了新生。就像邓肯①回归于希腊舞蹈之魂,重新创作舞蹈一样。"

"我不是神话里的少女。我是说那样的舞蹈是神话。还是请您把我看成一个可怜的疯子吧。"

"什么?你是说我中了邪魔了,还是说你我身份悬殊?我爱上你就是不切合实际的幻想吗?"

"那就是所谓的舞蹈。我昨天也说了。我已经停止跳舞了。很可怕!那就是舞蹈吗?我现在真正地清醒了,心情平静了。我想平凡地生活,这一生再也不跳舞了。我希望您放过我。"

"那样想,胆小鬼!"

"南条君,您也是啊,您今天不是依旧挂着松叶杖吗?"

星枝说着,逃也似的跑进那里的车库,但想到南条一定会跟着上车,星枝看看南条的脸色,蓦地离开那里,抄小道逃走了。

南条对星枝的这种举动并不在乎,依然紧追不舍。

这里是布满灰白沙石的河滩之畔,温泉旅馆面向这边敞开着窗户,展露着庭院。

河滩两侧小山重叠,蜿蜒低伏。星枝远远眺望河川下游,感到背

---

① 伊莎多拉·邓肯(1877—1927):美国舞蹈家、现代舞创始人,创立了基于古希腊艺术的自由舞蹈。

部直出冷汗。

"你老是松叶杖、松叶杖地挂在嘴上,其实我要说的正是此物。你听听吧,我把自法国以来使用的松叶杖突然扔掉,能那样跳起舞来,这究竟靠的是什么?在这奇迹的瞬间……"

"我厌恶奇迹。"

"那是胆小鬼。奇迹并非鬼神妖术,是生命之火的燃烧!只要跳起舞来,立即就能燃烧生命之火,真是个受到上天恩惠的人儿啊!"

"我不稀罕。"

"星枝小姐,和昨天一样,你这是害怕自己的天才啊。"

"是的呢。我没有理由和昨天不同。"

南条怪讶地望着星枝。

"这样的谎言骗得了谁呢。只要一跳起舞来就会像进入梦境一般把它忘掉。"

"我说的什么是谎言?"

"当然是谎言了。星枝小姐除了舞蹈,其他都是谎言。你就是这么个人。可没法笑话我的松叶杖,就说星枝小姐你吧,特地用松叶杖支撑自己的青春,而今又绷紧心胸,压抑情感,故意逞强,这才是虚假呢。在我离开的这几年,日本姑娘怎么都变得这样了呢?"

"哎,我才更是这么想。您虽然随心所欲说了这么多,但因为您长期待在国外,您的话我一点都听不懂。"

"是吗?其实我们要说的都通过昨天的舞蹈传递给对方了。舞蹈家只能通过舞蹈互相沟通,语言是麻烦之物。虽然你我都说过'不跳舞了,不跳舞了',然而一旦离开舞蹈我们两个就无法生活。这不就是最有力的证据吗?"

"这是神话,是不负责任的。"

"你的意思是'我不爱你',这我很明白。不过,承认爱上一个人,怎么会叫星枝小姐如此犯难呢?"

"您这是误解。"

"我再跟你说得明确些吧。或许我应该先向你道歉才是。我只顾陶醉于喜悦之中,做梦也不曾想到会再次被推入幽暗的地穴。我简直不敢相信。是星枝小姐误解了我。首先说这根松叶杖。令尊是做生丝生意的,家又住在横滨,如果星枝小姐懂点股票行情,就会对我的松叶杖倍加同情。你可以想象,五年来我在西洋过的是怎样的凄苦的生活。当我顶着'新回国人员'这块豪华的招牌站在舞台上的时候,肯定有人会嘲笑我:'瞧,这个叫花子,丢尽日本人的脸。'就是那些在西洋看不起我的日本人。这根松叶杖,对模仿一个乞丐来说,既合适又便利。"

南条用松叶杖敲敲足踵,说:

"不过,这决非假冒。我患上了严重的风湿病。那时我混不饱肚子,身体随之衰弱下来。寒冬腊月,又点不起炉子。说是神经痛、风湿病,但厉害的时候,膝盖会发出'嘎吱嘎吱'的响声,走着走着,就要倒在地上。疼得就像骨头断了一样。虽然后来靠着这根松叶杖勉强可以走路,但跳舞是不行了。这样一想,身心一派空白。打算托付大使馆送我回来,虽说太丢人,但比起这个没别的办法,只得等着这么办。这种病虽然到医院看过,但不是短期就能治愈的。西洋温泉又是豪华场所,不得已只好自己注射麻醉药止疼。药物中毒,脑子受到影响,灵魂腐败了。这就是我的西洋之旅。直到昨天在看到星枝小姐跳舞之前,我一直就是一堆行尸走肉。"

河岸的小路不知何时变成了坡道,登到顶端就上了公路主干道。夏季酷热,无名花草散发出难闻的气味儿,白蝴蝶款款飞翔,令人目夺神摇。

南条停住脚步,擦擦汗水。

"你也应该理解我藏在船室时的心情。虽然当时不一定非挂着拐杖不行,只是觉得作为一个废人,重新踏入日本国土,手执松叶杖就是一种标识。与其说我没脸见竹内老师,莫如说我不愿意面对码头上受到人们欢迎的场面。我想隐姓埋名地活着。再说,我对一个日本人能不能跳好西洋舞也抱有怀疑。"

"既然那么艰难,当初偏要绕道美国再回日本,这不是很奇怪吗?"

"啊?那完全因为那位夫人,那位夫人就是我的恩人,是她送我回日本的。"

此时,正好驶来一辆公交车,南条不再说下去了。

星枝突然扬起手,叫车停下,冷眼拒绝似的瞥了南条一下,算是告别,转身登上汽车。

南条理所当然地慌忙随后跟着上车。

星枝突然红着脸,不知为何,一直红到脖颈。她羞涩难耐,怯生生地低头不语。

"请停车!"

她突然大叫一声,豁出性命跳了下来。

事出意料,南条来不及站起身来。

星枝保持跳车的姿态原样伫立不动。她没有在意额头的汗水,只是目送着公交车尾扬起的灰白的尘埃,极力忍住激烈的心跳。车子消隐于山阴背后,星枝腿脚麻痹,猝然倒在路旁草丛之中。

就这样,她立即痛哭起来。

夏草燠热的野外,不见有人通行。

九

铃子按照平时的习惯,依然带着舞台上的舞姿,体态轻盈地回到后台。意外发现星枝呆呆地对镜而坐,她高兴地仿佛在梦中。

"啊呀,星枝,你怎么来啦?好开心啊!"

她说着,从后头一把抓住星枝的肩头,趁势滑坐下来。星枝被铃子夹持在两膝之间。

铃子一身可爱的装扮,犹如魔幻森林里的吹笛牧童。

那少年分开裸露的两腿,像个大姐姐似的摇晃着星枝。

"大老远的,特地跑过来啦?好想你呀。你吓了我一跳。瞧你,一个人若无其事的样子。"

星枝蓦然闭起眼睛。

铃子有些不安地问:

"你怎么啦?太难为你了,有什么话特来跟我说说吗?"

"没有,听到铃子你的声音,心情好些了。"

"哎呀,你好坏,耍心眼儿。不过咱们好久没见了。老师也会大吃一惊的。连信都不回,又去用望远镜看海港了吧。"

"给你打电话了,没打通。"

"电话,是吗?电话没有了。"

"没有电话了?"

"这些事回头再说吧。"

星枝睁开眼来,环视一下屋内。

"后台真脏啊。"

"不要这么说,人家会听到的。在乡下这算好的了。后台怎么都行,但最叫人头疼的是糟糕的舞台。公共会堂和学校都不能跳舞,照明不好,真是苦恼啊!不过,老师也一起来了,我们从未灰心丧气。我们只管好好跳舞,没有一次马虎过。戏装是不是都有汗味了?已经出来二十天了,老师真可怜,因为你说过不喜欢参加浴衣宣传旅行,于是老师也只好亲自出马了。"

"是吗?"

"每天都很闷热,进入梅雨季节了。"

"心情郁闷啊。"

"只要一跳起舞来,就不会郁闷了。"

铃子离开星枝,站立起来。

"你可以对老师说,家里不肯放你出来。本来嘛,一个大小姐,老师也估摸着家人不会让你出门旅行的。"

舞台上响起了钢琴声。

铃子看看星枝,示意她这是竹内老师的节目,紧接着就立即准备下一个节目的服装,备齐后就放在那里。看来是竹内和铃子师弟二人的双人舞。

"都是些令人怀念的戏装啊!"

"是的呢。"

"星枝啊,你的脸色不好。坐车太累了吧。你想念我们,特来玩玩的吗?我能这么干高兴吗?"

"我和父亲来这里好几天了。"

"啊,又该避暑了吗?"

"大概是为了生意。"

"是的,这里是蚕茧之乡。这样我就放心了。本来我想,追到这种地方来,对于星枝你来说,是有些不可思议啊。"

铃子说罢,笑了,她回到镜台旁。

"请让我一下,整整妆。"

"嗯。"

星枝点点头,铃子的脸孔进入镜面,当将要同自己的脸孔和面颊叠靠在一起时,星枝似乎有点胆怯,冷不防打了个激灵。

铃子惊讶地问:

"你怎么啦?突然不跳舞了,身体有些不舒坦吧?真是个怪人。"

"不是呀,是你把上过妆的脸同我的脸紧挨在一起,那张脸使我仿佛觉得来到这里还没有见过你。好不开心啊。"

"是吗?"

"给我也化化妆吧。"

"真是个调皮精,眼下我正忙着呢。"

铃子一边说,一边胡乱给她扑些白粉,擦点胭脂。

星枝活像只偶人,紧紧闭着双眼。

"天太热,大致抹一下就行啦。"

铃子转回头,从侧面望着星枝的脸。

"你的脸既适合于薄妆,也适合于浓妆。真是一张好面孔啊!啊,对了,对了,跳《花的圆舞曲》的时候,你硬是说你这张脸就是一副苦相。还记得吗?"

"早忘啦。"

"真是个好忘事的主儿啊!"

铃子正要给星枝画眉,看到一滴眼泪顺着面颊流淌下来。

"哎呀。"

铃子不由停住手,立即强忍住自己的惊奇,若无其事地微笑着,为星枝擦去泪水。

"这是什么呀?给我吧。"

星枝犹如一副美丽的能面,闭着眼睛问道:

"铃子,你爱南条君吗?"

"是啊,我爱他。"铃子明确地回答,"怎么啦?"

"你说得很肯定嘛。"

"是很肯定。"

"是吗?"

"或许打小时候起,我就净想着他。但我怀疑,我真的那样纯情吗?不过,说是爱,其实是意志。南条君即使是坏人,是残废,我都不在乎。我要把他在西洋获得的本领,全都学到手。把他掌握的东西全部拿过来。即使换来一个'失恋者的复仇'这一头衔,我也在所不辞。对于他,必须具有这样的爱的意志!不论发生什么事,我都要同南条君一起跳舞。只要能同所爱的人一道随心所欲翩翩起舞,就是死了也心甘情愿!"

铃子越说越激动,不知何时她已经挤掉星枝镜台前的位置,动作麻利地着手下一个舞蹈的化妆了。

"我都想过了,乍听起来,爱情似乎为了功利,其实不然。这是爱的意志!感情这东西,已经不可信赖了。当今的世道,就是这个样子。越是有才能的人,感情越脆弱。恋爱,只要有意志贯彻其间,纵然失败也不会酿成悲剧。它可以穿越一切,卓然独立!我厌恶后悔,希望毫无遗憾地活着。"

星枝只是茫然地听着。

"为了磨炼舞蹈,我不惜付出一切代价,我不愿继续守护着那种清寒而贫乏的思想。回首过去,我真是太没出息啦!"

"舞蹈究竟好在哪里呢?"

星枝孩子般地问。

"你问好在哪里?舞蹈就是我这个人活着的目的。"

"这个是假象。"

"那么,什么是真相?对于你来说,到底什么是真的呢?"

星枝淡然地回答:

"请不要再说了。哎呀,烦死啦!"

"我说星枝,你不是问到我爱不爱南条君吗?"

铃子似乎动怒了,她斜睨着星枝,但又主动如梦初醒地微笑了,可那微笑又突然僵硬起来。

"好奇怪呀,干吗要突然说起这些来呢?究竟出了什么事了?"

接着,她探寻地望着星枝。

星枝感觉到了她的视线,冷不丁用反驳的口气说道:

"南条君,他不是瘸子。"

"啊?"

"他能跳舞。"

"你见到他了?星枝!是发生了什么吧,是吗?这下我知道了。"

"没什么事。"

"你别瞒着我呀,听你这么一说,我仿佛觉得很早就明白了。"铃子沉静地说。

这时候,竹内走了进来。

"啊,怎么跑到这里来了?好久没见啦。"

说着坐在一旁的镜台前,皱起眉头,一边脱去戏装一边说:

"天很热啊。"

铃子拧干了手巾为竹内擦身子。她手指发颤。

"老师!"

"怎么了?"

"听说南条君他不是瘸子,他能跳舞。"

铃子抓住竹内背后的肌肉,脸孔贴在他的肩膀上,嘤嘤啼哭起来。

"不要哭,等等。"

竹内甩开铃子,霍然站立起来。

因为这时候,他发现南条呆呆地站在后台入口。

南条倚着松叶杖,垂首而立,看那副姿态,没有拐杖支撑,他就会颓然倒地。

"老师,我向您赔礼来了。"

"什么?"

竹内怒不可遏,正要冲过去,冷不防星枝突然站起来,将他挡住了。

"老师,不要这样。"

"你闪开!南条你这东西!"

竹内走过去,忽然对南条一阵猛打。

"混账!瞧你,哪像个人啊!"

南条不由得躲避似的扬起松叶杖。

"你要干什么?拿起那个东西想干什么?"

铃子单手撑地,默默注视着。

星枝插进两人之间,说道:

"老师,算了吧。那根松叶杖是假的!"

星枝一副半开玩笑的口气,宽慰着老师。

南条不知想起了什么,忽然变了脸色,"畜生!"他骂了一声,抡起松叶杖,一下子打在星枝的肩膀上。星枝倒在竹内怀里。

由于受到星枝身体的冲击,竹内向后摇晃了一下,在台阶上一脚踏空,仰着身子跌落下来。

舞台上,同行的女歌手们齐声高唱欢乐的流行歌曲。

竹内被搬送到医院,后脑勺受了重伤,右侧肘部疼得不能动弹。

于是,由南条代理竹内的角色,加入大家的巡演之旅。

当天深夜,离开了这座城市。

坐在从医院驶往车站的回程汽车里,三个人都沉默不语。在进入检票口前,铃子一手夺下南条的松叶杖,吩咐道:

"抓住我的肩膀!"

说罢,随即伸过来自己的肩膀。

尔后,她把松叶杖顺手交给星枝:

"把这个扔掉吧,放着它还会出危险的。"

"是啊。"

星枝点点头。

然后,星枝立即折回医院看护竹内。

译 后 记

川端康成《花的圆舞曲》连载于一九三六年四月至五月的《改造》杂志，是作者以芭蕾舞演员为中心的两部小说（另有《舞姬》）中的一部。

《花的圆舞曲》从文体上看，结构比较松散，似乎写到哪是哪，可以随断随续，随写随跳。当行即行，当止即止。即使到了文末，也不像是故事结束，还可以继续写下去。就连作者自己也认为这部作品属于未完成之作。川端曾说过："未完成的作品才是最佳的。"但当有人提出，《花的圆舞曲》不是写到了最后的舞蹈吗？他回答说："是的，是这样的。不过，此作就像剪掉屁股的蜻蜓，按那个结尾，其实还得再写一半，但是我已经无法写下去了。"

或许作家故意留下余音袅袅，为后来的读者设下无限想象的空间吧。

《花的圆舞曲》以世界芭蕾舞之冠《胡桃夹子》的一群青年男女演员为题材，写出他们在舞台上为艺术献身，舞台下悲欢离合的情感世界。从而告诉我们，一旦登上舞台，就应该为舞蹈艺术奋斗终生。同时，我们从南条等人的形象塑造中，也切实感受到艺术家艰苦卓绝的成长之路。

如果说《花的圆舞曲》写的是芭蕾演员的青春时代，那么《舞姬》

就是写出了他们的中年和老年时代。波子、竹原、矢木,或许相当于步入人生成熟期的铃子、星枝、南条等人。

人生行路难。要想赢得艺术之腾飞,需要承受终身之辛苦。

台前掌声一片,台后十年汗水。弄不巧,一杆松叶杖也换不来一个大飞跃。

作为一位著名作家,川端康成的艺术修养和志趣爱好是多方面的,舞蹈、茶道、围棋,字画古玩,古都建筑,神社佛寺,四季节庆……简直就是一轴无尽藏的压缩绘卷。

原文按空行分为九个自然段,为便于翻检,译文分别添加了序号。请留意。

二〇二一年秋初稿于春日井
二〇二二年仲夏改订

湖

一

　　轻井泽，虽说是夏末，其实像秋初，桃井银平在这里出现了。他先买了一条法兰绒裤子，换下旧裤子，又买了新衬衫，外头套上一件新毛衣。夜寒雾浓，他还买了藏青色雨衣。该有的衣服都置办齐了，轻井泽还算便利。鞋子也很合脚，旧的脱在鞋店里扔了。但是，这包袱皮里的一包旧衣服怎么处理？要是丢在空荡荡的别墅里，来年夏天才会被人发现。银平拐进小路，伸手摸摸空下来的别墅的窗户，门板被钉死了。砸毁吗？眼下他有些害怕，那可是犯罪啊！

　　银平究竟是不是一名被追捕的逃犯，他自己也弄不清楚。自己的罪行，也许尚未被受害者起诉。银平将包袱扔进后门口的垃圾箱里，心中轻松多了。不知是避暑客的懒散，还是别墅管理者的疏忽，垃圾箱没有清扫，包袱往里塞时，发出湿纸的响声。箱盖子被包袱撑得稍稍鼓起来了。银平没有注意。

　　走了三十多步远，银平回头瞧了瞧，他看到了一种幻影：从那只垃圾箱周围飞起一群银色的蛾子，上升到雾气中去了。银平停住脚步，他想将包袱取回来，但又发现那银色的幻影，罩在头顶的落叶松上，映出一团蒙蒙的青雾，又消失了。落叶松像林荫路似的连绵不

花的圆舞曲

断,树木深处有装饰着彩灯的拱门。那里是蒸气浴澡堂①。

　　银平走进庭院,伸手摸摸头,发型似乎还很整齐。银平有一手用保险刀刀片为自己理发的妙招,使人感到非常惊奇。

　　被称作"蒸汽浴女郎"的浴女,陪同银平进入浴室。浴女从里面一关上门扉,就脱掉白色的罩衣,腹部以上只襻着一副乳罩。

　　那位浴女为他解开雨衣的扣子,银平突然缩了一下身子,然后就任她摆布。浴女跪在他腿边,给他脱去袜子。

　　银平进入香水浴池,瓷砖的颜色映照着池水,呈现出莹绿。香水的香气不是很好,但对于在信浓地区辗转于廉价旅馆之间,东躲西藏徒步走到这里的银平来说,总能闻到一种花的香气。他出了香水池,浴女立即为他冲干净身子。那姑娘蹲在他的脚边,伸出纤纤女子的手,连脚趾丫儿都搓得干干净净。银平俯视着浴女的头颅,像古代女子洗过的头发,自然地披散于脑后,脖颈以下剪掉了。

　　"给您洗洗头吧。"

　　"哦,能给我洗头吗?"

　　"行啊……我给您洗头。"

　　银平刚刚用保险剃刀刀片削过头发,由于好久没有洗头,可能会有些臭味。银平立即害怕起来。然而一旦两肘抵着膝盖,向前伸着脑袋,当肥皂沫涂满头发的时候,就不再感到畏惧了。

　　"你的声音很好听啊。"

　　"声音……?"

　　"是的。听到之后,一直留在耳朵里,不想使它消失。那优美的声音,仿佛来自耳朵深处,悄悄浸满整个脑袋,不论什么样的恶人,听

----

① 蒸汽浴澡堂:原文为"トルコ風呂",本书中描写的是战后日本带有色情意味的蒸汽浴场。

到你的声音,都会变得亲切起来……"

"是吗?是娇滴滴的声音吧?"

"不是什么娇滴滴的声音。虽说带着一种莫名其妙的甜润……但总是笼罩着哀愁,满含着情爱。所以,听起来爽朗又美丽。然而不同于唱歌的嗓音。你在谈恋爱吗?"

"没有,哪会有那样的好事……"

"等等……你说话时,不要使劲儿揉我的头……那样就听不见你的声音了。"

浴女歇一歇手指,有些为难地说:

"太难为情,就不敢说话啦。"

"有人说话像天使的声音,哪怕从电话里听到一两个词儿,余韵也久久难忘。"

银平热泪盈眶,他从这位浴女的声音里,感受到一种清净的幸福和温暖的救赎。这是恒久的女性的声音,还是慈悲的母亲的声音?

"你的家乡是哪里……?"

浴女没有回答。

"天国吗?"

"啊呀,是新潟。"

"新潟……?新潟市?"

"不是,是个小镇。"

浴女的声音变小了,微微颤动着。

"在雪国,想必身子很洁净吧?"

"不洁净呢。"

"身子很洁净,但这般优美的声音没听见过。"

浴女洗完头,用小木桶里的热水反复冲了几次,再用大毛巾把银平的脑袋包裹起来,揉搓一番,梳理整齐。

银平腰间裹着大毛巾,被领进蒸汽浴盆,也就是悄悄被推入一只正面开着盖子的四方形大木箱里。木箱子上面开了洞,那是放头的通道。脑袋卡在正中央之后,浴女又将盖子盖好,将脖颈周围的缝隙堵严实。

"断头台。"银平不由嘀咕了一声。他睁大眼睛,战战兢兢,左右转动着被卡在窟窿里的脖子,环视着周围。

"经常有客人这么说啊。"但浴女没有注意到他的胆怯。银平望着入口的门扉,目光停留在窗户上。

"要关窗吗?"浴女向窗边走去。

"不。"

蒸汽浴盆里笼罩着热气,所以敞开了窗户。浴室的电灯照在外面榆树的绿叶上。榆树是大树,光线射不到叶子繁密的内部。银平似乎听到从晦暗的叶荫里,微微传来钢琴的声音。那琴声不成曲调,无疑是一种幻听。

"窗外是院子吧?"

"是的。"

夜色微明的绿叶窗前,站着一位白色的裸体姑娘,这似乎是难以使银平相信的世界。薄桃色的瓷砖上,姑娘赤足而立。看起来,一副多么年轻的脚,而膝盖后的腿窝却蓄着一圈儿阴影。

银平心想,假若这座浴室里只有他一个人,脖子卡在板盖的洞眼里,肯定难以平静地坐着。他坐在椅子般的物体上,热气从腰下涌上来。背后似乎也是一块发热的木板,他靠了上去。箱子的四方都很热,蒸汽或许升上来了。

"要在里头待几分钟?"

"按各人所好,不过一般就是十分钟光景……习惯后可以在里头待上一刻钟。"

门口的衣橱上放着一只小座钟。一看时间,才过了四五分钟。浴女用毛巾蘸水拧干后贴在银平的额头上。

"啊呀,泡晕了。"

从木板箱里只是伸出个头,一脸认真的表情,想必很滑稽吧。银平想象着,抚摸着温热的胸脯和腹部。只觉得湿漉漉的,不知道是汗还是热气。银平闭上了眼睛。

浴女在客人洗蒸汽浴期间,似乎腾出了手,便从香水池里打热水冲刷浴场。随之,那里传来哗哗的流水声。银平听来,那响声就像波涛扑打山岩。岩石上站着两只海鸥,双羽怒张,伸出长喙,互相叼啄。故乡的海洋浮现于脑际。

"几分钟了?"

"七分钟左右。"

浴女又将手巾蘸水拧干,放在银平的额头上。银平感到一阵清凉,冷不丁向前伸了伸脖子。

"啊,好疼!"他清醒了。

"您怎么啦?"

浴女或许以为热气使得银平头脑感到发晕,随手捡起掉落的手巾重新贴在银平的额头上,用手按按。

"您想出来吗?"

"不,没什么。"

银平沉浸在跟踪这位嗓音优美的女子的幻觉之中。那里是东京某地的电车线路,人行道边林荫路上,那银杏树的姿影留在脑际。银平大汗淋漓,当他知道他的脖子嵌在洞眼里,身子再也无法转动,只好歪斜着脸。

浴女离开银平身旁。她看到银平的样子,似乎感到有些不安。

"如此只露出脑袋,你看我多大年纪了?"银平问道。浴女不知如何回答。

"看不出男人们的年龄。"

浴女并不十分在意他的脑袋,银平也寻不到机会告诉她自己三十四岁。他想,浴女也许二十岁光景。看肩膀、小腹以及腿脚,一定是处女无疑。虽说两颊不搽胭脂,但也显出青春的红润。

"我该出去了。"

银平发出哀求的声音。浴女打开银平咽喉前的木板,两手拽住脖子上的毛巾的两端,小心翼翼把银平拖了出来,然后给他擦去浑身的汗水。银平腰间裹着一条大浴巾,浴女在墙根前的躺椅上铺好白布单子,让银平趴在上面,从肩头开始为他按摩。

按摩不仅要揉搓和抚摸,还要用手掌噼噼啪啪地拍打。这些,银平至今都不知道。浴女的手掌虽说是少女的手掌,但没想到如此有力,连续打在背上,使得银平喘不出气来。他不由联想起自己幼小的孩子,他那圆乎乎的小手用力击打父亲的额头的情景。当银平转向下方,孩子就继续打他的头颅。这是何时的幻影呢?但如今这个幼儿的手在墓场底部疯狂地拍打着顶盖上的土壁。牢狱般的暗黑的土壁从四方直向银平压挤过来。他出了一身冷汗。

"是在涂什么香粉吗?"银平问。

"是的,您觉得不舒服吗?"

"不。"银平慌忙应道,"我还在出冷汗呢……假若有人听到你的声音感到不舒服,那么他眼看就要到犯罪的瞬间了。"

浴女突然停住了手。

"在我听来,除了你的声音,其他一切都消失了。其他尽皆失去,那也是危险的。可是,声音既不可抓住,又不可追及。宛若不停流逝的时光或生命。不,不是这样的啊。不论何时,你都能发出优美的声音。然而,要是你如此沉默不语,无论是谁,都没办法让你发出优美的声音来。即使你被迫发出震惊的声音、愤怒的声音,或者哭泣的声音,皆非出于自然。你用不用自然的声音说话,那是你的自由。"

浴女凭借她的自由沉默着,她从银平的腰间向大腿后面揉搓着,还从脚心揉搓到足趾。

"请仰面躺着……"浴女说道,声音低得几乎听不见。

"啊?"

"这回请转过来向上躺着……"

"向上……?是仰面躺着啊。"银平按着腰间裹着的浴巾,翻转了身子。浴女如今稍稍震颤的温言细语,犹如花香萦聚于耳。银平动动身子,那花香也随之而至。耳朵沁入香花般的陶醉,这是他从来没有体验过的事。

浴女的身子紧靠着狭窄的躺椅,站着为银平揉捏臂膀。浴女的胸脯紧挨在银平的脸上方。她的乳罩虽然勒得不太紧,但白布的边缘使得肌肉稍稍变得细长起来。然而,她的胸间到乳房,尚未成熟地鼓胀起来。浴女一副古典式的长脸型,额头不太宽阔,或许那一头香发没有蓬起,而是整齐梳向后边的缘故吧,一双高挑的炯炯有神的眼睛,显得更加明亮了。脖颈到双肩的线条还未隆起,手臂根部的圆弧依然萦绕着青春的稚气。浴女光艳的肌肤太贴近了,银平闭上眼睛。木匠用的钉子箱里填满了细小的钉子,出现在他眼里。钉子又锐利又光亮。银平睁开眼睛,望着天花板。上面涂成了白色。

"我的身体比实际年龄显得更老,因为太受苦啦。"银平嘀咕道。但他还没有说出年龄。

"三十四了。"

"是吗?挺年轻的嘛。"浴女压抑住声音的表情。她转到银平的头上方,抚摸靠墙一侧的臂膀。躺椅的一边紧挨着墙壁。

"脚趾像猴子一样长,似乎萎缩了。我经常走路……可是,看到自己丑陋的脚趾就觉得恶心。那里竟然也得到你的纤手的抚摩。你给我脱掉袜子时,不感到惊讶吗?"

浴女没有回答。

"我也生在内日本①海边。海岸布满崎岖的黑岩。我用长长的足趾抓住岩石,光着脚走路。"银平半是真话半是假话地说道。银平为了这副丑脚丫子,真不知在青春时代,时时刻刻说过多少谎话啊!倒也难怪,他双足的脚背的确又厚又黑,脚心也打起皱来,长长的足趾骨节突出,每个趾节都可怕地拱屈着。

眼下,他躺在那里接受按摩,看不见腿脚,他把手举到脸前瞧着。浴女为他自胸至臂腕活动筋络。那里正当乳上一带。银平的手没有像足腿那般狼狈不堪。

"内日本什么地方呢?"浴女一副自然的嗓音。

"内日本的……"银平犯起嘀咕,"出身地不好说,我不同于你,我失去了故乡……"

浴女看来并不想知道银平的故乡,她也无心特意打听。这座浴室的灯光不知是如何设置的,浴女的身子上似乎没有阴影。浴女抚摩银平的胸脯,歪斜着自己的胸脯。银平闭上眼睛。一时不知道手向哪里放。要是放在腹边,不就触及到浴女的侧腹胁了吗?哪怕手指尖碰一碰,似乎脸上就要挨一耳光。而且,银平感到真的挨了打一样。他突然害怕地想极力睁开眼来,眼皮就是睁不开。他的眼皮被强烈击打了,想流泪也流不出来,眼珠子像针刺一般热辣辣地发疼。

击打银平面孔的不是浴女的手掌,而是蓝色皮革的手提包。他挨打时不知道是手提包,被打之后发现脚边掉落一只手提包。到底

---

① 内日本:原文为"里日本",指日本本州岛面临日本海一带地方。

是他被手提包打了,还是有人把手提包扔在这里了,银平一概搞不清楚。但手提包却是重重地打在了自己脸上。当时,银平头脑清醒过来了……

"啊。"银平喊叫了一声。

"喂,喂……"他想喊住那女子。他要立马提醒她手提包掉了。然而,女人的背影闪过药店一角,飘忽而去了。只有蓝色的手提包横斜在道路中心,仿佛是银平无可动摇的犯罪的证据。张开的金属锁口里夹持着一沓面值千元的钞票。但是,对于银平来说,比起钞票,更要紧的是作为罪证的手提包。对方因为银平而扔掉手提包逃跑,他的行为似乎已经构成犯罪。出于此种恐惧,银平猛然拾起提包。发现一沓千元钞票而感到震惊,那是拾起皮包之后的事。

银平事后怀疑看到的那家药店是不是幻象。没有一家商店的居民街上,一座古旧的小药店孑然而立,那也太奇怪了。但入口玻璃门扉一旁,却竖立着一块贩卖蛔虫药的广告牌。还有一件奇怪的事,进入居民街的电车线路的拐角处,竟然有两家同样的水果店相对而立。两家商店里都同样排列着盛满樱桃、草莓等水果的小木箱子。银平尾随女子而来的当儿,除了女人再也没发现别的一切,怎么突然两家相对的水果店闯入他的眼帘了呢?他要记住通往女人家里的拐角处吗?他的眼里还残留着水果箱里整齐地排列着的一颗颗草莓,所以,确实有水果店。但是,只有电车线拐角处有水果店。银平记错了,他或许以为两个地方都有水果店来着。那阵子,一种东西看成是两种东西并非绝无仅有。后来,银平曾经想去亲自查看一下到底有没有水果店和药店。他和这一诱惑苦心斗争了一个时期。其实,那座街衢他也没看清楚。他把东京地理又在头脑里描画一遍,只得出个大体的感觉。对于银平来说,女人前去的方向,那里只是一条道路。

"对啦,或许她并不打算扔掉。"银平被浴女揉搓着腹部,无意中自言自语起来。他猛地睁开眼,浴女尚未留意看他,他就又很快闭上了。说不定是地狱里怪鸟般的眼神吧。关于那只女用手提包,失物的名称,以及失主的情况,这些幸好都没有暴露。银平立即收紧腹部,接着就不停地一起一伏。

"好痒痒啊。"听银平这么一说,浴女放松了手。这回真的胳肢起他来了。银平快活地笑出声来。

直到现在,银平依然认为,那个女人不论是用手提包打了自己,还是将手提包丢给自己,都是因为她以为有人为了包里的钱对她盯梢,她害怕到了极点,才扔掉提包逃走的。但女人本不打算扔掉,她只是想拎起手中之物甩掉银平,由于用力过猛,手提包从手里飞出去了。不论是哪一种可能性,假若是女人抡起手提包打到了银平的脸,意味着两人的距离十分接近。走进行人稀少的居民街,银平无意之中缩短了追踪的距离也未可知。那女人是由于感受到银平的气息,才扔掉提包逃走的吗?

银平并非为了钱,他根本不知道女人手提包中有巨额钞票。连想都没想过。他为了销毁明显的罪证,捡回手提包,这才发现包里有二十万元钞票。没有一道折痕,十万一沓,一共两沓。也有存折,因此女人一定认为从银行回来的路上,一出银行大门就被人跟踪了。除了两沓钞票之外,只有一千六百元零钱。银平翻开存折,取出二十万元后,还余两万七千多。就是说,女人的存款都被支取出来了。

银平从存折上知道,女人的名字叫水木宫子。不是冲着钱,而是受到女人魅力的诱惑,要是这样,他自当将钱和存折一起送还给宫子才是。然而,作为银平,他是不会归还她的。正如银平是追随女人而来,金钱似乎是活生生的有灵之物,驱赶银平向前迈步。银平是首次偷盗金钱,与其说"盗",莫如说是金钱一方面使银平胆怯,一方面又不愿舍他而去。

当他拾起手提包时，还没有余裕想到偷盗金钱，拾起一看，手提包成了犯罪的证据。银平将包夹在穿着西服的腋下，一路小跑来到电车线上。正巧不是穿外套的季节，银平买了一枚包袱皮儿，跑出店面，把手提包裹起来。

银平租赁二楼房间，一人独居。水木宫子的银行存折和手帕都被他放在炉火上烧了。因为没有提前保留存折上的住宅号码，宫子的地址也无从知晓了。他也不想送回钱款了。存折、手帕和梳子烧起来有气味儿，他想，手提包的皮革更臭，便用剪子铰碎，一片片投入火中，费了好些时日。手提包的金属锁口，以及口红和粉盒的金属盖儿等不可燃之物，趁夜间扔进水沟。这些都是寻常之物，即使被发现也没有关系。当他挤出经常使用、所剩不多的口红条儿一看，银平不由打了个寒噤。

银平留心听广播，他也经常看报，没有发现装有二十万钱款和存折的手提包被抢夺的新闻。

"唔，那女人还没有报案。或许有些原因，使她不敢报案。"银平嘀咕着。他感到黑暗的心底突然被一股奇怪的火焰照得通亮。银平之所以跟踪那个女人，也是因为那个女人有值得银平跟踪的地方。可以说双方都是同一魔界的居民。银平凭经验，他懂得这些。当他想到水木宫子也和他是同类的时候，立即心荡神驰了。他为没有保留宫子的住址而后悔莫及。

宫子被银平盯梢的当儿，肯定很害怕，但即使她本人没有这番感觉，那也存在一种剧疼般的喜悦。人类怎么可能会只有主动者快乐而无被动者快乐的事情呢？街上美女如云，银平只选择宫子尾随其后，这不就像吸食毒品的中毒者找到了同样的病友了吗？

银平最初尾随女子时选择玉木久子，就明显是上述这一情况。说是女子，久子也不过是个姑娘。比起声音优雅的浴女还要年轻。

她是一名高中生,是银平班上的学生。银平和久子的关系暴露后,随即被解除了教职。

银平一直盯梢盯到久子家门口。他看到门庭壮丽,猛然停住了脚步。那扇大门连接着一拉溜儿石墙,铁棍格子上头是蔓草花纹。大门敞开着。久子从蔓草花纹对面转头看了看。

"老师!"她对银平叫了一声。一张青白的面孔,泛起美艳的红潮。银平的面颊也一阵火热。"啊,这里就是玉木同学的家呀。"银平沙哑着声音说。

"老师,您有何事?为何来我家了呢?"

既然来到学生的家,总不能闷声不响地一直跟在后头。

"原来如此。真是太好啦,这座房子没有被战火烧毁,简直是个奇迹!"银平装出颇为感慨的样子,朝着门里张望。

"房子全烧光了,这是战后才买的。"

"这里是战后才……?玉木同学的父亲是干什么的呢?"

"老师,您究竟因何事而来呢?"久子越过铁质蔓草花纹图案,对银平怒目而视。

"哎,是这样的。因为生脚气……那个,玉木同学的父亲不是知道治疗脚气的特效药吗?"他说着,便在这座豪华的大门前面,东拉西扯谈论起脚气来了。谈这些算怎么回事呢,银平带着一副哭丧的面孔。久子一本正经反问他:

"生脚气了吗?"

"嗯,我说的是脚气药。喏,就是那种治疗脚气很有效的药。你不是在学校跟朋友说过吗?"

久子闪现出回忆的眼神。

"我已经不能走路啦。你能不能向你父亲询问一下脚气药的名称?我就在这里等一会儿。"

银平眼望着久子消失在那座洋馆的大门之内。他跑着逃离了。银平那双丑脚,似乎一直在后头追逐他自己。

久子被盯梢,恐怕不论在家里还是在学校,她都不会上告。银平猜度着,当晚因受头疼折磨,眼皮发麻,一夜没有睡好。上床后,他迷迷糊糊,睡得不沉,而且时常被吵醒。每次都伸手摸摸渗满冷汗的额头。积聚在后脑的毒素,上升到头顶之后,接着又转移到额头。此时,脑袋又疼起来了。

第一次头疼是在逃离久子家门前,徘徊于附近闹市的时候。杂沓的人流中,银平找不到立脚之地,只得捂着前额蹲在地上。头疼同时感到眩晕。锣声铿锵,震动着大街,既像中彩获大奖,铃声大作;又像消防车飞速驰过,警铃高鸣。

"您怎么啦?"女人的膝头轻轻抵一下银平的肩膀。他转过脸仰头一看,似乎是个战后闹市区的街头妓女。

为了不给行人挡路,银平不知何时躲在花店的橱窗下了。他的额头几乎顶在橱窗的玻璃上。

"你在跟踪我吧?"银平对女人说。

"谈不上什么跟踪。"

"并非我尾随你而来啊。"

"是的呢。"

女人的回答既不肯定也不否定。要是肯定,女人还应说点儿理由。然而女人却停了一下,银平等不及了,他有些焦急:

"要是我没有尾随你,那就是你尾随我,对吗?"

"随您怎么说……"

女人的影像映在窗玻璃上,仿佛辉耀于玻璃对面的鲜花丛中。

"您在干什么呀?快站起来。人家都看着您呢。哪里不舒服啊?"

"唔,脚气。"

银平不由走了嘴,又说了脚气,自己也感到不解。

"脚气发了,疼得不能行走。"

"真拿您没办法,附近有个好去处,保您满意,回去休息一下吧,袜子和鞋都可以脱掉。"

"要是叫人看到了,就不好啦。"

"谁愿意看呀,瞧那脚……"

"会传染的。"

"不会传染。"女人将一只手插进银平的胳肢窝里,"怎么样?怎么样?"她调笑般地问道。

银平用左手手指摁住额头,望着映入花丛中女人的面影,此时花丛中出现了另一位女子的面容。那是花店的老板娘吧?银平仿佛要抓住窗户对过的一簇白色大丽花,右手抵住橱窗大玻璃,站立起来。花店老板娘蹙起薄眉,乜斜着银平。银平生怕自己撞破大玻璃划破腕子,流出鲜血,因而将身体的重心向女人这边倾斜。女人站稳脚跟说:"可不能逃掉!"说着,照着银平的前胸猛地掐了一下。

"好疼。"

银平猛醒了。打从逃离久子家门,他不知道是如何到达这里来的。但经女人掐过之后,头脑轻快多了。犹如湖畔山谷吹来的微风,清爽宜人。虽说这应该是绿叶时节的凉风,但由于银平的腕子刚刚极力抵在花店的玻璃窗上,眼看就要把湖面般的宽阔的玻璃顶碎,于是在他心里浮现出结冰的湖面。那是母亲家乡的湖。湖岸上也有町镇,但母亲的家乡是农村。

湖面上笼罩着轻雾。岸边冰层的远方,锁在无限的水雾之中。以往,银平曾邀约姨表姐弥生一起到冰上散步,抑或说诱骗更准确。少年银平诅咒、怨恨弥生。他甚至怀着一种不良的用心,巴不得脚边的冰层破裂,让弥生沉落到冰下的湖底里。弥生比银平大两岁,银平比弥生更会使坏心眼儿。银平的父亲在银平虚岁十一岁时,奇怪地死去了。母亲动摇起来,打算返回娘家。比起生长于春天和煦阳光下的弥生,银平更需要耍弄一些鬼主意。银平同姨表姐发生初恋,其中一个隐秘的愿望或许是不想失去母亲。幼年银平的幸福,意味着他和弥生双方的身影或一同映着湖水,或一起在湖岸的小路上散步。他们一边望着湖水,一边走动,湖水映着两人的姿影,走啊,走啊,仿佛永远不离不弃。然而,幸福却很短暂,长他两岁的少女,在十四五岁时作为异性,离银平而去。银平的父亲亡故之后,母亲的娘家人,对银平的这个家十分忌讳,弥生也明显地瞧不起银平,同他疏远了。银平巴望湖面的冰层破裂,弥生沉入湖底,正是那个时候。不久,弥生和一位海军士官结了婚,如今该是个寡妇。

眼下,银平浮想联翩,由花店的玻璃窗联想到湖面的冰层。

"掐得够狠的。"银平揉着胸口,对街头妓女说。

"肯定弄破啦。"

"回去给夫人看看嘛。"

"我没有夫人。"

"您说什么?"

"是真的。我是光棍教师。"银平平静地说。

"我也是个独身的女学生啊。"女人回答。

这女子肯定是水性杨花,银平不再瞅女人的脸孔。但他听说女子是学生,头又疼起来了。

"脚气疼吗?所以还是少走路为妙……"女人望着银平的足跟。

银平忽然想到,要是他跟踪到家门口的玉木久子,反过来跟踪他来到这里,发现他和这个女子一同走路,那么她会怎么想呢?他蓦地转身环视了一下嘈杂的人群。走进玄关的久子是否重新出门不得而知,但现在久子肯定在心中追逐着银平,他对这一点坚信不疑。

第二天,久子这个班级有一堂银平的国语课。久子在教室门外等着他。

"老师,药。"说着,迅速塞进银平的口袋里。

银平昨夜头痛没有备课,因睡眠不足而感到疲劳,改成了作文课。题目任选。一个男同学举手发问:

"老师,可以写生病吗?"

"嗯,写什么都行。"

"例如,不好意思,脚气什么的……?"

他的话引起哄堂大笑。但大伙儿都看着那个学生,没有人奇怪地望着银平。大家似乎不是嘲笑银平,而是笑那个学生。

"脚气也可以写的,老师没经验,写出来可以作参考。"银平一边说一边瞧着久子的座位。同学们还是笑个不停,他们的笑声显示出银平的无罪。久子低头在写着什么,她没有抬头,面孔一直红到耳根。

久子把作文交到老师桌子上的时候,银平瞥见题目是《老师的印象》。银平想,她写的肯定是自己。

"玉木同学,回头你留一下。"他对久子说。久子暗暗地点点头,扬起脸瞟了银平一眼。银平仿佛觉得是在斜睨他。

久子离开窗际,眺望着校园,全体学生交完作文之后,又重新聚集到讲坛旁边来。银平慢悠悠将作文簿子扎成一捆,站起身来。他默默无言地来到走廊上。久子跟在银平后头,相距一米左右。

"谢谢你的药。"银平回过头来说,"你跟人说了脚气的事了?"

"没有。"

"谁都没说吗?"

"哦,跟恩田说过。恩田是我最要好的朋友……"

"对恩田同学说过呀……?"

"就她一个人。"

"对一个人说和对大家说,都是一样的。"

"不会的吧,只是恩田和我两个。我同恩田之间没有任何秘密。我们相约,不管什么事都不瞒着对方。"

"这么亲密啊?"

"是的。我父亲生脚气的事,我也跟恩田说了,那时老师也听到了。"

"是吗,不过,你同恩田同学没有任何秘密吗?那是骗人的。你仔细想想看,你说对恩田同学没有任何可以保密的,那么你一天二十四小时都和恩田同学在一起,心中随时想到的片言只语,二十四小时一直对她说个没完,那怎么可能呢?例如,睡着了做梦,早晨醒来忘记了,便不会对恩田同学谈起。说不定梦中和恩田同学绝交后,想把她杀了呢。"

"我不会做那样的梦的。"

"总之,所谓互不保密的亲友,都是病态的幻想,女孩子弱点的假象。没有秘密,只是天堂或地狱的故事,不是人间世界。假如你对恩田同学没有秘密,你就不能作为人类独自一人存在,就不可能生存下去。你手摸胸脯好好想想吧。"

银平说的这番道理,以及他为何要摆出这番道理,久子似乎一时很难理解。

"友情不可相信吗?"她好不容易反问道。

"没有任何秘密,就不会产生友情。不仅是友情,所有的人世感情都不可能存在。"

"啊?"少女似乎依旧不能信服。

"重要的事情,我都会跟恩田商量。"

"那么,怎么说呢……最重要的以及最不重要的鸡毛蒜皮之类事情,你不会跟她说的,不是吗?你父亲同我生脚气的事,究竟重要到何种程度,对于你恐怕也只是中等程度吧。"

银平一番不怀好意的话语,使得双脚被吊到半天云里的久子,仿佛突然被掼到了地上。久子带着伤痛,哭丧着脸。银平不住地低声安慰她。

"你家中内部的事情,也全都跟恩田同学说了吗?不会吧?你父亲工作上的秘密不会说的,是吧?瞧,还有,今天的作文课,你好像写了我,有些事也不一定对恩田同学全都说了。"

久子泪眼盈盈,锥刺般地望了银平一眼。沉默不语。

"玉木同学的父亲,战后干了什么工作,获得了这样的成就,这是了不起的事。我不是恩田同学,但我也想详细地听你说说。"

银平一副若无其事的语调,明显地带有强迫的意图。他怀疑,要是战后买下那座宅第,多半是做了一些不合法的犯罪行为。银平死盯着久子不放,企图使她对自己跟踪之事守口如瓶,一直保密到底。

然而,久子第二天就来上银平的课了,并且给他带来了脚气药,还写了《老师的印象》这篇作文,看来用不着犯愁。银平再次确认了昨夜的猜测。还有,银平如醉如痴,梦游一般地尾随久子,是因为被久子的魅力所诱惑。久子已经用魅力降服了银平。由于昨日被盯梢,久子对自己的魅力已经知晓,或许暗暗在快乐地颤抖哩!银平对这位奇怪的少女,有着电击般的感应。

不过,强迫久子,也只能到此为止。银平扬起脸来,发现恩田信子站在走廊尽头,正在注视着这边。

"你的密友对你不放心,正等着你呢。快去吧……"银平放走了久子。久子不是那种女子,一旦离开银平就立即跑向恩田那里,而是渐渐落在银平后头,低着头一步步向前走去。

三四天后,银平对久子表示感谢。

"那药很有效,托你的福,全治好啦。"

"是吗?"久子明朗的面颜上浮现出艳红而可爱的笑靥。

然而,可爱的久子远不止这些,她和银平之间的关系,被恩田信子告了一状,使得银平被赶出学校。

接着又过了好些年月,如今在轻井泽蒸气浴澡堂里,银平由一位浴女为他按摩小腹。他躺在那张宽阔而豪华的安乐椅上,想象着久子的父亲剥落脚皮时的情景。

"嗯,生脚气的人是不能洗蒸气浴的。一旦被热气熏蒸,就会奇痒难耐。"银平似乎在自嘲地说。

"有生脚气的人来过没有?"

"这个嘛……"

浴女实在不想回答。

"我不懂什么脚气,那只有娇生惯养、柔弱的腿脚才会有吧?高尚的腿脚染上恶劣的病菌,人生皆如此。我等猴子脚,哪怕种上去也不会生长。脚皮又厚又硬啊。"他一边说,一边想到刚刚浴女的纤纤素指,在他那双丑脚上用力揉搓湿漉漉的脚心。

"我这脚连脚气菌都不愿来。"

银平皱起眉头。如今心情好些,为何要跟美丽的浴女谈论脚气呢?难道非得说出来才舒服吗?无疑是因为那时对久子撒了谎的。

银平走到久子家门口,说自己正为脚气所苦,想打听一下药名,只不过是临时脱口而出的谎言。三四天之后,他去道谢,说脚气好了,那也是在继续撒谎。银平并没有为什么脚气所苦恼,上作文课时,他说自己没有经历过,那是实话。他向久子要的药扔掉了。他对街头妓女讲述的一切只不过是信口开河,是在继续着早先的谎言。撒过一次的谎,就会紧接着跟踪而来。银平紧随女人身后,谎言也紧跟银平身后。恐怕罪恶也是如此吧。一旦犯下莫名的罪恶,罪恶就会一桩又一桩,接连不断地跟踪而至。恶习正是如此。一度跟踪过女人,还会使银平再次跟踪女人。就像脚气一样盯住不放。接二连三,扩大范围,永不间断。今年夏天的脚气,暂时消隐,明年夏天又会复发。

"我没有脚气。我不知道脚气是什么。"银平仿佛自我呵斥般地吐露心声。怎么能将跟踪女人那种优美的战栗和恍惚,同不洁的脚气等搅浑在一起?一度说过的谎言,怎能使得银平做出如此的联想?

可是眼下,银平头脑里蓦地意识到,在久子家门前脱口而出的脚气的谎言,不正来自对于自己一双丑脚的劣等意识吗?要是这样,跟踪女人的也是这双腿脚,也就是说同这一丑陋有关系,不是吗?银平猜出这一点,吓了一跳。部分肉体的丑陋,将会憧憬美,悲伤而哀泣不止。一双丑恶的腿脚偏偏追逐美女,难道是天经地义的事吗?

浴女从银平膝下到小腿按摩完毕,随之背对银平转向后方。就是说,银平的脚就置于浴女的眼皮正下方了。

"可以啦。"银平慌忙说道。他将又瘦长又突出的脚趾极力屈曲起来。

浴女含着一副优柔的嗓音说道:

"给您剪一剪趾甲吧?"

"趾甲……?啊,脚趾甲……?你给我剪脚趾甲吗?"他一时显得有些狼狈,含含糊糊地应酬着。

"长得好长了吗?"

浴女将手掌放在银平脚底板上,轻柔地握着他那猴子似的缩紧的脚掌,使他伸展了脚趾。

"是有些长了……"

浴女为他剪趾甲,又温柔,又认真。

"你一直待在这里,倒也很好。"银平发话了。他已经死心了,打算将这脚指头就交给浴女了。

"想见你的时候就到这里来。一旦想找你按摩,指明你的番号就行了,是吗?"

"是的。"

"你不是个和我陌路相逢的人,也不是个来历不明的人,更不会因为偶然相遇不跟踪就会在不可能再度相逢的世界里将你迷失。这话我说得可能有点儿绕弯子啦……"

一旦将一切都托付与她,那双丑脚似乎也会诱发一掬温馨而幸福的泪水。女人一只手捧着他的脚,一只手为他剪趾甲。银平从来没有像眼下这样,将自己的一双丑脚暴露给一个女子。

"我说得有些玄妙,却是真的。你不觉得吗?偶然相逢,挥手而别,啊,这是多么可惜……我经常有这种体会。多么可爱的女子,多么美丽的女子,如此富有魅力的女子,这个世界还会有第二人吗?与这样的人在路上交肩而过,在剧场比邻而坐,在音乐厅会场上相继走下台阶……然后分别,一生不可能二度相逢。话虽如此,你总不能随便喊住一个陌生人同他聊天。难道人生就是如此吗?那种时候,我简直痛不欲生。恍恍惚惚,就要昏迷过去了。我虽然想跟随她直达这个世界的尽头,但这又不可能。因为我一旦跟随她走向这个世界尽头,我就只能将她杀掉!"

银平毕竟说得太露骨了,他不由一惊,然后解释性地说:

"刚才有些太放肆了。若想听到你的声音,只需打个电话就行,真是太好了。不过,你和浴客不同,行动不自由。有了可意的浴客,心里盼望着他能再来,然而,来不来都要看客人的方便,也许永远都不会再来了。你不觉得这就是无常吗?人生,就是如此。"

银平望着浴女处女般的脊背,随着剪趾甲的动作,她的肩胛骨微

花的圆舞曲

微动着。剪完脚趾,依旧背着身,有点儿不知如何是好。

"您的手呢……?"她转向了这边。银平躺着将手举向胸前。

"手指甲似乎不像脚那么长,也不像脚趾甲那么脏。"

银平也没回绝,浴女就给他剪手指甲。

对于浴女来说,银平越发使她感到害怕起来,对于这一点,银平心中也有数。刚才那句随便的话语也给他自己留下可怕的印象。追踪的极点果真就是要杀人吗?水木宫子,仅仅拾到她一只手提包,不知道是否还会再见面。犹如脚尖而过,挥手而别。他和玉木久子也相隔很远,分别后再度相见也是很困难的。银平并没有追踪到底把她们杀掉。久子和宫子或许都已经身处他鞭长莫及的世界中了。

真是令人吃惊,久子和弥生的面庞,竟然那么清晰地浮现在银平的脑际,他把她们与浴女的面颜相比较。

"服务那么周到细致,假若没有回头客,简直不可思议。"

"啊呀,这里在做生意呢。"

"嗓音真好听!她在吆喝:'这里在做生意呢。'"

浴女不再理睬,银平羞愧地闭上眼睛。他从合在一起的眼皮缝隙里窥视,看到乳罩泛着模糊的白色。

"把这个脱掉。"银平揪住久子乳罩的一端,久子摇摇头。银平用力拽了一下,橡皮筋缩在了他手里。久子茫然地盯着银平手中的乳罩,敞开了胸怀。银平随手扔掉右手紧握的东西。

银平睁开眼来,浴女在为他剪指甲。他看了看那只右手。久子比这位浴女小几岁呢?两岁,还是三岁?久子如今也像浴女这般皮肤白皙吗?银平闻到了久留米[①]兰色扎染的气息了。那是银平少年

---

① 久留米:九州久留米地方生产的蓝色扎染棉织品,结实耐穿。传说为井上传首创。

时代穿着的衣服,是由那时还是女学生的久子蓝哗叽裙子的颜色上联想到的。蓝哗叽裙子包裹着他的脚,久子在哭泣,银平也在流泪。

银平的右手手指失去了力气。浴女用左手支起银平的手,用右手手里的剪刀,灵巧地为他剪指甲。银平在母亲娘家结冰的湖面上,牵着弥生的手一起散步时,也是右手失去了力气。

"怎么啦?"弥生说着回到岸上。当时他那紧握着的手,要是充满力量,也许会让弥生沉入结冰的湖底。

弥生和久子都不是他偶然相遇之人,她们有明确的出身和与周围人的联结,是随时可以相见之人。纵然如此,银平还是跟踪她们,使她们最终离开了他。

"耳朵……做吗?"浴女问道。

"耳朵?耳朵怎么弄呢?"

"按摩一下吧。请坐着吧……"

银平起身坐到躺椅上,浴女用手指微妙地揉搓银平的耳垂,接着就将指头插进耳眼儿,似乎在微妙地旋转着。耳朵里污浊的气体释放出来,变得轻松了,含蕴着幽微的香气。随着一种微妙的有节奏的音响,传来了微妙的震动。浴女似乎一面将手指插入耳眼,一面用另一只手不停地轻轻叩击。银平堕入一种莫名的恍惚之中。

"你是怎么做的?真像梦幻一般。"银平说着,转过头来,可他看不见自己的耳朵。浴女将臂腕稍稍倾向银平的脸孔。她重新将手指插进耳眼儿,这回慢悠悠地旋转给他看。

"这是天使之爱的絮语啊。清除以往进入耳里的所有的人声,只想听见你的优柔的嗓音。人们的谎言似乎也从耳里消弭了。"

浴女遂将裸体的身子挨近裸体的银平,对着银平奏起了天上的音乐。

"做得不好。"

花的圆舞曲

　　按摩结束了。浴女为坐着的银平穿上袜子,扣上衬衣的扣子,把他的两脚装进鞋里,系好鞋带。银平自己所做的,仅仅是将腰带勒好,领带系好。银平走出浴室,喝了一杯冰冷的桔汁。这期间,浴女一直站在他身旁。

　　接着,浴女送他走出玄关,银平一来到夜间的庭院,立即看到巨大的蜘蛛网的幻影。两三只绣眼儿同各种昆虫,一起粘在蜘蛛网上。青色的羽毛和眼睑周围可爱的白色圆环,历历可睹。绣眼儿只要挣扎,蛛网或许也会破裂,它们却细细地缩紧双翅,挂在蜘蛛网上不动。蜘蛛一旦靠近,就仿佛会被绣眼儿的长喙啄破肚皮,只好守在蛛网中央,将屁股对着绣眼儿。

　　银平抬眼望着又高又暗的森林。遥远的岸边夜间的火灾,照亮了母亲娘家的湖面。银平仿佛也被那映照在湖水上的夜火吸引了。

二

　　装有二十万元现钞的手提包被夺,水木宫子没有报警。二十万元对于宫子来说,虽说是关系整个命运的一笔巨款,但也有着不便上诉的缘由。因此可以说,银平为这件事而下信州①逃逸各地,完全没有必要。而且,假若真有什么东西在追击银平,那就是他所携带的现金。并非是他偷盗金钱,而是金钱似乎对银平紧追不舍。

　　银平无疑是偷了钱的。但当时他正要对宫子打招呼,告诉她手提包掉了,所以或许说不上是"夺"。宫子也不认为遭到了银平的抢劫,并不能清楚地判定就是银平盗窃。当手提包丢失到马路中央的时候,在场的只有银平一人,当然首先怀疑是他偷的。然而,并非宫

---

①　信州:日本古代信浓国的异称,今长野县。

子亲眼所见。也许银平没有拾取,是别的路人捡走了。

"幸子,幸子!"那时候,宫子一进门就呼喊女佣。

"手提包丢啦,你去帮我找找看,就在那家药店前边。快点儿,跑着去。"

"好的。"

"慢慢腾腾,就会被人拿走的啊!"

接着,宫子喘着粗气登上二楼,女佣阿辰也追着宫子上楼来了。

"小姐,听说手提包丢啦……?"

阿辰是幸子的母亲,阿辰先来了,是她把女儿喊来的。宫子一人生活的小家庭里,不可能使唤两个佣人,阿辰针对这家的弱点,君临其处,是个超越女佣以上的存在。阿辰有时喊宫子"夫人",有时喊宫子"小姐"。有田老人来这个家的时候,必定叫宫子"夫人"。

那是因为有一天,宫子受到引诱主动说出了实情。

"在京都的旅馆里,身边的女佣,看我一个人在的时候,就喊我'小姐'。有田在的时候,年龄相差这么大,她也喊我'夫人'……喊我'小姐'或许故意开点儿玩笑,但听起来有点儿可怜我,因而我有些伤感。"

她这么一说,阿辰随即道:

"那好,我也这么称呼吧。"自那之后,她就一直这么叫了。

"不过,小姐,正走着路把手提包丢了,不是挺可笑的事吗?又没有其他的东西,手提包总该提溜在手里的啊。"

阿辰的小眼睛瞪得溜圆,凝神仰望着宫子。

阿辰的眼睛即使不瞪眼也是圆的。一副铜铃般的眼睛,虽说眼界不很开阔,但一双小眼睛瞪得溜圆,幸子的眼睛继承妈妈,显得颇为可爱,阿辰的则不自然地过于突出,反而使人泛起可怖的警惕心来。事实上,一旦与阿辰相对,她的眼底就会另有一种神情存在。薄茶色透明的眼神,反而给人阴冷的感觉。

  白皙的颜面既圆且小,脖颈很粗,胸脯更壮,越向下越肥胖,并且脚很小。女儿幸子那双可爱的小脚板,更加使人惊奇。然而,母亲脚脖子纤细,一双小脚看上去犹如狡猾的小动物。母女二人都是小个子。

  阿辰颈子肉嘟嘟的,即便仰望宫子,她也扬不起头颅,只能向上翻翻眼皮。可这样站着的宫子更有种被看透的感觉。

  "丢掉的东西总归丢掉啦。"宫子用高声呵斥女佣的嗓门说道,"证据不就是手提包不见了吗?"

  "可是,小姐,您不是当即说出就在那家药店前边吗?地点知道了,而且就在自家附近,怎么就会把手提包丢了呢?"

  "丢掉的东西总归丢掉啦。"

  "同蝙蝠伞一样,手提包忘在哪里是经常有的事。可拿在手里竟然丢了,比起猴子从树上掉下来还要不可理解。"阿辰端出一个奇妙的比喻。

  "如果意识到丢了,重新捡起来不就得了?"

  "那当然,瞧你在说些什么呀?要是一掉下来就有觉察,那就不会丢掉了。"

  宫子这才察觉,自己登上二楼后,一直身穿外出的衣服站立于此。宫子的西服衣橱与和服衣橱都在楼上的四叠半房间里。有田老人来时,两人就住在隔壁八铺席双人房,这样便于换衣服。阿辰在下边,倒是可以耍威风了。

  "到下边拧个手巾给我。要冷水的,稍微出了些汗。"

  "好的。"

  宫子这样说罢,阿辰就会到楼下去了。再说,光着身子擦汗,阿辰可以不必待在楼上。

"好的,我在脸盆的水里放些冰箱的冰块儿,给您擦擦澡吧。"

"不用。"宫子皱起眉头。

阿辰下楼去了。同时,玄关的大门打开了。

"妈妈,我从药店前边一直找到电车线,都没有发现夫人丢失的手提包。"只听得幸子这么说。

"那是自然的……到楼上向夫人汇报一下吧。那么,向巡警报案了没有?"

"哎呀,要报案吗?"

"怎么这么迷糊啊,还是去报个案吧。"

"幸子,幸子!"宫子在楼上呼喊。

"不要报案,里头没有什么重要的东西……"

幸子没有回应。阿辰捧着一只木盆,里面放着脸盆上了楼。宫子脱掉裙子,只穿内衣。

"要不要我给您搓搓背呢?"阿辰一本正经特别客气地说道。

"不用了。"宫子接过她要阿辰拧来的手巾,伸展双腿开始擦拭起来,将脚趾丫儿也揩干净了。阿辰将宫子缩成一团儿的袜子展开来叠好。

"不用叠了,反正要洗的。"宫子将毛巾扔到阿辰的手边。

幸子上楼来时,两手俯伏在隔壁四叠半房间的门槛上行礼。

"我回来啦,没有找到。"她说。一副滑稽的可爱的形象。

阿辰对宫子有时百般殷勤,有时敷衍了事。黏黏糊糊,过分亲昵。时时刻刻,变幻莫测。但她会絮絮叨叨地向女儿讲解这类礼仪作法。有田老人归来时,她叫幸子给他系鞋带子。有田老人患神经痛,有时用手扶住蹲在脚边的幸子的肩膀站立起来。阿辰企图叫幸子将老人从宫子手里夺过来。对此,宫子早就看在眼里。然而,十七岁的幸子对于阿辰的话未必真正能够理解。她叫幸子搽香水。宫子

一旦问起,阿辰就回答说:

"这孩子体味很重。"

"就叫幸子报到巡警那里去吧,怎么样?"阿辰紧追着问。

"干吗老盯着呢?"

"很可惜呀,里面究竟装着多少钱呢?"

"没装钱。"宫子闭起眼睛,上面盖着冰冷的毛巾,好半天纹丝不动。心跳又加快了。

宫子有两份银行存折。其中一份是利用阿辰的名义,存折也交给阿辰保管。这一份是瞒着有田老人的私房钱。这是阿辰为她出的主意。

二十万元是从宫子名下的那份存折上取出来的。取款的事对阿辰也保密。有田老人一旦发觉,就会问起二十万元干什么用了,所以不能报案。

对于宫子来说,这二十万元是将自己年轻的身子交给一个半死不活的白头老者,以短暂的青春花季作为代偿换取来的,流淌着宫子的血汗。这笔钱一旦丢掉,瞬间里就消失了,没给宫子留下任何东西。这简直叫人难以置信。而且,大凡花掉了钱,这笔钱没有了,其后还可以作一番回想。积攒起来的钱,钱一旦失去,回忆起来也是苦涩的。

不过,丢失二十万元的时候,宫子也并非没有一瞬的战栗。那是一种快乐的战栗。当她发现身后有男人跟踪,心中害怕,逃离了现场。较之这一点,也许更是另一种突如其来的快乐使她感到惊讶,这才转身逃逸的吧?

当然,宫子不以为是自己丢了手提包,正如银平不知道究竟是宫子用手提包击打自己,还是手提包脱手而飞了出去,宫子也不知道究竟是自己用手提包击打,还是将手提包扔了过去。但手感十分强烈,手掌又麻又疼，传到臂腕，传到前胸，全身剧痛，沉沦于恍惚之中。宫子被男人跟踪期间，内心里火热的激情，似乎骤然之间燃烧起来了。她被有田老人葬送的青春转瞬得以复活，感到了复仇的战栗。于是，对于宫子来说，长年累月积攒二十万元的劣等感，瞬间获得补偿，因而并没有白白丢掉，这一花销还是很值得的。

不过，说真话，这同二十万元似乎没有任何关系。她不管是用手提包击打那男子，还是将手提包扔向那男子，当时宫子完全忘记了包里的现钱。甚至手提包离开自己的手掌，她都没有觉察。不，当她转身逃离的时候，也还没有想起来。基于此种意思，说宫子丢掉手提包是对的。并且，她在击打男子之前，实际上就忘了手提包，以及包内的二十万现钱。她一心只想着自己被那男人盯梢，心中阵阵激情，宛如水波荡漾。当情感的波涛达于高潮之际，那只手提包则不知哪儿去了。

宫子返回自家大门时，依旧保有快乐的麻痹，她瞒着什么也没说上了楼。

"我要脱衣服了，你下去吧。"

宫子从脖颈到手臂擦了一遍，随后对阿辰说。

"到浴室洗吧。"阿辰奇怪地看着宫子。

"我不想动了。"

"是吗？不过，手提包的确是在药店前——也就是沿电车线向这边走来后丢的吧？因为我要去巡警那里问一问……"

"我不知道在哪儿丢的。"

"为什么呢？"

"有人盯着我呢……"

宫子本想尽早独自擦拭一下战栗的痕迹，不由得说走了嘴。阿辰圆睁着光亮的眼睛。

"又给盯梢了吗?"

"是啊。"宫子重新坐好。可说罢,快乐的余韵完全消失了,只剩下阴森的恐怖,似乎直出冷汗。

"今天是直接回来的吗?还是去傍男人散步了?所以,手提包丢了,对吗?"

阿辰回头看了看依旧坐着不动的幸子:

"幸子,你干吗愣着?"

幸子仿佛感到目眩,刚一站起来,一条腿就打了个趔趄,随即涨红了脸。

其实,幸子也知道宫子经常被男人盯梢。有田老人也很明白。在银座中心,宫子曾低声对老人说:

"有人跟踪我呢。"

"哦?"老人刚要回头瞧,宫子制止了他,"不能看。"

"不行吗?你知道别人为何盯你梢吗?"

"这个我知道。那人就是刚才从面前过去的头戴蓝帽的高个子男人。"

"我倒没在意,刚才交肩而过时,他跟你打招呼了?"

"瞎说什么呀,难道您要我问问他,只是个过路人,还是想进入我的人生?"

"你高兴吗?"

"要不真的问问吧……那么,咱们打个赌吧。看他会跟到哪里……我好想打赌。我不能同一个拄拐杖的老人一起走,请您到那家丝绸店里看着。我到对面那条街尽头,然后再折回这里,这段路要是他一直跟踪我,那您就得为我买一套夏天穿的白西装。我不要麻织的。"

"要是宫子你输了呢……?"

"会吗?那就让您整夜枕着我的胳膊睡觉。"

"那你不准时而向后看,时而同他搭讪啊!"

"那当然了。"

这场赌博预计有田老人会输。老人想,输了,宫子也会整夜给他枕着胳膊睡。不过,自己睡着了,枕不枕香肘儿又怎么知道。老人苦笑着,走进男士专用的绸布店。后来,他目送着宫子同那个盯梢的男子,心中涌动着奇妙的青春的欲情。这不是嫉妒。嫉妒是禁止的。

老人家中有位名目为家政妇的美人,三十多岁,比宫子大上十多岁。一个临近七十岁的老者,被两位美人抱在胸前,搂在怀中,吮着奶汁,一副依偎自己母亲的心情。对于老人来说,使他忘却俗世恐怖的人只有母亲。不管是家政妇还是宫子,老人都告知了她们另一方的存在。他曾经恫吓宫子,警告她如果两人一旦互相嫉妒,老人恐惧之余,要么变得狂暴而加害她们,要么产生心脏麻痹而猝死。虽说是随便提及,但宫子也明白,老人有受害恐惧症,心脏病弱的时候,宫子总是应老人之需,用细柔的手心为他按摩胸脯,将秀嫩的香腮悄悄贴在他怀里。不用说,那位叫梅子的家政妇,也不是没有一点儿嫉妒,有田老人进入宫子家中讨得宫子欢心的日子,梅子就充满醋意。宫子根据经验无意中也有所察觉。尚且年轻的梅子,对这样的老人产生嫉妒,就会立即使宫子感到恐怖,变得厌世了。

有田老人时常在宫子面前夸奖梅子颇有家庭观念,宫子觉得老人仅从她自己身上享受一种娼妓的快感。然而,老人不论对宫子还是对梅子,都渴望一种母性。这是最明确不过的了。有田的生母,在他两岁时就被迫离异,接着继母进入家门。老人曾将这件事反复讲给宫子听。

"尽管是后妈,但要是能像宫子、梅子一样待我好,那是多么幸福啊!"老人向宫子撒娇。

"我不知道呀。说不定我也会欺负您这个继子的。您过去一定是个可恨的孩子吧?"

"我是个可爱的孩子啊。"

"作为一个受欺负的继子,到了这把年纪,终于获得补偿,能和两位好心的母亲生活在一起,您不是挺幸福的吗?"宫子颇带几分讽刺地说。

"可不是吗?真是太感谢啦。"

有什么可感谢的?宫子感到愤愤不平。不过,一个将近七十岁的年迈的劳动者,能有这般心情,也使得宫子从人生之中多少学到了一些东西。

自食其力的有田老人,似乎有点儿看不惯宫子散漫的生活。宫子单独生活,无事可做。她只是勉强守着老人度日月,眼见着失去青春的活力。那位阿辰女佣为何那般称王称霸呢?宫子感到莫名其妙。老人旅行时,宫子总是跟着一道去,阿辰为她出主意,让她骗一部分旅费回来。就是说,账单上可以多算一部分,这部分就返还给宫子。即便有些旅馆愿意这么做,但宫子也觉得自己仿佛受了侮辱一般。

"好吧,至少茶水费和小费您要多算点。算账时,夫人您请到隔壁房间去,茶水费和谢礼,那可是富于弹性,可高可低啊!老爷碍于情面,这份钱他会出的。在您未进隔壁之前,这些钱要是三千就扣下一千,塞进和服腰带或套装前胸,谁又能知道呢?"

"呀,我真服啦。小家子气,锱铢必较……"

不过,考虑到阿辰的工资,这笔钱倒也不是小数目。

"我可不是小气,要想攒钱,就得积少成多,凭着我们这样的女人……要存一笔钱,那得多少天,多少月啊!"阿辰用力地说道。

"我可是为夫人着想啊,您白白献出青春的热血,供一个老爷子吸干喝光,您怎么受得住啊!"

阿辰逢到有田老人一来,连声音都变了,变得像个女招待,即便对宫子,就像现在,听起来令人打心眼里感到厌恶。宫子打了个激灵。不过,比起阿辰的嗓音或话语,就像日日月月攒钱一样;或者完全相反,岁月如梭,宫子年轻体内的热血不断流淌消泯,更使人感到不寒而栗。

宫子的成长道路到底和阿辰不同,战争失败前,宫子一直像蝴蝶飞翔于鲜花丛中,所以她根本想不到攫取旅馆房钱之类。她想,阿辰的这番话,证明为她出点子的阿辰,在厨房里也是星星点点在用这种方式积钱。即使买一包感冒药,阿辰去买和支使幸子去买,花销就不一样,总要相差五元或十元。如此积少成多,阿辰的存款究竟有多少?宫子产生了一种好奇心,她想从阿辰的女儿幸子那里摸清楚。因为看不到阿辰给女儿零花钱,所以也不可能将存折出示给她看吧。看样子也许很有限,宫子根本不放在眼里。但阿辰那种集腋成裘、蚂蚁搬家似的根性,她却不能轻易放过。总之,阿辰的生活是一种健康的方式;而宫子无疑是一种病态。宫子美好的青春只是消耗品,而阿辰没有做出任何消耗却活得很好。当宫子听阿辰说起自己受尽那个战死的丈夫的折磨,似乎泛起了快感。

"你被弄哭了吗?"

"当然哭了……没有一天不哭得两眼通红。他扔过来一把火钳子,不巧刺中了幸子的头,至今还留下一块小小的伤痕,就在脑后,您看一下就知道了。我认为,这块伤疤就是最好的证据。"

"什么证据……?"

"什么证据,小姐,想说不是不敢说吗?"

"不过,像你这样的人也会受欺负,可见你家那男人很厉害呀!"

宫子有几分故意装糊涂。

111

"可不是吗,我倒也想过这事儿。当时就像狐仙附体,听任丈夫任意摆布,一点儿也不敢声张啊……狐仙没有了,倒也自在。"

听阿辰这么说,宫子想起战争时失去了第一个恋人的自己,那时她还是个少女。

宫子或许是生长在富裕家庭的缘故,对于金钱一向恬淡待之。如今的宫子,二十万元虽说是一笔大钱,可丢也就丢了,她很快就想开了。宫子一家在战争中失去的东西,同眼下的二十万元不好相比,但对于宫子来说,她一时也没办法积攒这么多钱来。这二十万是因为有需要才从银行取出来的,宫子一下还是陷入了迷茫。捡到手提包的人如果能报案,二十万这个数目,也许会登报。银行的存折也在一起,标有失主的姓名和地址,拾取的人要么直接送到家里,或由警察前来通知一声。宫子浏览了近来三四天的报纸。她想,那个盯梢的男子,也会知道她的姓名和住址。果真是他盗走了吗?否则,那男子不论拾到手提包还是没拾到手提包,都会紧紧跟在自己身后的啊。或者那男子被手提包击中,慌乱中逃逸了?

宫子丢失手提包,当在银座有田老人为自己购买夏装白色料子之后一星期左右。在那一周期间,老人未到宫子家里来。老人露面,是手提包事件发生后第二天夜晚。

"哦,您回来啦?"阿辰立即出迎,接过濡湿的蝙蝠伞。

"您是走着来的吗?"

"是啊,这鬼天气,进入梅雨季节了吧?"

"觉得疼痛吗?幸子,幸子……!"阿辰在呼叫。

"啊,对了,幸子在泡澡呢。"她说罢,光着脚跳下去,为老人脱鞋。

"洗澡水要是烧好了,我想暖暖身子。湿漉漉的,今天天气好冷,不太合乎季节……"

"有点儿受不了了吧?"阿辰皱起小眼睛上边短短的眉毛。

"啊,真是干了一件大傻事啊!没想到您会回来,我叫幸子先洗澡了,这可怎么办呢?"

"没关系的。"

"幸子,幸子!快点儿出来吧。将上面一层热水慢悠悠潋出来,弄得干净些……其他地方也好好冲一冲……"

阿辰急忙走过去,给烧水器点着火,回头又点燃浴池的煤气。

有田老人穿着雨衣,伸出了两脚摩挲着。

"泡澡时叫幸子给您稍微揉揉脚吧……"

"宫子呢?"

"噢,夫人说她去看新闻电影了……那是专门放映新闻片的影院。这会儿也该回来了。"

"能叫按摩师来一下吗?"

"好的,还是原来的……"说罢,她站起来,拿来老人穿的和服。

"这是洗完澡换的衣服。幸子!"她又大声呼叫。

"我进去叫她快些出来。"

"已经好了吗?"

"是的,已经……幸子!"

大约一个小时后,宫子回来了。有田老人躺在二楼的寝床上,让女按摩师为他做按摩。

"好痛啊。"他低声说道。

"恼人的雨天还要出门去。再洗一次热水澡,浑身都会舒服起来。"

"是啊。"

宫子出神地背倚西服衣柜坐着。一个星期没有见到有田老人了。他面色白皙,似乎很疲倦,面颊和手臂出现了青黄的斑痕,看来很明显。

"我去看新闻影片了。看了新闻片子，就会觉得浑身有活力。去的路上，原想作罢，打算去洗发，但美容院已经关门了……"宫子说着，看了看老人刚刚洗过的头。

"嗬，洗发水挺好闻的嘛。"

"幸子撒了很多香水呢。"

"她好像体味很重。"

"嗯。"

宫子走进浴池。她洗了头。随后叫来幸子，让她用干毛巾为自己揩拭头发。

"幸子，多么可爱的双脚！"宫子两只膀子支撑着膝盖，伸出一只手，抚摸眼皮底下幸子的足背。幸子两腿不住颤抖，传达到宫子裸露的肩膀。或许继承了阿辰的根性，幸子的手也不是很干净。不过，她只爱捡拾宫子丢弃到垃圾桶里的东西，例如用过的陈旧的口红、断齿的木梳，以及丢弃的发卡之类。宫子心里也很明白，幸子对漂亮的宫子，抱着向往和羡慕之情。

宫子洗完澡，披起一件白底蓟草花纹的浴衣，外加羽织裮，立即为老人搓脚。如果老人住在家中，她会每天都要为老人搓脚吗？她想。

"那位按摩师技艺高明吗？"

"太差啦，常去我家的那位倒很高超呢。已经熟练了，对按摩很有诚意。"

"那人也是女的吗？"

"是的。"

老人平素在家里，或许家政妇梅子每天也在为他按摩吧。宫子想到这里，一阵厌恶，手也没了力气。有田老人抓宫子的手指，按在坐骨神经末端的穴位上。宫子的手指没有这么做。

"我的手指又长又细,不行呀。"

"是吗……并非如此。年轻女人充满爱心的指头反而好。"

宫子的脊梁骨阵阵发抖,再度离开穴位,再度被老人抓住不放。

"幸子的手指很短,不是很好吗?叫她来练习一下吧?"

老人没有吭声。宫子忽然想起拉迪盖①《魔鬼附身》中的语言。她看过电影之后,又读了原作。玛特说:"我不想给你的一生造成不幸,我在哭泣。对于你来说,我太像一个老太婆了!""这种满怀爱情的语言,孩童一般尊贵。今后,不管感到怎样的热情,一个十九岁的姑娘说自己是个老太婆而哭泣,再没有比这一腔纯情更加感动人心的了。"玛特的恋人十六岁。十九岁的玛特比起二十五岁的宫子年轻多了。年纪轻轻将身子许给一个老者的宫子,当她读到这里时,受到了异常的冲击。

有田老人始终说宫子比实际年龄更年轻。这不仅仅出自老人对她偏爱的目光,不论在谁眼里,宫子都显得那么风姿绰约。然而,有田老人说宫子年轻,只是因为老人喜欢和思慕她的青春,对此,宫子也有感觉。宫子一旦失去少女的美艳,或体型崩散,肌肤异色,老人就会感到害怕而悲泣。一个将近七十岁的老人,依旧希望一位二十五岁的情妇更加年轻,细想想,不是又奇怪又不洁吗?但是,宫子还是很快忘记了对老人的责怪,有时竟然按照老人所愿,渴望自己更加年轻起来。年近七十的老人,一方面渴望宫子的青春;一方面向二十五岁的宫子寻求母性。宫子虽然不打算迎合老人之望,但也偶尔有过作为一位母亲的错觉的时候。

---

① 拉迪盖(Raymond Radiguet, 1903—1923):法国诗人、小说家。代表作有诗集《燃烧的双颊》,小说《魔鬼附身》《德·奥热尔伯爵的舞会》等。

宫子用大拇指为俯伏着的老人按摩腰脊，一旦稍稍骑姿般地撑着手臂，老人就说道：

"就骑在我的腰杆上好啦。"

"那里，为我慢慢踩踩好吗？"

"我不行呀……还是叫幸子试试吧，怎么样？幸子，她人小脚也小，正合适。"

"她还是个孩子，有点儿害羞呢。"

"我也害羞啊！"说着，宫子联想起幸子比玛特小两岁，比玛特的恋人大一岁。这又如何呢？

"还以为您赌博赌输了，不再来了呢。"

"你是指那次打赌吗？"老人紧紧缩起脖子，像只鳖鱼。

"不是，是神经痛。"

"还不是去您家的那位按摩师手艺高强的缘故嘛……"

"嗯，是啊，说得也对呀。再加上，我又赌输了，又枕不到你的香胳膊……"

"别说了，给您枕。"

让宫子按摩腰腿，将脸孔深深埋入宫子的前胸，如今，仅这些举动就能给有田老人带来符合他这种年龄的人的快乐，宫子心里也非常清楚。繁忙的老人，亲自将待在宫子家里的这段时间，称作"解放奴隶"的时间。这话让宫子意识到，她本身就是"奴隶"的时间。

"只穿浴衣，还是有些冷吧？好了。"老人转过身来，宫子如约答应他枕着胳膊睡。宫子厌恶为他按摩。

"你让那个戴蓝帽子的男人跟踪你，是怎样的心情？"

"很高兴呀。这和帽子的颜色不相干。"宫子故意有声有色地表白道。

"倘若只是跟踪，什么样颜色的帽子都没关系……"

"前天也一样。被一个奇怪的男子盯上了,一直跟到附近的那家药店为止,还丢失了手提包,真可怕啊!"

"什么?一周之间被两个男人盯梢啦?"

宫子被有田老人枕着胳膊,点一点头。老人不同于阿辰,他对走在路上丢失手提包这种事儿,似乎并不感到大惊小怪。抑或是他对宫子被男人盯梢感到惊讶,而没有觉得奇怪的余地。老人的惊奇多少给了宫子几分快感,她为此放开了身子。老人将脸孔贴住她的胸脯,两只手缓缓揉搓着两个香软的肉荷包。

"这是我的。"

"是的。"

宫子孩子气地回应着,呆然不动;紧接着,热泪滚滚,奔涌而出,滴落在老人布满白发的脑门上。电灯熄了。或许拾到了手提包的那男子决心跟踪而来的一刹那,他哭丧着的脸,浮现于黑暗之中。

"啊!"一声好似男人的呼喊尽管没有传来,但对于宫子来说,她还是听到了。

交肩而过的男子站定脚跟,回头一看的当儿,他被头发光洁、耳轮和后颈肌肤艳红的宫子吸引了,诱发出刺疼般的悲戚。

"啊!"一声惨叫,双眼发黑,几乎要倒在地上。宫子尽管没有看到也算看到了。她听到无声的惨叫,回首瞥一眼男子哭丧的面容;刹那间,男子决心跟踪而来。那个男人似乎意识到一种悲戚而失去了自己。而宫子自然不会失去自己,但又感到脱离男人躯壳的男人的身影悄悄潜入宫子的内心。

宫子只是起初回头一瞥,后来再也没有朝身后瞧过一眼。她不记得男人的模样儿。眼下浮现于黑暗之中的只是一张神情沮丧的歪斜的脸孔。

"有魔力啊。"过了一会儿,有田老人低声说。宫子泪流不止,她没有回答什么。

"有魔力的女人啊,什么样的男人都跟踪过你,你自己不觉得害怕吗?眼睛看不见的魔鬼就在这里呢。"

"好痛啊!"宫子缩起胸脯。

宫子想起花季年龄乳房疼痛的那个时候,眼前仿佛又看到当时自己清纯无垢的裸体像。虽说眼下比起实际年龄更年轻,但已经完全成了一个大女子的体型了。

"您说话老是欺负我。那可是神经痛呀。"宫子胡乱回了他一句。因为她觉得,随之自己体型的变化,纯朴正直的姑娘也变成坏心眼的女人了。

"哪里欺负你了,"有田老人认真接过话头,"让男人跟踪你觉得很快活吗?"

"我不快活。"

"你不是说很高兴吗?同我这样的老人交往你感到郁闷,想复仇是不是?"

"复什么仇啊?"

"向你的人生,你的不幸。"

"说什么不快活,什么高兴,可不是那么简单。"

"是不简单,对人生复仇,不是简单的事。"

"这么说,您和我这个年轻女子交往,也是在对人生复仇对吗?"

"哦?"老人一时语塞,他接着说:

"这不是什么复仇。如果硬要说是复仇,那我只能是被复仇,说不定我正遭人复仇哩。"

宫子没有好好听他说话,她在思忖,既然她表明自己丢了手提包,要不要表白包里装着一笔大钱,请有田老人给补上呢?即便他肯,二十万也太多,要定下多少金额为好呢?虽说是老人的钱,但毕竟是宫子的存款,完全由自己支配,如果说是为弟弟考大学用的钱,老人或许更容易接受。

宫子从小就被家人时常谈论,说什么她和弟弟启助男女相互调个个儿该多好。可是,自打成为有田老人的"小星"之后,就失去了希望,变得既怠惰,又懦弱了。"小妾讲容貌,正妻无人问,实出于自然之理。"宫子记得在哪本书上看到过古代有人说过这样的话。想到这些,宫子眼前发黑,心情悲凉。就连美貌的自豪感也失去了。她被男人跟踪的时候,也许会一时觉得很自豪,很激动。然而,男人盯梢,并非仅因为她美貌,宫子她自己心里也明白。正如有田老人所言,或许就是她身上有魔力的缘故。

"不过,那也是挺危险的啊。"老人说道。

"有一种要抓鬼的捉迷藏游戏,像这样每每被男人给盯上了,那不就是抓有魔性的女子吗?"

"也许是的。"宫子回答得很神奇,"人类中或许有一种和人不一样的魔性家族,说不定就是另一种魔界。"

"这是你的自我感觉吗?可怕的人呀。你会干错事的,最后不会有好结果的。"

"我的兄弟姐妹里,或许会有这种可能。就说我那弟弟吧,老实巴交的像个小姑娘,可他也写了遗书呢。"

"为什么……"

"别提了,弟弟心目中有个好朋友,他们想一起升大学。但是自己又怕上不了……那是今年春天,那位姓水野的同学,家境好,人也聪明。大学考试时,他许诺说,如果可能,他会帮助我弟弟,他可以做两份答卷。其实我弟弟成绩也不差,但很胆小。他怕临考试害脑贫血,结果真的发生了脑贫血。虽然考取了又怕上不了,这就更使他放心不下。"

"这事儿你以前从来未提起过,不是吗?"

"对您说又有什么用呢?"

宫子停顿了一会儿,又接着说:

"水野那孩子很伶俐,他完全没有问题。母亲为了让弟弟上大学花了一大笔钱。我也在上野请他吃晚餐,祝贺他升大学,然后又去动物园观赏夜樱。有弟弟、水野,还有水野的恋人……"

"哦?"

"虽说是恋人,其实只有十五岁,满……我就在夜樱下的动物园被一个男人跟踪了。他当时带着老婆孩子呢,谁知他舍掉了家人,跟着我来了。"

有田老人似乎很惊讶。

"为什么要这样呢?"

"要说为什么……我很羡慕水野和他的恋人呀,当时露出了悲伤的表情吧。这不怪我。"

"不,是因为你啊,你不是很快乐吗?"

"您太过分啦,我有什么快乐可言呢?丢手提包时也是如此,心中很害怕。我用手提包打那个男人。或许是一手扔了过去。我太紧张了,已经记不清楚了。手提包里装着一笔对我来说的巨款。母亲为了让弟弟上大学,向父亲的朋友借了钱,正发愁呢,我打算给母亲一些钱,便从银行取出来,正在回家的路上呢。"

"包里有多少钱?"

"十万元。"宫子冷不丁儿只说出半数,突然倒抽了一口气。

"嗯,可不是个小数目,你是说被那个男人抢去了……对吗?"

宫子在黑暗里点点头。宫子的肩膀哆嗦了一下,胸脯突突地跳动。老人也感触到了。然而,宫子只说出金额的一半,这使得她更感屈辱。这种屈辱似乎还夹杂着恐怖。老人的手温柔地爱抚着宫子。

或许半数可以获得补偿,宫子想到这里,又流出了眼泪。

"不要哭。不过,这种事儿反反复复持续下去,要犯大错的。因为被男人跟踪,你说的话前后矛盾百出啊。"有田老人平静地说。

老人在宫子的臂腕里睡着了,而宫子却很难入眠。梅雨时节的雨下个不停,光是听到呼吸声,并不知道有田老人的年龄。宫子抽出臂膀。这时候,她用另一只手悄悄捧起老人的头,倒没有把他弄醒。这位厌恶女人的老人偏偏睡在女人身旁,可以说他只有靠在女人身边才能呼呼大睡。借老人的刚才的说法,他认为宫子很矛盾,由此,宫子也开始自我厌恶。有田老人之所以厌恶女人,即使不吐一句一字,宫子心里也很清楚。老人还是三十多岁的时候,妻子因嫉妒而自杀,从此他很害怕爱吃醋的女人,对她们刻骨铭心。女人一旦对嫉妒稍露端倪,他立即拒之于千里之外。宫子不论出于自尊还是气馁,她都不想嫉妒有田老人,不过,宫子毕竟是女子,有时不小心说出带有嫉妒性的话语,老人就露出不悦的表情,似乎也要把宫子的嫉妒冻结下来。这就使得宫子觉得很是索然无味。不过,老人厌恶女子看来并不仅仅因为女人的嫉妒,也不因为年迈。对于生来就不喜欢女人的人,他究竟有什么值得女人嫉妒的呢?说到这里,宫子不由得打算对他嘲笑一番,可一想到有田老人同自己的年龄,还谈论什么老人厌恶女人喜欢女人之类的事,未免太滑稽可笑了。

宫子想起了弟弟的同学和他的恋人,对他们很羡慕。水野有个姓町枝的女友,这事宫子也听启助提到过。在庆祝弟弟入学那一天,宫子第一次见到了町枝。

"哪里会有那样清纯的少女啊!"启助从前谈起过町枝。

"十五岁就有了情人,太显得老成了。不过,这也难怪。虽说十五,可虚岁也到十七了。如今的女孩儿,十五岁就有了男友,真是太幸运啦!"

接着,宫子又改口说:

"不过,阿启呀,你懂得女人真正的清纯吗?刚见过一面,你是不可能懂得的。"

"我懂得。"

"说说看,什么样的女人是清纯的。"

"那些是很难说得清楚的啊!"

"因为阿启你这么认为,所以会有这种感觉。"

"姐姐你见到她,就会明白的。"

"女人大都爱耍心眼儿,不像阿启你那样单纯……"

启助也许还记得宫子说过的这句话,所以宫子在母亲家里初次见到町枝时,启助比水野更早羞得脸孔通红,心怦怦跳。宫子不可能让弟弟的同学及其女友到自家来,所以是在母亲家里见的面。

"阿启,姐姐我也喜欢那个女孩儿了。"宫子是在里屋为启助穿新制大学服时这么对他说的。

"是吗,欸,袜子穿反了。"启助坐下来,宫子也展开藏蓝色百褶裙坐在他面前。

"姐姐也是祝福水野的对吧。所以才让他把町枝姑娘带来。"

"嗯,我是祝福的。"

启助不也喜欢町枝吗?宫子很是怜爱文弱的弟弟。

"水野家恐怕是反对的,听说还给町枝家写了信……信中的文字很不礼貌,惹得町枝家火冒三丈。就说今天吧,町枝姑娘也是偷偷来的啊。"启助很起劲地说了一通。

町枝穿一身水兵蓝学生装,手捧一小束麝香豌豆花,插进启助书桌上的玻璃花瓶里,说是为了祝贺启助升学送的。

宫子打算去上野公园观看夜樱,请他们到上野一家中华料理店用晚餐。公园里游人杂沓,不堪拥挤。樱花树也凋落了,花枝没有伸展开来。纵然如此,在电灯光的照耀下,花色还是十分浓艳,呈现着桃红。町枝或许生来沉默寡言,或许对宫子有所顾忌,一直言语无多。不过,她也提到自家的庭院,修剪过的杜鹃花灌木丛上,落满了樱花瓣儿,早起一看,耀目争辉。还有,到启助家来的路上,看到护城河畔的樱树林里,飘浮着一轮溏心蛋似的夕阳。

清水堂旁边的小道行人稀少,他们沿着昏暗的石阶走下来,这时宫子对町枝说道:

"我记得大约是在三四岁的时候……我叠了很多纸鹤挂在母亲家附近的祠堂中,那是为了祈求父亲的病早些好起来。"

町枝沉默无语,她和宫子一起站在石阶中央,眺望着清水堂。

直达顶头博物馆的道路上游人如织,无法通行,只得绕道动物园那一边。东照宫参道一侧燃起了篝火,只好登上石板路。参道上一排石灯笼,在篝火的辉映下,变成了一列黑影。上头是接连不断的盛开的樱花。灯笼背后的空地上,赏花的游人东一团西一堆围坐在一起,中央点燃着蜡烛,摆着酒肴。

每当有人喝醉了,东倒西歪走过来,水野总是充当后盾,在身后守护着町枝。启助离开他俩稍远些,伫立于醉汉与两人之间,似乎守卫着他们两个。宫子扶在启助的肩膀上,一面躲避着醉汉,一面思忖着启助哪儿来的这股子勇气。

町枝的面孔,映着篝火的光焰,美艳无比。她那双唇紧闭极为认真的表情,看起来宛若一副圣女的面颜。

"姐姐。"町枝发话了,她像被磁铁吸引着,立即躲到宫子的背后。

"怎么啦?"

"学校的同学……她和她父亲在一起。他们就住在我家附近。"

"町枝姑娘也想躲开一下吗?"宫子说着,同町枝一起回头看看,若无其事地挽住町枝的手。那只手离不开了,就那样向前走去。宫子接触町枝的手指的瞬间,差点儿"啊"的一声叫起来。虽说同是女人,她的手是多么温柔多情啊!不但给人的触感细腻而柔润,而且使得宫子深深体味到一个少女的妍丽。

"町枝姑娘,你真幸福啊!"她只有满口赞扬。

町枝摇摇头。

"哎呀,为什么呢?"宫子不解地窥视着町枝的脸孔,町枝的眼睛映着篝火闪闪发光。

"你也有过不幸福的事吗?"

町枝沉默无语,松开了手。宫子回想,挽着同为女性的手一块儿走路,已经是好几年前的往事了。

宫子经常见到水野,当天晚上,她只注目于町枝。宫子眼望着町枝,忽然产生一种很想独行远方的忧愁。纵然是在半道上同町枝擦肩而过,但回头也许会久久凝视着她的背影。男人跟踪宫子,感情会如此强烈吗?

厨房里传来碗碟等瓷器用品掉落或倒塌的响声,宫子回过神来。今晚,老鼠又出来了。宫子犯着犹豫,想着要不要起来到厨房去看看。看来老鼠不止一只,很可能是三只。可以想象,老鼠被梅雨的雨水淋湿了。宫子伸手摸摸洗过的头发,悄悄抑制住了那种寒凉的感觉。

有田老人觉得胸闷,他动了一下。随后,剧烈地扭动起来。宫子皱起眉头,心想,劲头又上来了,于是躲开身子。老人经常被噩梦魇住,宫子已经习惯了。老人像被绞死的人一般大幅度摇摆着肩膀,臂腕似乎要甩掉什么,用力拍打着宫子的头颅。嘴里不住发出呻吟声。本来可以将他叫醒,可宫子却一直团缩着身子,一动不动。她的内心涌现出几分残忍的情绪。

"啊,啊!"老人喊叫着,游水一般划动着两手。他在梦中寻求着宫子的身子。只要能紧紧抱着宫子,他即使不醒也能保持安静。但是,今夜却被自己的悲鸣闹醒了。

"啊。"老人摇摇头,接着就少气无力地紧贴着宫子。宫子也放松了自己的身体。

每次都是如此。"又魇住了不是?又做了可怕的噩梦了吧?"宫子连这类话也不肯说一声了。

"我没说什么话吗?"老人不安地问。

"没说,只是魇住了。"

"是吗,你呀,一直没睡着吗?"

"没睡着。"

"是吗,谢谢。"

老人拉着宫子的臂腕枕在自己的头底下。

"梅雨时节更难眠。你睡不好,也是因为梅雨的缘故。"老人羞愧地说,"我还以为我的动作很大,把你弄醒了呢。"

"即便躺下了,还不是老为您而起来吗?"

有田老人的叫声很大,就连睡在楼下的幸子也给吵醒了。

"妈妈,妈妈,好怕人啊!"幸子瑟缩着身子,一把搂住阿辰。阿辰抓着女儿的肩膀,把她推开:

"怕什么呀,那不是老爷吗?害怕的是老爷。他就是那样子,一个人睡不着觉。出门旅行也要带着夫人。老爷对夫人很在乎。要是没有那个毛病,倒也不是非要女人陪睡的年龄了。他就是经常做噩梦,一点儿也不可怕。"

三

六七个孩子在坡道上嬉闹,中间也有女孩子。他们或许都是学龄前儿童,在从幼儿园回家的路上。其中两三个人拿着木棒,没有木棒的也装作手里有的样子,全都猫着腰,像是拄着拐杖走路。

"老爷爷,老奶奶,直不起腰来……老爷爷,老奶奶,直不起腰来……"他们一边唱歌,一边歪歪倒倒走着。歌词就是那么两句,翻来覆去没完没了,有什么意思呢?说他们只是谐趣嬉闹,但又像是认真地投入自己的创造。有一个女孩儿,渐渐地,由于过分地左右摇摆,倒在地上了。

"啊呀,疼啊,疼啊!"女孩儿学着老太太的动作,揉着腰部,又站立起来。

"老爷爷,老奶奶,直不起腰来……"她又加入了合唱。

坡路最上面连着高高的土堤,土堤上嫩草初萌,松树不规则地分布在各处。松树不很高大,松枝就像古代的隔扇或屏风画,浮现于春日傍晚的天空。

孩子们沿着坡道的中央,东倒西歪地向着黄昏天空的方向攀登。他们尽管摇摇摆摆,但很少有什么车辆威胁走路的安全。道路上人影稀疏,东京的居民街,看来也不是没有这样的地方。

此时,只有一位少女牵着一只柴犬从坡下登上来。不,还有一个人。桃井银平跟在那位少女后头。然而,银平一旦迷上少女就丧失了自我,到底算不算一个人,还是个问题。

少女走在一侧的银杏树荫里。街道树只是一侧有,人行道也只是街道树这一侧才有,另一侧原是柏油路,突然耸立起一道石屏。这是宅基地上的巨大石屏,从坡下一直延续到坡上。有街道树的一侧,是战前贵族的住宅地,内庭既深又广。人行道旁边是深水沟,两岸是石崖。那形状或许是仿照护城河加以缩小罢了。水沟对过的地势缓缓隆起,种植着小松树。这些松树似乎依然保留着前人精心修剪的风韵。这片小松林上方有一道白色的围墙,白墙低矮,覆盖着瓦顶。银杏街道树高高耸峙,刚刚抽芽的细叶尚未繁茂,没有遮蔽树枝梢头。由于枝叶淡薄,又因高度和方向不同,夕阳的光芒透过去,或浓或淡,在少女的头顶上辉映着青春的嫩绿。

少女穿着白色的毛衣,下身是粗棉布裤子。灰色的磨蹭已久的裤边打着卷儿,带有格子的红色里子鲜明耀眼。这条较短的裤子和帆布运动鞋之间,可以窥见少女白皙的小腿。头发随意捆扎披散在肩头,从耳朵到脖颈雪白的皮肤十分秀美。在狗脖子绳索的牵拉之下,她的肩膀歪斜着。这位少女奇迹般的美艳,深深吸引着银平,使他无法离开。仅仅是那折叠的红格子和白色的帆布鞋之间所能看到的少女的肌肤,就足以为银平带来满心悲哀,甚至逼他主动去死,或者使他杀掉那位少女。

银平想起故乡往昔的弥生,还有他班上的学生玉木久子。他想到她们如今就连挨一挨这位少女脚边的资格也没有了。弥生肤色白皙,但肌肉不太亮丽。久子的肌肤浅黑而有光泽,但色感略嫌凝滞,缺乏这位少女天生的馨香。同弥生一道玩耍的少年时代的银平,和接近久子时期的班主任的银平,两相比较,目下的银平落魄潦倒,身心交瘁了。待在春天黄昏里的银平,仿佛站在寒风之中,衰朽的双眼渗满泪水,登一段坡路就喘不出气来。膝下的肌肉松弛麻木,追不上少女的脚步。银平还没有看一眼少女的面颜,他很想在爬到坡顶之前,同少女肩并肩走一段路,随便聊一聊狗的故事。这样的机会只有这个时候才有,而且他似乎不敢相信在这里竟然会有这样的机会。

银平展开右手的手掌挥动了一下。这是他一边走路一边鼓励自己的老习惯。因为他由此回忆起以前那只温热的死老鼠的触感。他曾经手里提着一只大睁着两眼、口里滴着鲜血的死老鼠。那是在湖畔弥生的家里,一只刚毛猎犬在厨房里捉到的老鼠。狗嘴里衔着老鼠不知如何处理,一直站在那里。这时,弥生的母亲对狗说了一句什么,拍拍狗的头,它就乖乖地放下了。没想到死老鼠掉到地板上了,那狗又立即飞奔而来。弥生随即抱起狗,哄着狗对它说道:

"好啦,好啦。你好厉害,好厉害呀。"

接着,她命令银平:

"阿银,把那只死老鼠弄走吧。"

银平连忙拾起那只老鼠,老鼠口里流出的血有一滴滴落在地板上了。老鼠热乎乎的身子有些怕人。但说起那大睁的眼睛,倒也很可爱。

"早点儿扔掉吧。"

"扔到哪儿呢……?"

"湖里可以呀。"

银平站在湖岸上,提着老鼠的尾巴用力投得远远的,暗夜中传来"扑通"一声寂寥的水音。银平撒腿逃了回来。弥生不就是大舅的女儿吗?他悔恨莫及。那是银平十二三岁的时候。他做了一个可怕的老鼠的噩梦。

抓到一次老鼠的猎犬似乎一心记得这件事,每天都注视着厨房。人要是吩咐它什么,它都以为是叫它抓老鼠,立即向厨房里窜去。一旦看不见狗的影子,它必定是趴在厨房的角落里。然而,狗又不像猫那样,看到老鼠从棚架上沿着柱子向上爬,狗就狂吠起来。简直就像被老鼠的灵魂附体,变得神经衰弱了。狗眼的颜色也变了,银平对它也厌恶起来。他打算瞅机会从弥生的针线盒里盗取一根穿着红线的缝衣针,刺穿那只猎犬薄皮的耳朵。他选择在离开这家家门的时候,就算之后有人发现,一旦狗耳朵上拖着一根穿着红线的缝衣针,人们或许以为是弥生干的。没想到,银平在狗耳朵上一扎针,狗就大叫一声逃跑了,没成功。银平将那根针藏在口袋里,回到自己家中。他在纸上画了一幅弥生和狗的图画,用红线缝了几针,放在书桌抽屉里。

他想同那个牵狗的少女谈谈狗的故事,随即联想到那只捕鼠的猎狗。对于厌狗的银平来说,没有什么关于好狗的话题。要是靠近少女手里牵的那只柴犬,说不定会咬他一口呢。但是银平没有追上少女,这当然不是狗的缘故。

少女一边走一边弓身解开柴犬脖子上的锁链。获得解放的狗,先是奔跑在少女前面,接着又向少女后头跑去,接着穿过少女一侧,直奔银平脚下跑来。狗嗅了嗅银平皮鞋的气味儿。

"哇!"银平大叫一声跳了起来。

"福子,福子。"少女呼唤着狗。

"哇!救命啊!"

"福子,福子。"

银平大惊失色,狗回到了少女身边。

"啊,吓死啦!"银平摇晃着身子蹲下来。这个夸张的做法,固然是为了引起少女的注意,但他确实感到昏昏沉沉,不由得闭上眼睛。一阵阵急速的心跳,似乎要呕吐。他按着额头,微微睁开眼睛。少女又给狗套上链子,头也不回地向坡顶登去。银平翻肠倒肚,备尝屈辱。看来,那只狗嗅嗅银平的皮鞋,肯定知道了银平的那双丑脚。

"畜牲,我一定缝上狗的耳朵。"银平嘀咕着向坡上奔去。然而,这股怒气早已在追上少女之前消失殆尽了。

"小姐!"银平哑着嗓子叫了一声。

少女转过头望了一眼。这时,她束起的垂发摇动着,美丽的颈项使得银平苍白的面孔燃起一团火来。

"小姐,这狗着实可爱,是什么种?"

"柴犬。"

"哪里的柴犬?"

"甲州①。"

"这是小姐自家的狗吗?你每天都按时遛狗吗?"

"嗯。"

"走的都是这条路吗?"

少女没有回答,也没有对银平显露怪讶的神色。银平回头瞧了瞧坡下。少女的家在哪里?绿叶丛中,想必是个祥和幸福的家庭吧。

"这只狗捕鼠吗?"

少女也没有笑。

"捕鼠本是猫的差事,狗是不逮老鼠的。可也有捕鼠的狗呢。过去,我家里的狗就很会抓老鼠。"

少女对银平看都不肯看一眼。

"狗和猫还是不一样,抓到老鼠不吃掉。那时我还是个孩子,拿起那只老鼠扔掉时,简直恶心死啦。"

银平只顾说着那些连自己都感到厌烦的往事,眼前浮现出那只口里滴血的死老鼠,还能略微看到一点紧闭的白牙。

"那是日本狆犬啊。弯弯曲曲的细腿不停地抖动着,我很讨厌它。人和狗,都有很多类型啊。这只狗能陪小姐一块儿散步,倒也很幸福。"他说着,似乎忘记了先前的那档子事,弯腰想抚摩一下狗的脊背。少女猝然将锁链从右手转到左手,使狗从银平的手里躲开。银平眼看着狗的流动,真想一把抱住少女的两腿,他好不容易抑制住这一冲动。少女必定是每天傍晚遛狗,沿着这条坡道一侧的银杏树

---

① 甲州:日本古国名,即现在山梨县一带地方。又称甲斐。

叶荫下攀登上去。银平猛然有了个见不得人的主意,他打算藏在土堤上面,希望能撞见那位少女。银平放心了,他心里乐滋滋的,犹如光着身子躺在嫩草地上。那少女将会永远登上这条坡道,向土堤上的银平身旁走来。那是多么幸福的事啊!

"对不起,好可爱的狗啊。其实,我也很喜欢狗……只是厌恶捕鼠的狗。"

少女没有任何反应。抵达坡道顶端的土堤,少女和狗又沿着土堤上的绿草走去。土堤对面一侧上来一个男学生。少女最先伸手挽住男学生的手,银平惊奇得瞪大了眼睛。原来少女借着遛狗的时机幽会来了。

银平看到少女那双幽黑的眼睛为爱浸润,清炯明亮。这突如其来的打击令他脑袋麻痹。少女的眼睛仿佛就是黑色的湖泊,银平很想在那一泓清亮的眼波里游泳,想光着身子在那幽黑的湖泊里游泳。银平一起感受了奇妙的憧憬与绝望。银平无精打采地向前走去,不一会儿,登上土堤,一骨碌倒在草地上,仰望着天空。

那学生是宫子弟弟的朋友水野,少女是町枝。宫子在弟弟和水野升学的庆祝会上,也把町枝叫去,一起到上野观赏夜樱。那是十天前的事。

在水野眼里,也觉得町枝那双幽黑而清炯的眼睛,莹润光亮,十分诱人。中间深黑的眸子几乎布满整个眼眶。水野完全被这双美目吸引住了。

"很想看看,小町枝早晨蓦然醒来时,两眼是怎样的神情。"

"那时候,会是一双多么好看的眼睛呢?"

"一定是一双困倦的眼睛。"

"不会吧。"水野根本不相信,"我一旦醒来,就很想见到町枝。"

町枝点点头。

"过去,醒后两小时以内,在学校就能见到町枝。"

"你总是说,起床后两小时以内,从那之后,我一早起来,也以为两小时以内能见面呢。"

"那么说,那就不是什么困倦的眼睛了。"

"我也不知道是什么样的眼睛。"

"养育着你这样黝黑的眼睛的人,日本真是个好国家。"

黝黑而深沉的双眼,使得眉毛和嘴唇愈加优美了。头发眼神相互映衬,似乎更加光艳无比。

"出门时,你说是遛狗对吗?"水野问道。

"没有说,手牵着狗,一看就会明白的。"

"在町枝家附近见面,真是冒险啊。"

"瞒着家里人,心里真难受。要是没有狗,就不能外出。即便出来,带着一副极不自然的神色回家,一看就会露馅的。不过比起我家,水野君家里更不可能会允许你出来吧?"

"不谈这些啦。两人离开家又要回到家,在这里还要提起家更感到心烦。借口出来遛狗,时间也不能太久。"

町枝深以为是。两人坐在草地上,水野把町枝的狗抱在膝头上。

"福子也认识了水野君呢。"

"狗要是能说话,回到家里一说,打明天就不能再见面了。"

"就算不能见面,我也会一直等着的。不管怎样,我都要到水野君的学校里去。要是这样,还是可以在起床两小时以内就能见面,对吧?"

"两小时以内吗⋯⋯?"水野犯起嘀咕,"今后肯定都不必等上两小时。"

"我家母亲说我们谈得太早,不相信我们。不过能早些我感到很幸福。我想在更小更小的时候,就见到水野君。中学时代也好,小学时代也好,不论多么年小,只要能见到水野君,我就一定会喜欢上你的。从婴儿时候起,我就被大人驮着走过这条坡道,到上面的土堤上游玩。水野君小时候,走过这条坡道没有?"

"好像没有走过。"

"是吗?我老是想,在婴儿时代,是不是在这条坡道上见过水野君。所以现在才会如此喜欢你……"

"孩子时代我要是走过这条坡道该多好。"

"小时候都说我可爱,在这条坡道上,经常有不相识的人抱我呢。比起现在,一直闪耀着圆圆的大眼睛。"町枝硕大的黑眼珠一直看着水野。

"最近,各地中学正值毕业典礼。从坡下向右拐,就是护城河,有租船。牵狗通过,就会遇见今年毕业的少男少女,手里拿着毕业证卷成的圆筒,坐在小船上。他们是作为临别纪念才来划船的吧,好羡慕啊!也有一些女孩子,手里拿着毕业证,倚在桥栏上,望着同学们的游船。我在中学毕业的时候,还不认识水野君你呢,那时候水野君同别的女孩子一起玩吧?"

"我没有同女孩子一起玩过。"

"是吗……?"町枝侧着脑袋。

"天气转暖,游船下水前,护城河还在结冰,落下很多野鸭。我记得,当时我时常在想,站在冰上的野鸭和浮在水里的野鸭,哪一方更寒冷呢?听说有人猎鸭,所以它们白天逃到这里,傍晚再飞回乡下的山野湖泊……"

"是吗?"

"我还看到过五一节的红旗从对面的电车线上穿过。正是街道银杏树长满嫩叶的时节,红旗飘飘打树荫下穿过,那情景多么美好!"

他们两人所在地下面的护城河填上了。傍晚到夜间,那一带是高尔夫练习场。对面的电车线上有银杏街道树,绿叶掩映之下,可以明显看到黝黑的树干。上面傍晚的天空,包裹在桃红的云翳里。町枝抚摸着水野膝盖上小狗的头,水野用两只手的手心包住町枝的指头。

"我在这里等着町枝的时候,似乎听到手风琴静谧的歌声,闭起眼睛倒在地上睡着了。"

"什么歌……?"

"这个嘛,好像是《君之代》①……"

"《君之代》?"町枝甚感惊讶,她挨近水野身边。

"《君之代》,水野君不是没有入过伍吗?"

"每天听广播直到很晚,我在广播里听到了《君之代》。"

"我每天晚上都祝福水野君晚安呢。"

町枝没有对水野说起银平的事,她也不觉得同她搭话的男子有多奇怪,过后就忘了。银平躺在草丛中,要看也能看见,但就算再见,或许也不会想到他就是刚才那个男人。银平不可能不望着他们两个。泥土的寒冷渗透了银平的脊背,正逢换穿冬春外套的季节,银平也没有穿大衣。银平转过身子,朝向町枝他们一方。与其说羡慕,毋宁说是诅咒他们两人的幸福。他闭上眼睛,面前浮现一幅幻景:两人乘着烈火熊熊燃烧的小船,摇摇晃晃,随波漂流。这就证明两人的幸福不会长久。

"阿银,姑妈很漂亮啊!"银平听到弥生的声音。那时候,银平和弥生并肩坐在湖岸盛开的山樱树下,花影映照着湖水,可以听到小鸟的鸣叫。

---

① 《君之代》:日本国歌。

"姑妈开口说话时,露出的牙齿,我很爱看。"

如此的美娇娘,为何嫁给银平父亲那样的丑男呢?看来,弥生为此深感遗憾吧。

"父亲和姑妈只有兄妹两人。你家父亲去世后,爸爸说过,姑妈可以带阿银回家来住。"

"我不愿意。"银平说着涨红了脸。

他是感觉这样会失去母亲而不太情愿,还是同弥生住在一起很高兴而又觉得难为情呢?抑或两者兼而有之吧。

那时节银平家里,除了母亲还有祖父母,大姑妈也住在家里,她是离过婚的回头人。银平虚岁十一岁时,父亲死在湖里。他头上有伤,有人说,他是被人杀害后,扔进湖水里的。尽管死因是喝水而溺死,但也有可能是在湖畔同人发生争执被推到湖里去的。弥生家人对银平的父亲十分怨恨,甚至有人指桑骂槐,说什么他不该特地跑到妻子娘家的村里来自杀。十一岁的银平心中琢磨着,假如父亲被人害死,他非找到那个仇人不可。他决心已定,无可动摇。银平来到母亲娘家的村里,寻到父亲尸首浮起的地方,躲进胡枝子丛中,监视过往行人。他想,杀害父亲的人不会泰然地从那里通过。有一回,一个牵牛的人打那里经过,牛受惊了,银平屏住呼吸。胡枝子开放着银白的花,银平折下一截花枝,回家夹在书里,做成压花,发誓要报仇。

"母亲也不愿回娘家。"银平对弥生强烈表示。

"父亲就是在这个村里被害死的。"

弥生看着银平苍白的面孔,吓了一跳。

听说有人在湖岸上遇见过银平父亲的幽灵。弥生没有把村中的这一传闻告诉银平。据说每当有人通过银平父亲绝命的一带湖岸,身后就紧跟着响起脚步声。回头一看,没有人影。即便逃离,那幽灵的脚步也不加快,只是随着路人的逃跑,听起来越来越远罢了。

小鸟的鸣啭自山樱梢头移向下面的枝条,就连这一音声,也使弥生联想起幽灵的足音。

"阿银,回家吧。樱花映在湖面上,有些可怕呀。"

"有什么可怕的?"

"阿银没有好好看呢。"

"不是很漂亮吗?"

弥生正要站起来,银平一把将她拉回去,弥生倒在银平的身上。

"阿银!"弥生大叫一声,她扯乱了和服的衣裾逃脱了。银平跑去追她,弥生喘着粗气站定脚步,猛地抱住银平的肩膀。

"阿银,你和姑妈一同住到我家来吧。"

"不行。"银平说着,极力搂住弥生的前胸。银平的眼里流出泪水。弥生朦胧的双眸,茫然地眺望着银平。过了一会儿,弥生说道:

"姑妈说待在那样的家里她会死掉的。姑妈对我父亲说过这话,我听到过。"

银平和弥生拥抱,只有这一次。

弥生的家即银平母亲的娘家,历代以来就是居于湖畔的名门巨族。那么,为何同不是门当户对的银平家结亲,将女儿嫁给银平之父呢?莫不是银平的母亲出了什么事吗?银平对母亲怀有这个悬念是在几年之后。当时,母亲已经离开银平回娘家住了。银平去东京苦读期间,母亲患肺结核在娘家去世,原来从母亲那里获得的一点生活费也断绝了。银平家打从祖父死了之后,如今家里祖母和姑妈还健在。听说姑妈将在婆家生的女儿领回来抚养。银平长年和家乡不通音信,不知道那个表妹有没有嫁人。

银平躺在跟踪町枝前来的青草地上,他想起躲在弥生村庄湖岸胡枝子丛中的时候。他把那时候的自己和眼下这时候的自己两相比较,觉得没有什么变化。于是,同一种悲哀流贯着全身。不过,为父报仇一事他已经不再认真考虑了。即便害死父亲的凶手还在,现在也年老了。假如老丑的老爷子前来访问银平,向他忏悔杀人之罪,银平会不会像摆脱邪魔一般感到浑身轻松呢?而且,能否换回两人在那里幽会般的青春呢?银平心中清晰地浮现出弥生家乡湖岸上的山樱花映着湖水的情景。湖面如一面巨大的镜子,没有一丝微波。银平闭着眼睛,想起母亲的面容。

这当儿,牵着柴犬的少女似乎已经下了土堤。银平睁开眼睛的时候,学生已经站在土堤上目送着她。银平一骨碌爬起来,眼看着那少女顺着坡道向下走去。黄昏银杏街道树的叶荫变浓了。路上没有行人通过,可少女也没有回头。跑在前头的狗拉紧锁链,急着回家。少女踏着莲波碎步,动作优美。明日傍晚少女肯定还会登上这段坡道。想到这里,他吹起口哨,走向水野站立的地方。水野注意到银平,瞧了瞧,银平也没有停止吹口哨。

"挺高兴的啊。"银平冲着水野说道,水野把脸转向一旁。

"听到没有,我说你挺高兴的。"

水野皱起眉头望着银平。

"啊,不要那么厌恶我嘛。坐在这儿聊聊吧。我这个人呀,要是见到幸福的人儿,就会羡慕人家的幸福,仅此而已。"

水野转过身子打算离开。

"喂,不要逃走嘛,我不是说要跟你聊聊吗。"银平说道。

水野重新转过头来。

"没有逃,我没什么跟你聊的。"

"别误会,我不会为难你的。来,坐下。"

水野依然站着不动。

"我认为你的恋人很漂亮。怎么,连这一点都不可以吗?她真是个可爱的女孩子。你真有福气。"

"那又怎么样?"

"我想和幸福的人儿说说话。说实在的,那女孩实在漂亮,我一直跟踪她呢。看见她同你幽会,大吃一惊。"

水野也很惊奇地看看银平,正要向对面走去。

"哎,说说话嘛。"银平从身后将手搭在水野的肩膀上,水野用力将银平撞倒在地。

"混蛋!"

银平从土堤上滚落下去,倒在下面的柏油路上。他的右肩摔伤了。银平盘腿坐在柏油路上,按着右肩站立起来。他登上土堤,对方早已不见了。银平痛苦地喘息着坐下来,悄悄趴在地上。

银平为何在少女走后还要接近那个学生同他搭话呢?就连他自己也不明白。尽管他吹着口哨走路,那也不见得有什么恶意。银平本想和学生谈谈关于少女的美丽,他完全是出于真心。学生只要态度诚恳,银平就可以告诉他他尚未留心的女孩的美貌。不过,他的表现有些招人厌烦。

"挺高兴的啊",突然来这么一句,显得颇为拙笨。可以讲点儿别的什么嘛。纵然这样,被学生一撞,跌落下来,他感到自己早已失去力量,身体是那么软弱无力。银平真想大哭一场。他一只手抓住青草,一只手揉着受伤的肩膀,眯细的眼睛里,蒙眬地辉映着桃红色的晚霞。

从明天开始,那位少女就不会再牵着狗登上这段坡道了。不会的,学生明天也许来不及同少女联络,明天她照旧会通过银杏林荫路而来吧。不过,被学生记住的自己再也不能出现于这段高坡和这条土堤了。银平环视土堤,寻找可以藏身的地方,没有找到。那位身穿白色毛衣和折叠红格子前裾的裤子的少女,倏忽打银平脑里闪过,变得遥远了。桃色的天空似乎浸染着银平的脑袋。

"久子,久子!"银平沙哑着嗓子呼唤玉木久子的名字。

那时他乘坐出租车去会见久子,时候是下午三时左右,当时天上虽然没有晚霞,但城市的天空已经显现些微的桃红。透过车窗玻璃所见到的城市,笼罩着一层薄薄的水蓝色,和司机驾驶台前边玻璃窗落下后所看到的颜色全然不同。

"天空稍稍显现出桃红呢。"银平越过司机肩头探着身子。

"是啊。"

司机随便应和了一句。

"没有染上什么桃红色吧,到底怎么回事呢?是我眼睛的缘故吗?"

"不是因为眼睛。"

银平继续探着身子,他嗅到司机旧衣服的气味。

自那时以来,银平每乘坐出租车,都要感受到薄桃色世界和水蓝色世界才肯罢休。车窗玻璃外呈现水蓝色,作为对照,司机驾驶台前落下的玻璃窗外是桃红色。虽然只是这两种颜色,但银平似乎一味相信,那天色、城墙、道路,还有街道树的树干,其实都意想不到地弥漫着一层桃红色。春秋时节,汽车行驶途中,多半是关闭客席的玻璃窗而敞开司机身边的玻璃窗,银平并非随便去哪里都能乘汽车,但他只要乘汽车,这种感觉总是反复出现。

于是,银平逐渐认识到,司机的世界温润桃红,乘客的世界冷艳蔚蓝。乘客是银平本人。不用说,透过玻璃窗看到的世界是清澄的。或许东京的天空街巷尘埃混浊,因而形成桃红色。银平时常探着身子,两肘支撑在司机坐席的靠背上,眺望桃红的世界,或许他对于那种混浊而燠热的空气焦躁不安吧:

"喂,老兄!"他真想一把抓住司机,看来这或许是对某种现象奋起反抗或挑战的征兆吧。但他一旦抓住司机,就成了疯子。尽管银平在后面闪现着不安的眼神,城镇、天空呈现的桃红,仅收于一派光明之中,司机不会感到任何威胁。

而且,也还没到威胁的地步吧。银平透过出租车窗玻璃的内部结构,第一次分辨出桃红世界和水蓝世界,是在前往会见久子的途中,他向司机肩膀方向探出身子,也是去会见久子时候的姿势。在这样行驶的出租车内,银平经常会想起久子。他嗅着司机旧衣服的气味,不久就闻到久子藏青哔叽服的馨香,其后,不论从哪位司机身上,银平都能感觉到久子的馨香。司机纵使换了新衣,也仍然如此。

首次看见桃红色天空时,银平已经被开除教职,久子也已转校,两人只能躲开人眼偷偷相会。银平很害怕变成这种情况,他曾说:

"可不能告诉恩田,这是我们两个人的秘密……"久子听了他的叮嘱,仿佛就在密会的场所,涨红了面颊。

"秘密只要守得住,就能化为甜蜜与快乐,一旦漏出去,就会转化为恶鬼跑来索命的。"

久子笑出两个小酒窝,翻着眼白睐了银平一眼。那是在教室走廊的一端。一个少女飞身跳上临近窗侧一棵叶樱①的枝头,玩单杠似的荡来荡去。树枝剧烈晃动,樱树叶子摩挲的音响,透过玻璃窗传到走廊上。

"恋爱是两人的事,绝不可有第三者插进来。懂吗?即使恩田,如今也成了仇敌,变成世人的一个耳目了。"

"不过,我也许会告诉恩田。"

"不行。"银平胆怯地看看周围。

"因为我太痛苦了,假若恩田安慰我,询问久子你怎么了,我可能就瞒不下去了。"

---

① 叶樱:樱花盛开后,花瓣凋落,绿叶初放,花叶参差之时。

"干吗要同学安慰你呢?"银平提高嗓门。

"见了恩田肯定会哭的。昨天回家,眼泡肿了,花了好些功夫用水浸凉。要是夏天,用冰箱里的冰块倒也方便,可现在……"

"哪有那么多舒服的事。"

"我太痛苦啦。"

"让我瞧瞧眼睛。"

久子顺从地转过头来,她用眼睛看着银平,但那眼神更像是主动叫银平盯着自己的眼睛。银平感念着久子的肌肤,默然不语。

银平在同久子建立这种关系之前,曾经打算向恩田信子了解一下久子家庭的内情,据久子所言,她和恩田无话不说。

然而,恩田这位学生,银平觉得她很难接近,要是问起久子的事,又怕她看透自己的内心。恩田成绩优秀,但个性很强。一次在课堂上,银平讲读福泽谕吉①的《男女交际论》:

"川柳②中有这样的句子:'走出两三百米,男女成夫妻。'"下面接着是,"例如,丈夫旅行,媳妇依依难舍;媳妇生病,丈夫对她深情看护。可是公婆见了难以接受,说是违背自己的意愿。这个世界并非没有这种奇谈怪论。"

女同学们听了都哄堂大笑,唯独恩田没有笑。

"恩田同学没有笑,是吗?"银平问,恩田没有回答。

"恩田同学,你不觉得好笑吗?"

"我不觉得好笑。"

"即使自己不觉得好笑,看到大家都笑了,不是也会笑的吗?"

"我不愿意。即使可以和大家一起笑,但等大家笑完之后,也可

---

① 福泽谕吉(1835—1901):日本近代著名启蒙思想家,明治时期杰出的教育家,日本著名私立大学庆应义塾大学的创立者。
② 川柳:富于幽默意味的俳句。

花的圆舞曲

以不跟着笑啊。"

"强词夺理。"银平绷紧面孔,"恩田同学不觉得可笑,大家是否觉得可笑呢?"

教室里鸦雀无声。

"不觉得可笑,是吗?这是福泽谕吉明治二十九年①写的,战后今天读起来如果不觉得可笑,那倒是个问题。"银平继续说下去,中途突然冒出个坏主意,问道:

"有人见过恩田同学笑吗?"

"我曾经见到过。"

"我见到过。"

"她经常笑。"

同学们踊跃回答,笑得很开心。

这个恩田信子和玉木久子结为最要好的朋友,久子或许也深藏着一副异常的性格吧。银平后来想到。久子浑身飘溢着迫使银平跟踪自己的魔力,内心里秘藏着可以接纳银平跟踪的空间。不是吗?作为一个女人,久子刹那之间触电般地战栗起来,她觉醒了!久子为他献身时,银平想到,众多的少女都是如此吗?这使得银平也一阵战栗。

对于银平来说,久子或许是第一个女人。在这所高级中学,他们虽说是师生关系,但与久子相爱的日子,成为银平前半生最幸福的时期。在乡下,父亲活着的时候,幼小的银平曾经钟情于表姐弥生。那确实是纯洁的初恋,但年龄未免太幼小了。

然而,银平没有忘记,那是九岁或十岁的时候,他做了一个关于鲷鱼的梦而受到表扬。故乡海洋暗淡黝黑的波涛之上,漂浮着一只

---

① 一八九六年。

飞艇。望着望着,原来是一条大鲷鱼。鲷鱼从海里跃出水面,长时间浮在空中。不止一条,到处都有鲷鱼从海浪中跳跃起来。

"哇,好大的鲷鱼啊!"银平呼喊着,他醒了。

"好梦,幸福之梦,银平要走运啦!"众人都在传说。

昨日,弥生送他一本画册,里面附有飞艇的绘画。银平没见过真实的飞艇。然而,那时候已经有了飞艇这东西。大型飞机发达之后如今没有了,银平的飞艇和鲷鱼之梦也成为过去。银平曾自己解梦,觉得比起发迹,更像是将来他和弥生成婚的征兆。银平没有发迹,他即使不丢掉高中语文教师这一职业,将来也不可能在社会上出人头地。他不像梦中那条壮美的鲷鱼,他既缺少从人海里飞跃而起的力量;也缺少浮游于人头上面天空的力量,到头来注定沉沦于幽暗的波底。与久子共燃阴火后,幸福日短,转瞬跌落。正像银平警告久子那样,泄露给恩田的秘密,变成索命鬼一样大肆报复。恩田的告发很严厉。

自那之后,银平上课时再也不瞧久子一眼,但总是不由自主望向恩田,令他很苦恼。银平把恩田叫到校园一隅,对她时而哀求,时而威胁,要她严守秘密。恩田对银平的憎恶,比起自正义感,更是出自直观的强烈的纠罪感。尽管银平一再表明爱的尊贵。

"老师很不光明。"恩田冷不丁冒出一句。

"你才不光明呢。听到人家的秘密,又传给另外的人,还有比这更不光明的事情吗?难道你的肚子里塞满了鼻涕虫、蝎子和蜈蚣了吗?"

"我没向任何人泄露过。"

可是不久,恩田就给校长和久子的父亲写了匿名信。听说是"寄自蜈蚣"。

后来,银平只能按照久子选择的场所赴会。久子的父亲战后购置的住宅，以往还是郊外，而这座战前位于山手的房子已是一片废墟，只剩一道残破不堪的钢筋混凝土围墙。久子害怕被人看到，喜欢在这道大围墙里同银平幽会。这块旧城街衢的废墟，大都建起了大大小小的房舍，就连火烧后的空地也难得一见。既没有一个时期内的废墟的阴森和危险，同时又是被人遗忘已久的安全地带。高高的荒草足以遮蔽两人的身影。还能使得女学生久子感觉到仿佛回到自家里一样安然。

久子很难写信给银平，银平也无法给她写信，或从家里和学校打电话，也不便托人捎口信。同久子的联络通道全都断绝了。银平只好在空地上的钢筋混凝土围墙内侧，用粉笔写点什么，请久子前来阅看。规定写在高墙下部，隐没于荒草丛中，不使别人看到。当然不可写得太用心，只是标明希望见面的日期和时间的数字，起着秘密告示的作用。有时候，银平也来看久子写了什么。久子定下约会的时间，可以发快信或打电报，要是银平，就得提早将日期时间写在墙上，然后再次来看久子是否应诺的暗号。久子受到监视，夜间很少能出来。

银平在奔驰的出租汽车中第一次看见桃红和水蓝的当天，正是久子约他的日子。久子躲在墙边的草丛中等着他来。

"这道围墙的高度，看得出你的父亲非常无情啊。墙上头还满嵌着碎玻璃，倒插着铁钉。"有一回银平曾对久子说起过。从周围新建的平房里，窥视不到围墙内的情景，即使那座才建造的唯一的二层洋馆，按照新的设计也很低矮，从楼上探着身子，庭院的三分之一被遮挡了视线。久子知道这些，所以她才紧贴着墙边。大门似乎是木造，没有烧毁。因为不是出售之地，一般不会有好事者前来这里。午后三点左右也能在这里幽会。

"啊，刚从学校归来。"银平一只手摸摸久子的头，蹲下身子，两手捧起苍白的面孔凑了过去。

"老师,没有时间了,放学回家的时间,家里人都算好了的。"

"明白。"

"因为有《平家物语》①的课外讲读,我说希望留下,家里人也不允许。"

"是吗,等得很久了?腿脚发麻了吧?"银平把久子抱在膝头上,久子羞于白天的光亮,主动滑落下来。

"老师,这个……?"

"什么,钱?做什么呀?"

"偷来的,给。"久子闪着明亮的眸子。

"两万七千元。"

"你父亲的钱吗?"

"是母亲那里的。"

"我不要,马上就会发觉的,还是快送回去吧。"

"要是被发觉,我就一把火把房子烧了。"

"简直就像蔬菜店的阿七姑娘②……为了两万七千元,而焚毁一千万元以上的住宅,哪里会有这样的人呢?"

"这是母亲瞒着父亲积攒的钱,不会把事情闹大的。我也是经过再三考虑才决心偷来的。既然偷出来了,再放回去,反而有点儿可怕。一定会哆哆嗦嗦的,最终被发觉。"

---

① 《平家物语》:镰仓时代军记物语。传世本十二卷,另加《灌顶卷》一卷。据《徒然草》上说,作者为信浓前司行长,但作者和成书年月皆未详。内容以治承—寿永期间(1177—1185)的动乱以及平家一门兴亡为中心演绎故事。通篇以佛教无常观为基调,运用和汉交混之文体记叙而成,类似叙事诗一样的作品。

② 阿七姑娘:江户前期(1668—1683),江户本乡蔬菜店女儿阿七,为躲避天和二年(1682)大火于寺院避难时,同寺院小和尚相恋。回家后,为了再会一心打算放火,事情败露而遭受火刑。故事收入井原西鹤通俗小说《好色五人女》中,同时也被净琉璃、歌舞伎等古典剧目搬上舞台。

银平从久子手上收取偷来的钱,眼下并不是首次。这并非受到银平的指使,而是久子自己的主意。

"不过,老师我啊,反正不愁吃喝。有个叫有田的公司经理,他的秘书是我学生时代的同学,他时常叫我为那位经理代写讲稿。"

"有田先生……?那人叫有田什么?"

"有田音二老人。"

"啊呀,那个人是我要转去的学校的理事长啊……我父亲就是托有田先生帮我转校的啊。"

"是吗?"

"理事长在学校里的讲话,也是桃井老师您代写的吗?我一点儿也不知道。"

"人生就是这样的。"

"是的呀,明月一出,我就想,老师也在看着月亮吧。刮风下雨的日子,我就老是惦记着老师的住处怎么样呢。"

"听秘书说,那位姓有田的老人,受到一种奇怪的恐怖症的折磨,他叫秘书转告我,起草讲稿时,尽量不把妻子和结婚之类的事写进去。我以为,这是在女子高中学校里的讲演,自然要提及这类事。有田理事长演讲途中,没有发作恐怖症吧?"

"没有,我没看到过啊。"

"是的嘛,在众人面前。"银平独自点点头。

"恐怖症发作,会是什么样子呢?"

"各种情况都有。我们也有可能。我发作一次给你看看?"

银平说罢,抚摸着久子的胸脯,闭上了眼睛。此时在他面前,浮现出故乡的麦田。农家姑娘骑着裸马打麦田对过的道路上通过。女子的脖子上围着洁白的手巾,结子打在下巴颏前。

"老师,请把我勒死吧,我不想回家了。"久子热切地小声说。银平一只手抓住久子的脖子,他对自己的行为大吃一惊。他又加上另一只手,试着量一量久子脖颈的粗细。银平的两手轻柔地伸进去,相互触及着指尖儿。银平将钱包从久子的胸前滑落进去。久子猝然缩紧胸脯,躲着身子。

"把钱拿回家吧……一旦干出这种事,你我都成了罪犯,恩田同学不是也把我看作罪犯告发了吗?她不是在信里写着吗,有着那样见不得人的事,又会撒谎行骗,肯定有重大的前科……你最近有没有见到过恩田同学?"

"我不见她。她也没来信,那个人,谁了解呀。"

银平好一阵沉默。久子为他摊开尼龙包袱皮儿铺在地上。这样反而透过来泥土的寒凉,周围拥塞着青草的香气。

"老师,还是请跟踪我吧。跟在我身后,不让我知道。最好是放学的路上。这次要去的学校远一些。"

"在那豪华的大门前,要么装出突然发现我的样子?然后,你红着脸闪进铁门内,眼睛瞅着我,是吗?"

"不,我会让你进去的。家里很宽阔,不会被看到。我的房间也有藏身的地方。"

银平一时燃起烈火般的喜悦。终于实行了。但是,银平却被久子的家人看到了。

其后,漫长的岁月,尽管使得银平和久子渐渐疏远起来,在银平被牵狗少女的男友推下土堤之后,银平望见桃红的晚霞,不由满怀思念,嘴里呼唤着"久子、久子",回到公寓。土堤的高度是银平身高的两倍,肩头和膝盖都摔成青紫色了。

翌日傍晚,银平又不由得再度沿着银杏林荫路的高坡去见少女。那位清纯的少女,对于银平的追踪一点儿也不在意,银平自然也不会伤及她什么,不是吗?犹如对着空中飞过的大雁悲号。仿佛在那里目送着闪耀的时光的流水。银平不知明日的命运,即便那位少女,也不会永远美丽。

然而,银平昨天同学生搭讪,已经被他记住了,所以不能在银杏街道树的坡道上转悠了,似乎也不可停留在学生等待少女的土堤上。林荫路树下的人行道和往昔贵族宅第之间有一条水沟,银平决定躲藏在沟里。假若被警察问起,也可佯装醉酒后跌落或被暴徒推倒而摔伤了腰腿。借口醉酒很容易,为了蓄积酒气,他喝了点儿酒出门了。

沟底很深,昨天看清楚了。进去一看,又深又宽,两侧整齐地砌着石崖,底部也铺着石板。石缝里长着杂草,去年的落叶腐烂了。将身子紧贴着人行道一侧的石崖,不会被登上笔直坡道的人发现。躲了二三十分钟,银平真想啃住石崖上的石头不放呢。盛开在石缝里的紫堇花悦人眼目。银平一下子靠过去,将紫堇花含进嘴里,用牙咬碎,吞进肚里。很难吃下去,银平差点儿哭出声来,他还是强忍住了。

昨日的少女今天依旧牵着狗,出现于坡下。银平摊开两手,抓住石头一角,身子紧贴着石崖,微微抬起头颅。他两手发抖,感到石崖就要崩塌,胸间的心跳撞击着岩石。

少女仍然穿着昨日的白毛衣,下身不是裤子,而是胭脂红的裙子,一双上好的鞋子。纯白和胭脂红飘浮于林荫路的绿叶丛中,渐渐走近了。当通过银平头上的时候,少女的手已经在他眼前。白皙的手自腕子至肘部越发艳丽。银平从下边仰视着少女清纯的下巴颏,"啊"的一声闭上双眼。

"来了,来了。"

昨日的学生在土堤上等着。这里约莫相当于坡道一半地方,从沟底下望过去,沿着土堤行走的两个人,膝盖以上的身子浮动于青草丛中。银平等待少女归来,一直等到日暮,少女再也没有通过坡道。

或许学生同少女谈及昨日碰上奇怪的男人,避开这条道路了吧?

后来,银平几度徘徊于银杏林荫路的斜坡,久久躺卧在土堤上的青草丛中,都未能见到少女。夜间,少女的幻影也将银平引诱到这条坡道上来了。银杏的嫩叶很快长成一簇簇繁密的绿叶,迎着月光,姗姗树影印在柏油路上,黑黝黝的林木遮盖着头顶,威压着银平。他想起在内日本的故乡时,夜间黝黑的海面迅速变得可怕起来,于是急忙跑回家去的事。沟底下传来小猫的叫声。银平停住脚步窥探,没有发现小猫。模模糊糊看见一只箱子,里头似乎有什么东西在蠕动。

"原来如此,这里倒是丢弃小猫的好地方。"

有人把刚生下的整窝的小猫,装进箱子全都扔到沟里来了。一共是几只呢?哀鸣、饥饿、死去。他将这些小猫比作与之相似的自己,银平特意倾听小猫的鸣叫。然而,自那夜以来,少女再也没有出现于坡道之上。

距离那条坡道不远的护城河,将要举办萤火大会。这条新闻,六月里就及早刊登在报纸上了。河面上有出租的游艇。银平坚信,那位少女必然要来观赏萤火。她牵狗散步,就说明她家就住在附近。

母亲村庄的湖泊也是有名的观赏萤火的地方。母亲带他看过,银平还捉了萤火虫放在蚊帐里睡觉。弥生也这样干过。隔扇敞开着,相邻房间挂着弥生的蚊帐,两人争着数谁的蚊帐里的萤火虫最多。萤火虫随处乱飞,数起来很困难。

"阿银真狡猾,一直都很狡猾啊。"弥生坐起身来,挥舞着拳头。

不久,她开始用拳头敲打蚊帐,蚊帐摇晃着,停在蚊帐上的萤火虫飞走了。因为没有手感,弥生更显得急躁,每次舞动拳头,连带着膝盖也跳了起来。弥生身穿元禄袖的短裾浴衣,卷到膝头以上。就这样,她的膝盖渐渐向前挪动,弥生蚊帐的下缘,向银平这边鼓胀出一个奇怪的形状。弥生仿佛变成一个罩着蓝色蚊帐的女妖。

"这回该是小弥生多了,看后边。"银平说道。弥生转过头来。

"肯定是我的多呀。"

弥生的蚊帐摇晃着,里面的萤火虫全都在飞舞放光,看起来实在很多,无可争辩。

银平至今还记得,当时弥生的浴衣印染着大十字碎白花纹。然而,和银平同蚊帐的母亲,都做了什么呢?对于弥生的吵嚷一句话也没说吗?银平的母亲且不说了,同弥生一起睡的弥生的母亲,也没有斥责弥生吗?弥生的小弟弟也该是睡在她身旁的。对于银平来说,除了弥生,再没有别的人的记忆会浮现于脑际。

即使是现在,银平也时常回忆起母亲娘家湖畔夜间闪电的幻景。那闪电几乎照亮整个湖面,又旋即消隐。闪电消失过后,岸上就有萤火交飞。有时,偶尔也会把湖岸的萤火看作幻景的继续。但要说萤火就是附属,那也有些奇怪。不过发生闪电的季节大体都在萤火交舞的夏天,或许因此才有附属的萤火。银平没有将萤火的幻景当作死于湖中的父亲的幽魂,但夏夜湖面闪电消逝的瞬间,也并非令人心情愉快。每当看到那幻景的闪电,银平不由心头一惊,位于陆地上的这片深广的水面纹丝不动,欻然呈现出夜空的光明,银平由此仿佛感受到自然的妖灵、时间的悲鸣。闪电遍照湖水,恐怕是幻影作祟,现实中并不存在。银平对此也很清楚。但是,一旦被那巨大的闪电之光击中,天空瞬间的光明抑或将身边整个世界照亮,犹如初会表情生硬的久子一样。

后来,迅速变得大胆的久子,使得银平大惑不解,或许就像被闪电击中了一样。银平受久子引诱,偷偷潜入她家,成功地隐藏在久子香闺之中。

"真的好宽阔啊,不知打何处可以逃走。"

"我会送你的,从窗户也能出去。"

"这是二楼吧。"银平胆怯起来。

"可以用我的整幅腰带缒下去。"

"没有狗吗？我讨厌狗。"

"没有狗。"

久子早已用一副炯然明亮的眼睛，瞟着银平说道：

"我不可能和老师结婚，我只希望老师在我房间里，同我在一起，哪怕一天也好。我不愿意一直永远地躲在草窠里。"

"说起草窠啊，除了草丛的意思外，如今通常意味着冥府、陵墓之类。"

"是吗？"

久子也不大在意了。

"语文教员的职务也被开除了，还谈这些干什么……"

不过，曾有这样一位老师在，总是不好，是个可怖的世间。一个女学生居住的西式房间，竟然如此华美豪奢，银平被此种气氛的压倒，最后沦落成为一个受到追逐的罪人。从久子今后的校门到她的家门，跟踪而至的银平也大不一样了。首先，久子虽然对银平的跟踪心知肚明，但又必须佯装不知。再说，久子已经成为银平抓在手里的女性，虽然这些都是机关算尽、巧设诡计的阴谋手段，但既出于久子的要求，也为银平所乐意承受。

"老师。"久子突然握紧银平的手指，"是吃晚饭的时候了，请等我一下。"

银平揽近久子亲嘴儿。久子希望银平久久吻她，体重全都交付给银平的腕子了。银平必须支撑久子的体重，他为此付出一些气力。

"我去吃饭，老师做些什么呢？"

"哦，你有影集吗？"

"我没有。影集和日记本都没有。"久子仰望着银平的眼睛，摇摇头。

"你也不怎么爱回忆小时候的事情。"

"那很无聊嘛。"

久子没有擦擦嘴唇就出去了。她和家人同桌吃饭时,带着一副怎样的表情呢?银平发现墙壁上遮着帷幔的低凹之处,是小小的盥洗室,他小心翼翼打开水龙头,认真地洗了手和脸,漱漱口。他很想洗洗那双丑脚,但一旦脱下袜子抬起腿来,很难将两只脚伸向久子洗脸的地方。再说,他想到洗过的双足也不会变得好看,还不是再次使他回想起那双丑脚来吗?

倘若久子不为银平做三明治,他们的幽会也许不至于暴露。使用银盘将整套咖啡器具端进屋里,那也未免过于大胆了。

连续响起了敲门声。久子似乎早有预料,她主动问道:

"是妈妈吗……?"

"是的。"

"我有客人,妈妈,不便开门。"

"谁呀?"

"老师。"久子低声而断然地回绝了。刹那间,银平蓦地站立起来,仿佛陶醉于疯狂的幸福之火中。要是手里握着手枪,也许从背后向久子开火。子弹贯通久子胸膛,射中门口的母亲。久子向银平倒来,母亲向门外倒去。久子和母亲隔着门扉,两两相对,所以母女俩都会向后仰着栽了过去。但是,久子即使将要倒去,也还来了个漂亮的转身,变换方向抱住银平的小腿。久子伤口喷出的鲜血,顺着小腿肚流下,濡湿了银平的脚背,使得那里又黑又厚的老皮猝然变得像玫瑰花瓣一般光洁无比。脚心的皱褶舒展了,像樱贝一般柔软。猴子般细长、骨节突出而又弯曲干瘪的脚趾,不久经过久子温热血液的洗涤,犹如服饰模特儿的手指,漂亮多了。当他猛然觉察到不会有那么多久子的鲜血,银平便感到那是自己的血液从胸前的伤口里涌流下来了。银平仿佛被包裹于来迎佛驾驭的五彩祥云中①,他有些神志模糊了。这种幸福的狂想只是昙花一现。

"久子啊,她带到学校去的脚气灵,其中掺杂着女儿的血啊。"

银平听到久子父亲的声音,浑身打了个激灵。那是幻听!是长而又长的幻听。银平恢复了理智,满眼都是久子面对门扉凛然而立的形象。恐怖消失了,门外寂悄无声。银平透过门扉看到被女儿斜睨着不住发抖的母亲的姿影。那是一只被幼雏叨光羽毛赤裸着身子的老母鸡。悲惨的足音顺着走廊渐行渐远了。久子大踏步走向门边,咔嚓上了门锁,一手扶着把手,回头望望银平,随即将脊背猛地靠在门板上,扑簌扑簌流下泪来。

不用说,替代母亲前来的是父亲急剧的脚步声。他嘎嚓嘎嚓晃动着门把,喊道:

"喂,开门!久子,开门!"

"开门吧,我要见你父亲。"银平说。

"不行。"

"为什么?不能不见啊。"

"我不想让老师看到父亲。"

"我不会乱来的。我又没拿手枪什么的。"

"我不想让你们见面。你从窗户逃走吧。"

"从窗户……?可以,我的脚本来就像猴子。"

"穿着鞋很危险。"

"那就不穿。"

---

① 佛教净土宗信奉,念佛行者临死,将由阿弥陀佛与诸菩萨驾祥云前来迎接,引导其前往极乐净土。

久子从衣橱里找出两三条整幅腰带衬垫，互相连接在一起。门外的父亲越敲越猛。

"这就开门，稍等一会儿。我不会殉情的……"

"说什么？你这丫头说些什么？"

不过，父亲似乎有所顾忌，门外暂时安静了。

久子将腰带衬垫从窗户垂下去，再把两端分别套在两只手腕上，一边用力牵拉住银平的体重，一边继续流着眼泪。银平用鼻尖稍稍蹭一下久子的手指，顺着腰带衬垫轻轻滑落下去。本来打算凑过嘴唇去，因为看着下边，先触及到鼻尖儿了。他还想吻她的面颊，以表示感谢和告别，但久子弓着腰，膝盖用力抵着窗下的墙壁，反转着身子挺起胸脯，吊在窗户外的银平够不到她的面孔。一旦双脚着地，银平满含感激，两次拉了拉腰带衬垫，示意久子收回。第二次没有手感，借着窗户的光亮，看到腰带衬垫"唰"地掉到下边的地面上了。

"哦，送给我啦？那就收下吧。"

银平跑出院子，一侧舞动着的臂腕，灵巧地缠裹着腰带衬垫。他回头一瞧，久子似乎同她父亲一起站在刚脱身的窗户前边。看样子，父亲没有声张。银平像猴子一般跨越了那道雕镂着蔓草花纹的大铁门。

有过那段交往的久子，如今已经结婚了吧？

自那之后，银平只见过久子一次。不用说，银平频繁地去过久子所说的草窠荫里，即久子原来住宅焚毁后的废墟，都不曾见到过躲在草丛里的久子，也没有发现混凝土围墙内侧久子写的告示。然而，银平并不死心，就连草木枯萎后积雪的严冬，他也时常前往窥伺，永无休止。这是多么可怕的事啊！而当春天再次来临，嫩草初萌的时候，他同久子不期而遇。

不过，当时见到的是久子同恩田信子两个人。起初，银平心里很是激动，以为自那之后，久子同样时常到这里寻求银平的消息，但或许因为时间不合而未能见面。但从久子惊奇的表情上,可以看出久子完全没有等待银平见面的意思,而是前来这里同恩田相会的。她竟然同那位告密者在过去密会的地点相见,这到底是为什么?银平竟然茫然地没有开口询问。

"老师。"久子喊了一声。恩田似乎要压倒她,同样特别大声地叫道:

"老师。"

"玉木同学还跟这种人来往吗?"银平将下巴颏向恩田的头顶上扬了扬。两位少女共同坐在一枚包袱皮上。

"桃井老师,今天是久子的毕业典礼。"恩田睨视着银平,用一副宣言者的口气说道。

"唔,毕业典礼……?是吗?"银平随声附和。

"老师,打那之后,我没有上过一天课。"久子诉苦道。

"哦,是吗?"

银平心头突然一震。或许顾忌着仇敌恩田,或许出于一个教师的本性,不由得说道:

"倒也能顺利毕业啊。"

"理事长打了招呼,就能毕业。"恩田回答。不知她对久子是好意还是恶意。

"恩田同学,你是才女,但请闭嘴。"

银平转向久子:

"理事长在毕业典礼上致辞了?"

"是的。"

"我已经不再为有田老人起草讲稿了。今天的祝辞和以前在语调上不一样吧?"

"很短呀。"

"你们俩谈论这些干什么？偶然碰面，不是一直也有好多话要说吗？"恩田说。

"要是没有你在场，我们有说不完的话题。但也没有必要说给内奸听。你要是有话跟玉木同学说，那就趁早说。"

"我不是内奸。我只是想保护玉木不受品行不端者欺骗。多亏我的告发，玉木才得以转校，虽然未能上学，但也逃过了老师的毒害。玉木这个人，对于我很重要。不论老师对我干什么，我都要同老师战斗，玉木也很憎恨这个老师吧？"

"好吧，瞧我会怎么制服你！不及早躲开，终将很危险。"

"我不会离开玉木一步。是我们在这里相约，老师请回吧。"

"你是充当监视者角色的侍女吗？"

"我不会接受那样的差事。品行不端。"恩田转过脸去。

"久子，咱们回去吧。对于这个品行不正的人，就要怨恨他，仇视他，同他说一声：诀别了，永远。"

"喂，我刚才说过了，我和玉木同学有话要说。我的话还没说完，你回去吧。"银平半开玩笑地抚摸着恩田的脑袋。

"不干净！"恩田摇着头。

"可不，何时洗的头发？不要等到又脏又臭的时候再洗。否则，哪个男人都不会碰你一下的。"

银平冲着气恼的恩田说道。

"喂，还不快走？告诉你，我是个无赖，我可以轻易对一个女人拳打脚踢！"

"本姑娘偏偏不怕你拳打脚踢。"

"那好。"银平打算拽住恩田的手脖子，回头问久子：

"可以吗？"

久子用眼睛示意他可以。银平顺势拖住恩田走去。

"讨厌,讨厌,你想干什么呀?"

恩田前倾着身子,她想咬住银平的手。

"哎呀,你想吻一下脏男人的手吗?"

"咬你!"恩田只是叫喊,没有下口。

从烧毁的大门废墟走上马路,行人渐多,恩田直起腰杆走路。银平紧紧抓住不放她的一只手腕,他叫住了一辆空车。

"这是个逃离家门的女儿,拜托了。家里人在大森车站前等着呢,快把她拉到那里去。"银平胡诌一通,抱起恩田就向车里塞。接着,从口袋里掏出一张一千元的钞票扔到驾驶台上。车子开走了。

银平回到围墙内侧,看到久子依旧坐在原来的包袱皮上。

"我把她作为出奔的女儿抛进出租车里了。把她拖到大森,花了一千元。"

"恩田要报仇的,她还会向家里写信告状。"

"写着'寄自蜈蚣'吗。"

"不过,也可能不会。恩田想考大学,她来劝我一同去。她想做我的家庭教师,想让父亲给她出学费。恩田家的境况不好……"

"为了这个才来这里见面的吗?"

"是啊,过年时,她多次来信,说很想见面,我不想叫她到我家来,便回信告诉她,我会出席毕业典礼。恩田就在校门口等我了。不过,我也想到这里看看。"

"打那之后,我不知往这里跑过多少趟啊!下雪的日子也不例外……"

久子脸上浮现出可爱的酒窝,她点点头。看到这位少女,谁会想到,她和银平还有着那档子事情。银平本人也能看出几分"毒牙"的痕迹吧。

"我相信老师会来的。"久子说。

"街上雪化了,这里的雪还堆积着,因为墙很高……再加上道路上除雪,看来都堆到这里了。大门内变成一座雪山。在我眼里,就成了我们两个爱的障碍。我觉得雪山下似乎埋葬着婴儿。"最后,银平说出一句奇怪的梦呓般的话,他顿时闭上了嘴。久子用不带一丝云翳的眸子望着他,点了点头。银平慌忙转换了话题。

"这么说,你和恩田同学都上大学了?什么专业……?"

"很没意思。女人上什么大学……"久子不当回事地回答。

"那时候的腰带衬垫,我还珍贵地保留着呢。是给我作纪念的吧?"

"是我一松气,脱手掉下去了。"她依旧有些不当回事儿。

"受到父亲的斥骂了?"

"不准我单独出门。"

"你不能上课,这个我也不知情。要是早知道,不如乘着暗夜,从窗户进去了。"

"我也时常半夜里从窗口望着庭院。"久子对银平说。然而,在久子被禁止独自外出的这段日子里,她似乎回归为一位清纯的少女;而银平业已委顿下来,仿佛失去了熟知和把握这位少女隐秘心理的本领。他有些进退两难。但是,即使银平在恩田空出的包袱皮一端坐下来,久子也毫不避忌。久子身穿一件崭新的藏蓝色连衣裙,蕾丝衣领十分美丽。或许为了出席毕业典礼吧。身上散发着幽幽香气,或是近来巧妙而又隐秘的淡妆,银平看不出来。

银平轻轻将手搭在久子的肩膀上。

"咱们去个地方吧。两人远走高飞,住到寂寞的湖畔去,怎么样?"

"老师,我已经决定不再见您了。今天能在这里看到老师,我很高兴。就把这当作最后一次吧。"久子并非拒人于千里之外,而是一副沉静的语调。

"要是哪一天非见老师不可,我会千方百计找您的。"

"我将沉沦于人世底层。"

"老师要是到上野地下道走走,我也可以去那里。"

"现在去吧。"

"现在不去。"

"为什么?"

"老师,我受伤了,还没有康复呢。等我恢复元气,倘若依然恋着老师,我会去的。"

"哦……?"银平感到腿脚都麻木了。

"我懂啦。你还是不进入我的世界为好。被我拖出来的人儿,最终将被我封在深闺,否则很可怕。我可以从另一个世界回想你,思念你。对此,我很感谢。"

"我要是能把老师忘记,我就尽量忘记。"

"对,这就好。"银平强调地说,他感到一阵刺骨的悲凉。

"那么,今天……"他声音在发颤。

想不到久子点点头。

坐在车子里,久子依然沉默不语。不一会儿,她那若无其事的脸孔上,涨红了两颊,紧闭着双眼。

"睁开眼看看吧,有恶魔。"

久子蓦地睁大双眼,似乎不是在看恶魔。

"好寂寞啊!"银平说道。他用嘴含住久子的睫毛。

"还记得吗?"

"记得。"久子凄然的低语,击穿了银平的耳膜。

打那之后,银平再也没见过久子。他多次到那片烧焦的废墟上徘徊。不知何时,门口围上了一道板墙。刈除了杂草,平整了土地。

过了一年半或两年,开始修缮,建起一座小型住宅,不像是久子父亲的居所。是否卖给了别人?银平一边倾听木匠刨木的美妙的音响,一边闭上眼睛,停住脚步。

"再见啦。"他向远方的久子说道。他想,自己在这里同久子交往的回忆,若能为住在这座新住宅里的人带来幸福就好了。刨子的声音在银平的脑海里一派欢然。

这座似乎已经过手给他人的"阴暗的草窠",银平已经不再来了。实际上,久子结婚后住进了这座新居。银平又怎能知道呢?

四

出租游艇的护城河萤火大会,银平的"那位少女"必定前来观赏。银平的信念颇为可怕。这将成为他们的第三次相遇。

萤火大会举办五天左右,其间,银平没有错过町枝出现的那个夜晚。银平大概接连几天都到场了,但关于萤火大会的消息是在大会开始两天之后才刊登于报端。倘若少女是受到晚报的诱惑来这里的,那就不能说明银平的预感多么灵验。银平把那份晚报装进衣袋出门了,心中早已充满看到少女时的情思。他似乎无法用语言表达那双纤巧修长、清炯明丽的眼眸,只得用两手的拇指和食指,横斜于自己的眼睛上边,描画着清净活泼的小鱼的形状。他一边走,一边反复做着这动作。他听到了天上的舞曲。

"来世我也会有一双青春的美腿,你像现在这个模样儿就可以了。让我们二人跳一曲白色芭蕾①吧。"银平自言自语,畅述着自己

---

① 白色芭蕾:法语 ballet blanc。古典芭蕾舞中,女演员皆着白色芭蕾舞裙,穿白舞鞋表演。典型场面有《吉赛尔》(第二场)、《天鹅湖》(第二、四场《湖畔》)、《印度寺庙的舞女》(La Bayadère),以及《影子王国》等。

的理想。少女的衣裳,都是古典芭蕾舞的白色。衣裾翩翩飞扬。

"人世间竟然有如此美丽的少女。唯有好家庭,才能养育出那样的少女,那也只是在十六七岁之前吧。"

在银平看来,那位少女的美观是短暂的。含苞待放时高贵的芳馨等,已由眼下的少女们消弭于所谓"学生"这团尘埃之中了。那位少女的美艳,究竟经过何物之清洗,凭借何种手法,才会从内里散放出一派亮丽?

游艇码头上也贴出"八点起开始放飞萤火虫"的告示。东京六月,约莫七点半黄昏到来。在那之前,银平一直在护城河的渡桥上徘徊。

扩音器反复呼叫着:

"乘船的人请拿号等候。"

萤火大会十分热闹,仿佛是在为租船公司招徕游客。萤火虫尚未放飞。桥上的人群只能茫然地张望着下河乘船的人或往来于水上的游艇。只为等待一位少女的银平,显得很活跃,小船和人群都没有进入他的眼帘。

银平还两次去看了银杏坡道,他甚至想躲进那条沟里。他想起上回躲避的情景,将手搭在石崖上,暂时蹲了一会儿。萤火大会的傍晚,这条坡道依然有行人。听到脚步声,银平立即下了坡道。脚步声一次次连续响起,银平再没有回头。

他来到坡下的十字路口,遥望着萤火大会热闹的场景。只见桥对面的街灯,在低空里闪亮,汽车的头灯在道路上摇曳。啊,眼看就要见到她了!银平心潮激荡,不知为何,他没有拐向护城河,而是直接过桥向对面走去。那里就是居民街。追逐银平而来的脚步声自然都走向萤火大会方向。然而,那脚步声似乎在银平脊背贴上一张黑纸而去。银平将腕子绕到身后。黝黑的纸上有一个红色的箭头。箭

花的圆舞曲

头指向萤火会场。银平挣扎着想去掉背上的黑纸,但手指够不到那里。他腕子疼了,关节响了。

"您不能走向背后箭头方向吗?我给您取下箭头吧。"

是女子亲切的声音,银平转过头去。背后没有一个人走来。从居民街去大会会场的人们,一个劲儿向银平涌来。响起女广播员的声音。银平听到的那些话,不可能来自她那里,像是广播剧。

"谢谢啦!"银平对着幻景中的声音挥一挥手,轻轻迈动脚步。银平思忖着,不知为什么,人总有瞬间里释然的时候。

桥畔有萤火虫商店,一只五元,一笼四十元。护城河上还没有流萤交飞。正当银平走向对过抵达桥中央前,才发现河面上的塔楼上悬挂着一只大萤笼。

"放吧,放吧,快放吧!"

孩子们不断地喊叫。这才明白,塔楼上的萤笼打开放飞,这里的萤火大会就宣告开始。

两三个男子登上塔楼。塔楼下方,游艇麇集,重重叠叠。也有人手持捕萤网和竹枝登船,桥上和岸边的人堆里也有的拿着网子和竹叶①站在那里,装着长长的柄子。

过桥之处,也看到了出售萤虫的小贩。

"对过是冈山产,我这里是甲州产。对过的萤虫体小、纤细。虫的种类完全不同。"听到这话,银平走了过去。这边的萤虫一只十元,是对过的一倍,笼内收七只,售价百元。

"请拣大个的,给我装十只。"银平说着递过去两百元。

"都是大个的,七只,另外再加十只,对吗?"

萤贩子将胳膊伸进大棉布口袋,潮湿的布袋内侧,明灭闪烁着隐

---

① 竹叶捕萤:疑似通过竹叶引诱萤虫,使之附着于叶面之上(未详)。

弱的光亮。小贩一次抓捕一只或两只,另放到筒状的萤笼里。萤笼很小,银平看不出已经装入了十七只,提到眼前观看。萤贩子"呼"地吹一口气,笼中的萤虫全部发光,小贩的唾沫星子溅到银平的脸上。

"不再装十只进去,太没意思啦。"

萤贩子又数了十只装进袋里。此时,腾起了孩子们的欢笑声。银平受到了水沫的袭击。塔楼上撒向天空的萤虫,像即将熄灭时的焰火,无力地降落下来,临接近水面前,也有好不容易飞向横空的萤虫,但都被游艇上的游客捕入萤网或竹叶。萤虫合起来不到十只,争抢的网子和竹枝都浸在水里,又是一阵喧骚。他们抖动着先前打湿的竹叶,水珠撒到岸边观众的头上。

"今年的萤虫因为天冷,不太肯飞了。"有人说。看来每年都要举办这种活动。

或许还要继续放飞吧?可是没有。

"萤虫放飞到九点为止。"对岸的游艇码头上传来广播员的声音。塔楼上的两三个汉子一动不动。参观的人群静静地等待着。传来了划桨的声响。看样子,有些人不单是来观看萤火晚会的。

"早点儿放飞不好吗?"

"不能早放,一旦开笼,放完就结束啦。"

大人们说。银平提着装有二十七只萤虫的萤笼,对于萤火他有的看,为了避免再次溅到水珠儿,他离开河边退到后面,背靠着岗亭前的树木。一旦离开人群而立,就容易看清桥上的情景。此外,岗亭里青年巡警温和而圆润的脸孔,几乎毫无戒备面向护城河方向,银平待在一旁,有一种奇妙的安心感。人在这儿,不大会错过那位少女的芳踪。

不一会儿,塔楼上又继续撒放萤虫了。说是继续,其实是一握十只投放,或者不太好抓,或者有意留出适当时间。群集的观众蜂拥过来,每次要大家返回原处,就会引起高声喧闹。银平和巡警都不得悠闲。众多的萤虫降落下来,状如垂柳,虽然飞不远,但偶尔也有萤虫高升而去,还有的向渡桥方面飞翔。桥上的男女老幼自然都聚集在建有塔楼的一侧,重重叠叠。银平在人群后面边走边找。站在栏杆外手持捕萤网等待的儿童也不少,他们竟能不掉下去。

人们蜂拥而来,挤作一团。那些人人喧闹欲得的萤虫,果然会如此失魂落魄地飞翔吗?银平想起了在母亲故乡湖畔看到的萤火。

"喂,萤虫停在头发上啦!"

桥上的一名男子冲着塔楼下的游艇喊道。那位头发上沾着萤虫的姑娘,没有想到是自己。乘在同一艘游艇上的一个男子顺手抓住了那只萤虫。

银平看到了那位少女。

少女两只手臂搭在桥栏杆上,俯瞰着河面。她穿着白棉布的连衣裙。少女身后,也重叠着人群,人与人之间,只能窥见少女的肩膀和半个脸孔。银平没有看错人,他后退两三步,悄悄地走过去。少女只顾遥望萤火飞舞的塔楼,没有心思回头看后边。

估计不是一个人,银平凝视着少女左侧的青年,胸口似乎被人捅了一拳。不是同一个人,不是在土堤上等待牵狗少女而把银平推下土堤的那个学生。从背影上一看便知。穿着白衬衫,没有帽子和上衣。看来也是学生。

"从那之后,仅仅两个月。"银平想象着少女多变的爱心,犹如踏花般令人惊讶。少女的恋心,同银平对少女的一腔深情相比较,不是显得更加难以捉摸吗?虽说观看萤火未必要和恋人一起,但银平总觉得,她和那个男友之间发生了什么事。

银平插入从少女数起第二人和第三人之间,两手抓住栏杆,侧耳倾听。又撒放萤虫了。

"我想逮只萤虫送给水野君。"少女说。

"萤虫多带阴气,不适合探望病人。"学生说。

"睡不着的时候看看,也很好嘛。"

"那会很寂寥的。"

银平知道两个月前的那个学生生病了。他想把脸伸向栏杆前,但又怕被少女认出来,只好从后面对着她的侧影略作瞭望罢了。少女稍稍高起的一束秀发,从结子到发梢,微波荡漾,美丽整齐。在银杏树坡道上时,头发梳得反而更加随意。

桥上没有电灯,光线昏暗。和少女同行的学生,比前一个学生显得更加文弱,无疑是同学。

"这回去探病,也要谈论一下萤火大会吗?"

"今晚的事……?"学生反问自己,"我要是去,可以谈谈町枝同学的情况,水野会很高兴的。要说提到两人观看萤火,水野就会想象满天飞舞的萤火虫。"

"我还是想送他一只萤虫呢。"

学生没有回答。

"我不能去看他,心里很难过。请水木君向他详细说说我的情况吧。"

"我平时一直给水野讲,他很理解。"

"水木君的姐姐请我们去上野观赏夜樱时,她对我说:'町枝姑娘,你真幸福啊。'其实,我很不幸福。"

"姐姐要是听说你不幸福,她会十分惊讶的呀。"

"那我就吓吓她……?"

"噢。"

学生扑哧笑了。他改换话题说:

165

"打那之后,我再没见过我姐姐。让她觉得,有人天生就是幸福的,不好吗?"

银平看透了,这位姓水木的学生,也很向往这位町枝。而且他预感,即使那位姓水野的学生疾病获得痊愈,他和町枝的爱情终将破裂。

银平离开栏杆,悄悄走到町枝身后。看到那身连衣裙的布料似乎很厚实,于是就把吊着萤笼的钥匙状铁钩,暗暗挂在町枝的腰带上了。町枝没有发觉。银平走到桥头,他回头看到町枝腰间朦胧发光的萤笼,停住了脚步。

当少女发现不知何时腰带上吊着一只萤笼,她会怎么样呢?银平纵然回到桥中央混入人堆里窥视,也不会像用剃刀割断少女细腰的罪犯一样,他用不着那样害怕。但还是掉转双腿,向桥后面走去。因为这位少女,如今银平才发现自己很胆小。不是发现,抑或是和胆小的自己再度相遇。他点了点头,似乎在为那样的自己辩护。接着,他便朝着和桥相反方向的银杏树坡道颓然而去。

"啊,好大的萤虫!"

银平将天上的星星看作萤虫,一点儿也不觉得奇怪。反倒是满怀感动,"好大的萤虫!"他又重复了一句。

街道银杏树的叶子上初闻雨声。非常硕大,非常稀疏,就像一半化为水的冰雹,或是屋檐滴雨的声音。这是平地上没有的雨,而是野营于某处高原阔叶林中夜间听到的雨。不管是什么样的高原,作为夜露的滴落声,也显得过多。但是,银平既无攀登高山的记忆;也无露营高原的记忆。如果说是从某个地方传来的幻听,那自然是母亲家乡的湖畔了。

"那座村庄不是高地。这样的雨声是初次听闻。"

"不,这雨声似乎什么时候听到过。或许是幽深的树林里即将停止的雨音。比起说是空中的降雨,更是留在树叶上的水滴大量滴落的声响。"

"小弥生呀,这样的雨,淋湿了会很冷的。"

"哦,那位少女町枝的恋人,或许到高原野营,因淋了这样的雨而病倒了吧?眼下听到的撒在银杏树上妖魔雨的声音,那正是姓水野的学生的怨恨。"银平自问自答。他听到未降的雨声,可以自由发挥想象。

银平今天在桥上,知道了那位少女的名字。假如昨日町枝或银平其中一个人死了,银平最终将不会知道她的名字。哪怕仅仅记住町枝的名字,也是很大的缘分。那么,银平为何远离町枝所在的渡桥,前来攀登没有町枝的坡道呢?不过,他在前往萤火大会的中途,也无意中两次来到这条坡道察看。见到町枝后,理应再通过一次这条坡道。留在桥上少女的幻影,正在走过这条银杏树坡道。她手提萤笼去探望病中的恋人。

银平只是想这么做看看,他虽说没有任何目的,但将萤笼挂在少女的腰带上,也是想在她身子上点燃自己心灵的火焰,其后便可以看作是他的感伤的表现。不过也可以认为,少女很想送萤虫给病人,为此,银平才悄悄将萤笼赠给了少女。

雪白的连衣裙腰带上缀着萤笼,去探视病中的恋人。攀登银杏树坡道的梦幻少女,淋着梦幻的雨滴。

"唔,作为幽灵,也很平凡。"银平在自嘲。倘若町枝如今同那位姓水木的学生待在桥上,那么,也应该同银平一道待在这条黑暗的坡道上。

银平撞到土堤上了。他想登上那道土堤,不巧一条腿抽筋,他顺势抓住一簇青草。青草稍稍潮湿了,那条腿还没有疼得不能爬动,他便爬上了土堤。

花的圆舞曲

"喂。"银平叫了一声,站起身来。从银平爬过之处的内侧,有个婴儿随着银平爬行。好像在镜子上爬行。银平似乎同地下的婴儿合掌相接。那是冰冷的死人的手掌!银平慌了,他想起某地温泉场的妓馆。浴池底部就是镜子。即将登完土堤之处,银平这才发现,他在第一次跟踪町枝那天,被她的那位恋人水野大骂一声"混蛋",被推下土堤的地方正是这里。

町枝在土堤上曾对水野说,她看到五一节的红旗打对面的电车线路通过。银平望着一辆"都电"①从那电车线上缓缓驶过。电车窗内的灯光,掠过夜间繁茂的枝叶。银平一直凝神注视着。土堤上也没有幻想的雨声。

"混蛋!"银平叫了一声,从土堤上滚落下来。他自己无法滚落得漂亮。当他落到柏油马路上的时候,一只手抓住了土堤上的青草。他爬起来,一边嗅着那只手青草的气息,一边沿着土堤下的道路走去。婴儿在土堤的泥土中,始终跟着银平走来,简直使他受不了。

银平的孩子不但去向不明,甚至不知道生死,这成了他人生的不安之一。如果孩子还活着,一定会在什么时候遇到,银平坚信无疑。然而,银平并不知道,那是自己的孩子,还是别的男人的孩子。

学生时代的银平,住在私人旅馆,一天傍晚,门口有个弃儿,留条上写着"银平君的孩子"。这家主妇大吵大嚷,银平既不惊慌,也不羞愧。一个为命运所迫、即将走上战场的学生,不可能接受这一突然袭击,拾起弃儿加以养育,何况对方是妓女。

"这是恶作剧,大妈。我逃了,她想报复。"

"您是因为她有了孩子逃跑的吗,桃井君?"

"不,不是。"

---

① 都电:东京都管理营运的电车线路。

"那是因为什么逃跑的呢?"

他没有回答。

"可以把婴儿还给她。"银平俯视着旅馆老板娘抱在膝头的婴儿,"就请寄养些时候,我把那个同谋犯叫来。"

"同谋犯,什么同谋犯……? 桃井君,该不是丢下婴儿逃走吧?"

"我一个人不好去还。"

"什么?"老板娘怪讶地跟着银平走到门口。

银平叫来恶友西村,但婴儿已经由银平带着。丢弃孩子的是银平的相好,这是没法子的事。他把婴儿裹在大衣里,下边扣上扣子,行动很困难。婴儿在电车里哭闹,乘客们望着这位大学生奇怪的样子,都好意地笑了。银平也露出一副滑稽相,一边羞涩地笑着,一边揭开大衣的前襟,使婴儿露出头来。这时,银平只好低着头,无可奈何地瞧着婴儿的小脑袋。

东京已经遭到第一次大空袭,是在闹市区那场大火之后。妓馆街不再栉比鳞次,银平他们在无人注目的小巷,把婴儿放在那家后门,爽快地逃走了。

从这家中爽快地逃离出去,银平和西村曾经有着同谋犯的经验。因为参加战时义务劳动,学生们都有胶皮底袜子和帆布运动鞋等破烂货。他们扔下这些东西逃出了妓馆。他们没有钱,逃走很爽快。他们就像逃离自己的耻辱。鞋子脏了,哪怕义务劳动正在进行当中,银平和西村也会意味深长地对视一下。他们每想起丢弃破鞋子的垃圾场,心里就感到一阵快活。

纵然逃走,妓馆也会来传票。不光是督促付钱。不久,银平等人要去前线,前途叵测,再没必要隐瞒住址和姓名了。学生应征入伍,学生们是英雄。公娼和被公认的私娼,大都被征用或参加义务劳动,银平所享乐的对象是暗娼之类。娼家的组织和纪律已经松懈,很可能飘荡着一种变相的人间情态。对方多为畏惧战时的严罚并且显得至为卑贱,银平他们不考虑这些。爽快的逃离作为青春的冒险,似乎也为对方所容忍。银平等人也豁出性命,三番五次反复逃匿,便是这类事情的常态。

由于把婴儿丢在小巷人家,再添一次最后的逃离。时令是三月中旬,第二天晴天丽日过后,下午开始下雪了,入夜已经积得很厚。但不必担心丢在小巷里的婴儿会冻死,因为总会有人拾起来抱走的。

"幸亏是昨夜啊。"

"是昨夜真是太好啦。"

为着这件事,银平踏雪来到西村所住的私人旅馆。妓馆方面毫无消息,婴儿去向不明。

然而,自打最后爽快地逃离之后,七八个月未去的小巷人家,是否丢下弃儿时仍是妓馆呢?银平带着这样的怀疑走上战场。不管是不是原来的妓馆,重要的是银平那个相好的女人,亦即婴儿的母亲是否还在那里。暗娼妊娠而生产之后还会待在妓馆里吗?因为有了孩子,妓女的生活秩序被打乱,出现了变相的人情世态,每天都感受着异常的紧张和麻痹,从前娼妓所能获得的产妇的照顾,也大都没有了。

被银平舍弃的那个孩子,开始成为真正的弃儿了,不是吗?

西村战死了。银平活着回来了,竟然干起学校教师等职业来了。

他在妓馆所在的那条街道的废墟上徘徊,他累了。

"喂,不要恶作剧!"银平为自己大声地自言自语而猛然一惊。这是对那位妓女说的啊。那妓女借用既不是自己也不是银平而是同伴不要的孩子,丢在银平住宿的私人旅馆的门口。她似乎被人看见,追上去抓住了。

"如今没有了西村,要不然可以问问他像不像自己。"银平再次自言自语起来。

那孩子明明是女孩子,但令银平苦恼的是那孩子的幻象,不知怎的,弄不清性别。而且,大多时候都死去了。可是银平清醒的时候,一直认为那孩子还活着。

幼童用圆浑浑的小拳头用力捶打银平的额头。父亲俯看着,她就继续打他的头颅。似乎记得有过这样的事。那是什么时候啊?那也是银平的幻象,并非现实。孩子要是活着,如今已经不会是幼童了。这种事今后也不会再有了。

萤火大会的夜晚,银平走在土堤下的道路上,随他在土中而行的孩子也是婴儿,而且同样弄不清性别。尽管是婴儿,辨不出是男是女,一提起这个幼童,就仿佛觉得是个没有眼耳鼻舌的圆乎乎的妖怪。

"女的,女的。"银平一边嘀咕,一边小跑。他来到一排满是商店、光亮的大街上。

"香烟,请给我香烟!"

在转过角落的第二家商店前,银平喘息着呼喊道。一头白发的老婆子走出来。虽说是老婆子,但也弄不清性别。银平放心了。然而,町枝遥远地消失了。要使自己依然觉得她待在这个世上,似乎需要付出相当的努力。

银平似乎变得空洞、缥缈而又虚幻,阔别已久的故乡飘浮到他眼前。比起暴死的父亲,首先思念的是美貌的母亲。然而,比起母亲的美丽,父亲的丑陋更在他心中刻下鲜明的印记。正像比起弥生的美腿,更先看到的是自己的丑脚一样。

在湖岸上,弥生想采摘野茱萸的红果,刺破了小手指,渗出了血滴。当时,她一边吮吸着血滴,一边向上斜睨着眼睛瞅了瞅银平。

"阿银为何不给我采摘茱萸果呢?阿银猴子似的双脚,同您家父亲一模一样。您不是我家的血亲。"

银平简直气疯了,他真想把弥生的两腿拽进荆棘丛中,但又不敢触及她的腿脚。银平露出牙齿打算咬住弥生的腕子。

"瞧,一张猴子脸,喊——"弥生也露出了牙齿。

土堤上泥土里的婴儿之所以紧跟银平而行,也一定是因为看到银平的双脚像野兽一样丑陋。

银平没有查看那个弃儿的腿脚,因为他根本不认为那是自己的孩子。要是看到脚型和自己很像,那就是自己的孩子的最好证据。银平既是自虐又是自嘲地想到。但尚未踏上这世界的双脚,不都是颇为柔软而可爱的吗?飞翔于西洋宗教画众神周围的幼童们的脚就是如此。当这双脚踏越人世的泥沼、荒岩和针山的时候,就会变成银平那样的脚。

"不过,要是幽灵,那孩子就不会有脚。"他嘀咕着。幽灵没有脚,这是谁见过的象征呢?银平历来认为,自己的伙伴很多。他从自身的双脚上考虑,他们也许已经不再踏在这个世界的泥土上了。

银平在灯火明丽的大街上徘徊,将一只手掌向上拢成圆形,仿佛要接受上天降下的美玉。这个世界最美的山峦不是林木苍翠的高山,而是布满火山岩和火山灰的荒凉高山。被朝夕的阳光浸染着,五颜六色,万紫千红,同朝霞和夕晖的天色一般多彩多变。银平必须反叛一直向往町枝的自己。

"老师要是到上野地下道走走,我也可以去那里。"银平想起久子的话来。这预言是爱的宣誓还是别离的告知?那条地下道现在怎么样了?银平来到上野。

确实,这里也寂寞或者荒疏起来了。地下道的一侧只有一排久居的流浪汉,有的仰躺着,有的蹲伏着。拾荒者将背上的筐篮放在枕头旁边。也有的铺着空的炭包和草席。那些有着大幅包裹皮的人,情况似乎好一些,一副往昔流浪汉惯有的姿态。他们对于行人毫不关心,连瞟一眼都不肯,也不在乎自己被人瞧见。现在就入睡,那是令人艳羡的早寝。一对年轻夫妇,女人枕着男人的膝盖,男人伏在女人的背上,睡得很香。夫妻团伏而眠,即便是乘在夜班车上,也很难模仿。给人的感觉,恰似一对小鸟夫妇,将头插入对方羽翼,酣然入梦。约莫三十岁了吧,作为夫妇倒很罕见,银平站着看了一会儿。

地下阴湿的潮气,混杂着烤鸡肉和煮杂烩的香味儿。银平钻进悬挂在混凝土洞口似的短幔,喝了两三杯烧酒。足跟后面闪现出印花的裙子,掀开短幔,站着一个男娼。

即使正眼面对,那个男娼也一言不发,只顾使眼色。银平逃离了。逃得并不爽快。

银平瞅了一眼地面上的候车室,这里也笼罩着流浪者的气息。车站人员守在门口。

"看一下车票。"银平听到一声吩咐。进入候车室也要看车票,太少见了。候车室墙外边,也有一些流浪汉般的人,或茫然站立,或蹲伏在角落。

银平走出车站,思忖着男娼的性别,误入后街,碰见一位足蹬长统靴的女人。一件稍显脏污的白色上衫,外面套着掉色的黑裤子。半是男装。洗后缩水的上衫前胸不见鼓起。黄色的脸孔晒得黧黑,没有化妆。银平回头看看。自打交肩而过时就意味深长的女子冲着银平走来,并尾随他身后。有过跟踪女人经历的银平,遇到这种情况,仿佛脑后长了眼睛,这双眼睛越发活跃起来。女人究竟出于何种目的尾随他的呢?银平脑后的眼睛也看不出来。

当初银平跟踪玉木久子,从铁门前逃离,走到附近闹市区时,站街妓女说:"谈不上什么跟踪",银平只是曾经有过被这样跟踪的事。但眼下这个女子,从装扮上说不是妓女,长统靴上粘着污泥。那些污泥不是湿的,似乎是几天前沾上的,一直没有剥落下来。长统靴倒是蹭得发白,显得很陈旧。没有下雨,却在上野一带足穿长统靴走路的女子,是什么人啊!这女子的一只脚或许残废了,要么很难看,穿长裤就是为了遮掩吗?

银平自己一双丑陋的男脚浮现于前,另一双更加丑陋的女脚尾随于后。想到这里,他忽然停止脚步,打算让女子走到前边去。可女子也止步了。于是,双方相互闪现出探寻的眼神。

"找我有什么事吗?"女人先开口了。

"我倒想问问你,你不是在跟踪我吗?"

"是您先给我使眼色了。"

"是你对我使眼色。"

银平一边说,一边思忖,刚才同女子擦肩而过时,自己是否向她发出过什么像是暗示的眼神,确实是女子的眼色更意味深长。

"女人中,你的打扮很新奇,我只是瞧了一眼。"

"说不上什么新奇。"

"你怎么回事啊,我对你使眼色,你就跟过来了,是吗?"

"因为您是个我很在意的人嘛。"

"你是什么人?"

"我什么也不是。"

"你一定有什么目的,才盯上我的……?"

"我没有盯着您,只是跟着走罢了。"

"唔。"银平再次瞧着女子。未涂口红的嘴唇黑得怕人,可以窥见金牙。看不出多大年龄,将近四十岁的样子。单眼皮的眼睛似男人一般干涩而底色尖锐,似乎瞄准着对方。而且,一只眼睛纤细,晒黑的脸皮紧绷绷的,银平感到了一种危险。

"好的,到那里去吧。"说罢,顺势抬手轻轻触摸着女人的胸脯。

确实是女性无疑。

"你干什么?"女人抓住银平的手。她的手心很细柔,似乎不曾劳作过。

验证一个人是否是女性,对于银平来说,也是第一次。明知道她是女人,还要亲自用手摸一摸。银平奇妙地放下心来,甚至感到这女子很可爱。

"好的,就到那里去吧。"他又说了一次。

"那里,到底是哪里呀。"

"这一带,难道没有一家可以轻松些的酒馆吗?"

为了寻找一家可以带着异样装扮的女子出入的酒馆,银平又退回到灯火明丽的大街,走入一家煮杂烩饭铺。女人跟在后头。煮杂烩的铁锅周围,有半"口"字形的座席,另一边摆着桌子。半"口"字形的座席上几乎坐满了顾客,银平在门口附近的餐桌旁就座。宽阔的入口可以从短幔下窥见路上行人的胸脯。

"喝烧酒还是喝啤酒?"银平问。

银平对这位生就一副男人骨骼的女子,没有什么想法。也明白不会有什么危险,此外也没有什么目的,这让他心情很快活。喝烧酒还是喝啤酒,则一任听她的。

"我喝烧酒呀。"女人回答。

除煮杂烩以外,似乎还能做些简单的菜肴。一列写着品名的菜单排列在墙上。全由女人点菜。银平看到女人的厚脸皮,将这个女子看作是专为不良人家拉皮条的。要是那样,他也能接受下来。不过,银平没有说出口。也许女方将银平看成危险人物,没有勾引他吧?或者,对银平具有亲近感才跟来的吧?总之,女人似乎也将当初的目的全都舍弃了。

"人的一天很奇妙,不知道会发生些什么。你我萍水相逢,竟也能畅饮一通。"

"可不是吗,咱俩真是萍水相逢啊。"女人趁着将要喝下一杯酒的劲儿说道。

"今日这一天,同你一块儿喝过酒,就算完啦。"

"是完了呀。"

"今晚就从这儿回家吗?"

"回家。孩子一个人等着我呢。"

"都有孩子啦?"

女子连连喝了好几杯,银平摆出一副望着女人豪饮的姿态。

萤火晚会上看到那位少女,又在土堤上受到婴儿幻影追击,这回又和偶然相遇的女子共饮,银平很难相信这都是一夜之间发生的事。然而,之所以不可置信,定是因为女子很丑陋。萤火大会见到美丽的町枝是一场梦幻;廉价酒馆偶遇的一个丑陋之女成为现实。但是,银平也想到了,他是为寻求梦幻的少女才同这个现实的女子相对饮的。这个女子越丑越好。这样一来,更凸现了他内心里町枝的容颜。

"你为何穿着长统靴呢?"

"临出门时,想到今天要下雨。"女人明快地回答。银平被长统靴内女人的双足所引诱,一心想一睹为快。倘若女子的脚很丑陋,那倒很符合作为银平的交际对手。

随着饮酒,女人的丑态越来越显露。她一眼大一眼小,小的眼睛越来越小。她用那只小眼睛暗送秋波,摇摆着肩膀倾斜过来。银平抓住她的肩膀,她也没有躲避。银平感到抓住一把骨头。

"瘦成这样,怎么行啊?"

"有什么办法啊,一个女人拖个孩子。"

听女人说,她和孩子娘儿俩在后街租房子居住。十三岁的女儿正在读初中。丈夫战死了。具体什么情况,不得而知。有孩子似乎是真的。

"我送你回家。"银平反复说。女人点点头。

"家里有孩子,不行呀。"女人最后认真地说。

银平和女人本来并肩对着厨师方向而坐,不知何时,女人改换成和银平相向而坐了。显得软绵绵的,似乎要瘫倒在地上。看样子,这身子就一任银平处理了。银平似乎走到世界尽头,悲戚不已。虽然不至于此,但也许因为是见到町枝的那个晚上吧。

女人饮酒的样子也很怪。每次加酒铫子,都要看银平的脸色。

"再喝一杯吧。"银平最后说。

"会走不动的。行吗?"她说着,将手支撑在银平的膝盖上,"再来一瓶,请倒在杯子里。"

杯子里的酒,从唇边滴滴答答地流出来,溅到桌面上。阳光灼黑的脸上又黑又红,泛着紫色。

出了杂烩馆子,女人绾着银平的臂腕,银平抓住女人的手脖子。出乎意料地温婉柔腻。遇见卖花姑娘。

"买一束鲜花吧,我回去送给孩子。"

但是,女人却把那束鲜花寄放在晦暗街角的中华面条小摊子上了。

"叔叔,拜托了,马上回来拿。"

放下花后,女人又醉态复萌。

"我呀,好多年没有男人啦。没法子,命相不佳,时运已尽啊。"

"嗯,还算好嘛,没办法。"银平勉强地应和着。他对带着女人一起走路的自己感到厌恶。只是那个想见女人长统靴内的丑足这一诱惑在作怪。不过,这个他也像看到了。女人的足趾虽然不像银平那般似猴子,但肯定形态丑陋,脚皮黑而且厚。一想到银平和她二人一起伸展光脚的当儿,不由恶心得直想呕吐。

到哪儿去呢？银平暂时听任女人的主意。走进后街,来到小小五谷神祠堂前,紧邻就是廉价的情人旅馆。女人犹豫了一下。银平将缠在身上的女人的手松解下来,女人倒在道路一旁。

"孩子在家等着,快回家吧。"银平离开了。

"混账,傻瓜!"女人大喊,不住拾起祠堂前小石子扔过来,有一颗击中了银平的踝骨。

"好疼!"

银平瘸着腿脚而行,心里感到很窝囊。他在町枝的腰带上系上萤笼,为何不马上回家呢?他回到租住的二楼上,脱去袜子,踝骨上有些红肿了。

译 后 记

《湖》这部小说，继战后名作《千羽鹤》《山音》之后，在《一个人的生存》之前而写成，连载于一九五四年《新潮》杂志，翌年由新潮社出版单行本。原作不分段落，为便于阅读，译文按照故事发展脉络分成四部分，并且标上了序号。如此分段是否确当，有待论说。

对于这部作品的评价，作家中村真一郎[①]说道：

《山音》是自《雪国》以来川端文学的正统发展，而到了《千羽鹤》则始终闪耀着来自《山音》完成之际颓废派的凄美、飘摇的阴影。紧接其后的《湖》，已经露出颓废的底部，接着而来的《一个人的生存》，已经全是以文明批评为主题了，此乃为川端文学前所未有。

中村认为，川端康成一九三一年在写完《水晶幻想》之后，经受了一次转变的过程。亦即作家的抒情性获得更加自由发展，愈趋于传统，成为一名传统文化的代表作家。

在荒漠的战后时代里，《山音》向读者诉说着日本自古以来平静的生存方式，它告诉我们一个亘古不变的自然法则，其中摇曳着独特的不安的影子。这种影子通过作家细微的笔触转化为美的形象，变成一种老年人生的救赎。

[①] 中村真一郎(1918—1997)：战后派作家、文艺评论家。

《山音》表达这样一个"铁的现实"：

现代社会，为人们带来便利，也带来痛苦，老年人尤甚。

阅读《山音》将使我们获得片刻的冷静，一时的思索。

然而，三岛由纪夫并不看好《湖》，他曾在一九五五年四月十六日的《朝日新闻》上，对川端的新作《湖》做过如下论述：

> 系在美少女腰间的萤火虫笼闪烁明灭，映照着湖对岸夜间火场的火光……对于美的官能的关心和对于"恶"的关心，在桃井银平这个奇怪的男人心中，慌忙携起手来，使他变得神出鬼没。这种充满妄念的人眼里的世界，是排除现实障碍的妖艳的故事世界，任何一种可能都将会存在。

三岛由纪夫向中村真一郎极力宣扬阅读《湖》而带来的不快，反而激起中村的好奇，使他抱着空前的热情开始阅读《湖》。读着读着，竟然使他一唱三叹，赞不绝口。中村认为，在战后小说中，《湖》是一部相当成功的作品，应该给予足够重视。中村感谢三岛从反面将他引入对于《湖》的冷淡的颇具讽刺意味的阅读。他觉得同一位杰出的鉴赏家彼此站在完全对立的立场上讨论文学，是一件愉快而有益的事情。

在我的印象中，三岛不曾批评过他的师友川端，三岛的所谓"阅读的不快"，或许正是作品所揭露的战后阴郁的社会诸相吧。

面对两位文学家的精辟论评，作为译者，我当认真思考、理解，并从这一角度阅读川端文学。目下，对于川端的论说已经铺天盖地，毁誉褒贬尽皆有之。我不想多说。然而，我一如既往爱读川端文学和三岛文学，深入求之，冀有所得。

继"三岛文学系列"又完成"川端文学系列"稍作歇晌之际，面对这两大文学高峰,我依旧言语无多。

忽然记起陶弘景的诗:

　　山中何所有,岭上多白云。
　　只可自怡悦,不堪持赠君。

我的心情正是如此。

至于《湖》这部作品的文学价值究竟如何,希望网友率先评说。

二〇二一年秋于春日井
二〇二二年秋改订

睡美人

其 一

旅馆的女子叮嘱江口老人,不要干恶作剧之类的事,不准将手指伸进睡眠的女孩子嘴里。

楼上只有两个房间,即江口正和女人说话的八铺席和相邻的卧室。看起来,狭小的楼下也没有客厅,没有挂招牌,谈不上什么旅馆。再说,这家店口为了保密,或许也不敢亮出招牌来吧。店里悄无声息,自打江口老人从上锁的门口被接进来,他所见到的人,只有这位眼下还在说话的女子。她是这家旅馆的老板还是女侍,初来乍到的江口根本搞不清。总之,作为客人似乎还是不要多问为好。

女子约四十五六岁,小个儿,声音很年轻,看来是故意装出一副缓慢的语调。说话时薄薄的嘴唇似张非张,几乎没有动,也不看对方的脸。一双黝黑的眸子,不仅闪耀着能使客人放松警惕的神色,还具有女性那种毫无戒备之心的习以为常的沉着冷静。桐木火钵上铁壶的水开了,女子用开水沏了茶,但凡这种场合,煎茶的品质与调配,有时会碰上想象不到的上上品,这使得江口老人心性舒畅起来。壁龛里挂着川合玉堂①的山间红叶图,显然是复制品,但也显现出一派晴

---

① 川合玉堂(1873—1957):日本画家。生于爱知县。本名芳三郎,别号偶庵。初学四条派,后师事桥本雅邦,学狩野派。以稳健而富有诗情的风景画开一代画风,作品有《彩雨》等。

暖的山乡风景。这间八铺席房间,看不出隐藏着什么异常的迹象。

"请您不要将女孩子叫醒,因为不管您怎么叫她,都不可能使她们睁开眼来……女孩子在沉睡,什么也不知道。"女人又重复一遍,"一旦睡熟,自始至终,什么也不知道,或许连自己跟谁睡都闹不清……这一点,尽管放心。"

江口老人满脑子疑惑,但没有说出口。

"都是漂亮的姑娘啊!来这里的也都是些可以放心的客人……"

江口没有回头,而是将目光投向手表。

"几点了?"

"快十一点一刻了。"

"都到这时候了啊?老年人都喜欢早睡早起,您请自便……"女人起身,打开通往相邻房间的门锁。她用左手,或许就是个左撇子。女人开了锁,江口跟着她屏住呼吸。女人只把头向门那边倾斜着,瞅了瞅室内。女人一定是习惯于这样窥探邻室了。她的背影本没有什么特殊,但在江口眼里,却显得有些奇怪。那腰带鼓形结子上诡异的鸟状花纹很大。不知是什么鸟。这种经过装饰化的鸟,为何加上写实性的眼睛和脚爪呢?当然也不是什么可怕的鸟,但正因为花纹粗劣不精,这只鸟使得当时女人的背影,集聚了几分阴森的情调。腰带的底色是近乎白色的淡黄。邻室晦暗不明。

女人照旧关好房门,但未上锁,钥匙就放在江口面前的桌子上。既不显露已经查看邻室的样子,语调也没有什么变化。

"这是钥匙。您早点儿休息吧。要是睡不着,枕头旁边有安眠药。"

"有没有洋酒?"

"啊,这里不备酒。"

"不能给点催眠酒吗？"

"嗯。"

"姑娘在邻室？"

"她睡熟了，等着您呢。"

"是吗？"江口有些不解。那姑娘是何时进入邻室的？又是何时入睡的呢？女子拉开房门缝儿瞅瞅，就是为了验证一下姑娘睡着了没有吗？不过，姑娘熟睡待客人，而且一味不醒，这件事江口虽然曾经听熟悉这座旅馆的老人们谈起过，但他到这里一看，似乎反而难以相信了。

"在这里更衣吗？"女人准备帮他换衣服，江口沉默不语。

"听到海涛的声音了。风也刮起来了⋯⋯"

"是海涛吗？"

"您休息吧。"女人说罢，走了。

只剩下江口老人一个人，他环顾一下这座很普通的八铺席房间，接着，目光停在通往邻室的房门上。那是三尺宽的杉木门。不是建房时就有的，好像是后来安装的。仔细一瞧，原先应为隔扇的隔板，为了专辟一间"睡美人"密室，后来变成墙壁了。板壁的颜色同周围固然调和，但看起来是新的。

江口拿起女人放下的钥匙，是一把极简单的钥匙。江口拿着钥匙本打算到邻室去，但他没有动身。女人先前提到的海涛声很大，听起来似乎扑打着悬崖。听那涛声，让人仿佛感到这幢小楼就建在悬崖边上。风近乎是冬天的响声。江口之所以感到是近乎冬季的风声，也许因为这座小楼，也许因为江口老人的心境。其实，至于有个火钵，就不会觉得冷。这块土地气候温暖。风不像是能够吹掉落叶。江口深夜来到这座房舍，虽然看不到周围的地形，但能嗅到海的气息。钻进大门，房舍内庭院轩敞，生长着好多巨大的松树和枫树。狭小而晦暗的天空,密布着黑松强劲的枝叶。从前说不定就是别墅。

江口手中握着钥匙,点燃一支香烟,只吸了一两口,剩下好长一截,就掐灭在烟灰缸里。紧接着又点了第二支,悠悠地抽起来。他嘲笑自己内心轻轻的骚动,更感到一种强烈的空虚。平素,江口稍稍喝点儿洋酒就寝,但睡意很浅,时时做噩梦。有位年轻女子,患癌症而死,她于难眠之夜,吟了一首和歌:"黑夜为我准备的东西,就是蛤蟆、黑狗和溺死鬼等物。"江口一旦记住,就无法忘掉。如今想起这首歌来,他仿佛觉得,睡在隔壁房间的,不,那个陷入昏睡的姑娘,不就是"溺死鬼"之类吗?去还是不去?他犯了犹豫。虽然他不知道姑娘因何而沉睡,总之是堕入一种了不知南北的极不自然的昏睡之中。或者因麻药中毒而肌体青灰,眼圈发黑,形销骨立,枯瘦如柴;或者是肥嘟嘟、冷寂寂、浑身浮肿的姑娘。或许凸显出一副可厌的紫黑而污秽的牙龈,发出轻微的鼻息。江口老人六十七年的生涯中,当然有过同女人共显丑态的夜晚。而且,那种难堪的情景,反而不容易忘却。那不是丑在容颜,而是来自女人的不幸生涯。江口到了这把年纪,不想再增添一次同女子的出乖露丑,他到这座房子里来,一旦面临行动,就是这个想法。然而,一个老人整夜躺在一个昏睡不醒的姑娘身旁,还有比这更加丑陋的事情吗?江口不正是为了寻求那种极端的老丑之态,才到这家旅馆来的吗?

女子说"可以放心的客人",是的,来这里的都是"可以放心的客人"。告诉江口这家店口的也是这样一个老人。是已经不再是男人的老者了。那个老人看来认定江口也进入相同的衰落期了。这家店里的女人,恐怕因为伺候惯了这样一些老人,所以对江口既没有投以怜悯的目光,也没有显露出试探的神色。但是,由于江口老人一直出入于花街柳巷,虽然尚不属于女子所说的"可以放心的客人",但自己也可以成为这样的人。要根据当时自己的心情、场所,还有不同的对象,相机行事。在这一点上,他已为老丑的心境所逼,距这家旅馆客人们那种悲惨的境遇已经不再遥远。到这里来看看,也只能是这种心理的表现。因此,江口根本不想打破这里老人们丑恶的或者说可怜的禁忌。只要不想打破,就可以不打破。这里或许可以称作秘密俱乐部,但老人会员很少,江口既不是来揭露俱乐部的罪孽,也不是来捣乱俱乐部的秩序。他的好奇心之所以不很强烈,是来自老年的麻木不仁。

"有的客人说睡眠时做了美梦,也有的客人说想起了年轻时候的事。"江口老人想起刚才女人的话,脸上也没有出现苦笑,他一只手扶着桌子站起来,打开了通往邻室的杉木门。

"啊。"

江口叫了一声,他看到了深红的天鹅绒帷幕。透着微明,那颜色更加幽深,而且感到帷幕前边有一层薄薄的光亮,仿佛踏入幻想之境。帷幕垂挂于房间四方,江口进来的杉木门也应该垂下帷幕的,那里挽着帷幕的一端。江口上了锁,拉上帷幕,俯视着睡眠的姑娘。她不是装睡着,他确实听到了深沉的鼻息。姑娘难以想象的美丽,使得老人一时喘不出气来。意想不到的不光是姑娘的美貌,还有姑娘的年龄。她向左侧这边横卧着,只露出右侧半个脸孔。看不到她的身子,约莫不到二十岁。江口老人的胸中仿佛有一颗异样的心脏在飞翔。

姑娘的右手腕子露在被子外头,左手似乎是斜斜地伸在被子里。那只右手只有半个大拇指隐没在面颊下边,顺着睡颜放在枕头上。睡眠中的指尖儿显得很柔软,有些内曲,但也不怎么明显,以至于连指根可爱的凹陷都看不出来。温热的血潮顺着手背流向指尖,愈趋浓艳。这可是一只柔滑而素洁的白手。

"还在睡吗?起来吧。"江口老人这样说着,似乎为了摸一摸那只手。他握在手心里,试探地轻轻摇动着。他知道姑娘不会醒来的。他握着那只手,她究竟是怎样一位姑娘呢?他望望她的脸。姑娘的眉间没有因化妆引起的过敏痕迹,闭合的眼睫毛也很整齐。姑娘的秀发散发着芳香。

　　片刻之间,涛声听起来渐渐高扬,那是因为江口的心被姑娘夺去了。然而,他决心换衣服。这时,他才发现屋内的光线是从上面照射下来的,抬头一看,天棚上开着两个采光口,透过日本纸,电灯的光线布满全屋。是深红的天鹅绒底色适合于这种光线,还是红色天鹅绒映衬下的姑娘的肌肤显现出梦幻般的美丽呢?心无余暇的江口,似乎也冷静地思索一下,但总比不上天鹅绒映在姑娘脸上的颜色。他的眼睛虽然习惯了这座屋子的光线,但对于总是睡在黑暗里的江口来说,显得太明亮了。不过,天棚上的灯光似乎灭不掉。他还看到床上是质量上乘的羽绒被。

　　江口害怕惊醒不大可能会被惊醒的姑娘,静静滑进被窝。姑娘似乎一丝不挂。而且,对于老人的进入,没有什么感觉,既没有收紧胸脯,也没有蜷缩腰肢。即使睡得再熟,对于一个少女来说,总会有些敏感的反射性动作,但或许这是世间不常有的睡眠,江口反而有意避开触摸姑娘的肌肤而伸长了身子。由于姑娘膝盖稍稍向前屈曲,使得江口的腿脚的空当儿很小。向着左下方睡眠的姑娘,不是采取将右膝叠放于左膝前的保守的姿势,而是于后方张开右膝,尽量伸展着右腿。江口即使看不到心里也明白。左睡的双肩的角度和腰肢的角度,因胴体的倾斜而不同。姑娘的身个儿好像不很高。

　　刚才,江口老人握着晃了晃的姑娘的手,连指尖都沉眠了,依旧保留着江口放下来的形态,一动不动地搁在枕畔。老人拉了拉自己的枕头,姑娘的手就从枕头的一端滑落了下来。江口将一只胳膊支在枕头上,注视着姑娘的手,嘴里嘀咕道:"简直就像一只活生生的手。"活生生"本来无可怀疑,那是一种充满爱意的自言自语。然而,一旦说出口来,这句话就会留下可怖的余韵。沉睡中一无所知的姑娘,尽管生命的时间并未停止,但也丧失了意识,一直沉沦于无底的底层,不是吗?活着的人偶并不存在,所以谈不上是变成了活着的人偶。不过,为了使得早已不是男性的老人不至于泛起可耻的念头,她被造就成了活着的玩具。不,不是玩具,对于这样的老人来说,或许就是生命本身。说不定这就是可以安心触碰的生命。江口的老花眼看到近旁的姑娘的手更加柔软、美丽。触之颇为滑润,看不见细密的肌肤纹理。

温热的血潮越流向指尖越显得浓艳。姑娘的耳垂有着同样的颜色,老人看到了。耳朵透过头发之间得以窥视,耳垂的红潮,姑娘的柔嫩,都在刺激老人的心胸。江口虽说是在好奇心的驱使下迷恋这里,第一次走进这座秘密之家,但看样子,那些更为老朽的老人们,应该是靠着更加强烈的欢欣和悲戚来到这座屋子的。姑娘的秀发是自然留长的,或许是为了老人们的抚摸才使头发长长了的吧。江口一边枕着枕头,一边将姑娘的头发分开,露出耳朵来。耳后头发的皮肤白皙,脖子和肩膀都很稚嫩。女子没有浑圆、鼓胀的肉体。老人移开视线,环顾房内,自己换下的衣服纷乱地放在箱子上,姑娘脱掉的衣服却一无所见。也许被刚才的女子拿走了吧,要不然姑娘是没有穿任何衣衫进入这座房间的。想到这里,江口不由得感到悚然。姑娘整个身子一览无余。其实根本不必惊悚,江口知道,就是为了这个,姑娘才被迫睡在这里的。江口将姑娘柔嫩的双肩遮盖在被子里,闭上了眼睛。姑娘的肉香飘荡之际,一股婴儿的气息扑鼻而来。那可是吃奶的婴儿的乳臭,较之姑娘的体香更加甜润、浓烈。

"怎么会这样……"这姑娘该不是生了孩子,双乳鼓胀,奶水从乳头渗出来吧。江口再次瞧了瞧姑娘的前额、面颊,还有下巴颏,一直到脖子上的少女曲线。本来光是这些就能弄明白,他又稍稍抬起遮盖肩膀的被子瞅了瞅。他看清楚了,那不是哺乳期的体形。悄悄用指尖戳一下,也还没有濡湿。再说,这姑娘倘若不到二十岁,就算用"乳臭"等词儿描写她也没有什么不适当,但不管怎么说,她的身上是不该有婴儿那样的乳臭的。事实上,她只有女人的体香。但是,江口老人此时此刻,的确闻到了婴儿般的气味。莫非是瞬间的幻觉吗?为何会有这种幻觉呢?他思来想去,不得其解。或许婴儿的气息从他心灵中虚幻的缝隙里飘散出来了吧。江口这么一想,随即堕入悲凉的寂寞之中。较之悲戚与落寞,更是老年冰冻般的惨苦之境。而且,面对发出青春的温暖与芳香的少女,此种感觉渐次转变为怜悯与关爱。此种感情,抑或迅急掩盖了寒冷的罪恶感。老人从姑娘身上感觉出有音乐的鸣响。音乐,充满着爱。江口似乎想尽快逃离,他看了看四周的墙壁,全被天鹅绒包裹着,简直找不到一处出口。天棚的光线映在天鹅绒帷幕上,十分柔和,但丝毫也不飘动,将昏睡的少女和老人深锁在屋里。

"起来吧,起来吧。"江口抓住姑娘的肩膀摇晃着,又捧起她的头,"起来吧,起来吧。"

江口心中突然冒起的对少女的感情促使他这样做。姑娘睡着了,她不会说话,就连老人的面孔和声音也毫无所知。就是说,他的这些作为,以及对方是江口这样的一个人,这些对于姑娘来说都浑然不觉。这种情景,老人再也无法忍受,这一瞬间意想不到地来临了。自己的存在丝毫不为姑娘所知晓。然而,姑娘不会醒来,老人手中熟睡的头颅沉甸甸的,微微蹙着双眉,也许这就是姑娘活生生的回应和接纳。江口静静停住了手。

要是通过如此的摇晃能使姑娘醒来,那么介绍江口老人到这里来的木贺老人对他说的这个家里"仿佛和秘佛共寝"的秘密,也就自然消失了。毫无疑问,只有绝不会醒来的女子,对于"可以放心的客人"的老者来说,才可能是安心的诱惑、冒险和逸乐。木贺老人等告诉江口,只有待在昏睡中的女人身边,才会感到自己仍然生气勃勃。木贺来江口家里访问时,从客厅里窥见庭院中秋枯的苔藓上,落下来红红的东西。

"那是什么呀?"他赶紧下去捡拾,一看,原来是木珊瑚的红色果实,三三两两地掉落下来。木贺只拾起一颗,一边在手指间摆弄着,一边谈论着这座秘密之家。木贺说,一旦忍耐不住老后的绝望,他便到那里去。

"对所有的女人一概绝望,已经是遥远的往昔了吧?知道吗,有个地方可以为你提供昏睡不觉、总也叫不醒的女人呢。"

只顾熟睡,既不言语也不听闻的女人,对于虽为男人但已经不是女人对象的老者来说,果真是什么话都可以对你讲,什么事都可以听你说的人吗?然而,江口老人却是首次经历这样的女子。无疑,姑娘已经多次经历过这种老人了。任其所作,对一切浑然不觉,于假死的昏睡中,横放着天真无邪的面孔,只听见安详的鼻息。或许有的老人无所不至地爱抚过姑娘;或许有的老人想想自己而号泣不止。不论是谁干了什么,姑娘都一概不知。即便是这样,江口依旧一无作为。就连从少女头下抽出手来,也是小心翼翼,犹如处理一件易碎品。同时,他又无法完全平抑那种简单粗暴急着唤醒姑娘的心情。

江口老人的手一旦离开少女的头下,姑娘缓缓转了一下脸,肩头也随之而动,变成仰身而卧了。江口以为姑娘会醒过来,随即缩了缩身子。向上躺着的少女的鼻官和红唇,映着来自天棚的灯光,显得既年轻又鲜丽。姑娘抬起左手,放到口唇附近,似乎要将食指含在嘴里,江口以为或许这是她睡觉时的癖好吧,不过随后也只是轻轻地抵在嘴上,然而,她的口角是松弛的,可以窥见牙齿。刚才是用鼻子呼吸,现在变成用嘴喘气。她的呼吸稍稍急促了些,江口想,姑娘大概很痛苦。但也不像是,她的嘴唇松弛,反而看样子面带笑容。波涛撞击着高高悬崖的响声又传到江口耳边。听到那波涛退去的声响,可以知道崖下似乎有巨大的岩石。岩石阴里的海水随之顺流而去。姑娘用嘴呼吸,比起用鼻子呼吸更有一种气味,但不是乳臭。为何会突然觉得她有乳臭呢?老人感到不解,也许他依旧认为这姑娘具有女人味吧。

　　说起江口老人,如今也有个吃奶的外孙,那个外孙的模样又浮现在他眼前。三个女儿都已出嫁,各人都有了自己的孩子。不光是外孙们散发乳臭的时期,就连怀里抱着幼年吃奶的女儿们的情景他也没有遗忘。莫非亲骨肉们婴儿时代的乳臭,如今又得以复苏,仿佛谴责自己,蓦然涌上江口的心头?不,这也许是爱怜昏睡的姑娘的江口心里的气息。江口自己也仰面躺着,闭起眼睛,不想触动一下姑娘的身子。安眠药放在枕畔,还是吃了为好。肯定不会像姑娘吃的那般效果强烈,无疑会比姑娘早醒。否则,这个家内的秘密与魅惑就会崩溃。江口打开枕畔的纸包,里面包着两颗白色的药片,吃上一颗,将会如醉如痴;吃上两颗,将昏睡如死。要是这样,那也很好。江口瞧着两颗药片,不由泛起关于乳房的可厌及狂躁的记忆。

　　"有乳臭呢,这是奶水的气味,吃奶的孩子的气味哪!"女人一边收拾江口脱下的上衣,一边嗔怒地斜睨着江口,"您自家的婴儿吧?您出门前,又抱过婴儿了,是不是?"

　　女人颤动着手背:"啊,真可气!真可厌!"她站起来,扔掉江口的西装。"这可不行啊,临出门,干吗还要再抱婴儿呢?"她的声音很可怕,神色更加咄咄逼人。那女子是他熟悉的艺妓。她虽然明明知道江口既有妻子又有孩子,但江口身上沾带的婴儿的乳臭,使得那个女人嫉恶如仇,醋意大发。江口和艺妓的关系从此变冷了。

那位艺妓厌恶的气味,正是江口身上带来的小女儿的孩子的乳臭。江口婚前也有过情妇,由于姑娘的父母管得严,偶尔一次的幽会,激情如火。有一次,江口刚一离开脸孔,发现乳头周围渗出薄薄一层鲜血,江口大吃一惊,可也显得若无其事,然后温存地贴过脸去,将鲜血舔干净。意识蒙眬的姑娘,对此毫无觉察。因为一切发生在狂放与激情之后,纵使他对姑娘说明白,姑娘似乎也不觉得疼痛。

两种回忆如今浮现出来,也实在不可思议,那已经是年代久远的往昔了。那时的记忆潜藏其中,所以不大可能从目下昏睡的姑娘身上忽然感到乳臭。尽管已经年代久远,但细想想,人的记忆与回想,也许只有新旧之分,而无远近之别。比起昨天的事,六十年前幼小时代的事,反而感觉鲜明、清晰、历历难忘。老了,更是如此。况且,童年时代的诸事,造就人的性格,有时会引导一生,不是吗?说起来也许很无聊,"男人的嘴唇,几乎可以从女人身上任何地方吮出血来",第一次对他说这话的就是那个乳头周围渗血的姑娘。在她之后,江口虽然极力避免女人出血,但那姑娘送给他的那强化男人一生的赠言,至今也没有被年满六十七岁的江口忘记。

还有更加无聊的事呢,江口年轻时曾经听到某家大公司董事的夫人,即一位人到中年、交际广泛,被人夸赞贤惠的夫人告诉他:

"我每晚睡觉前总是闭起眼睛数数,算算有多少男人同我接吻又不会使我厌烦。我可是掐着指头数着啊!挺好玩的。要是少于十个,那也太叫人失望啦。"当时,夫人正同江口一起跳华尔兹,夫人冷不丁对他如此坦白,这在江口听来,自己也属于那种人,即使吻她她也不会厌烦。年轻的江口紧握夫人玉指的手,突然松弛了。

"也就是数数人头……"夫人不经意地撂下这么句话,"年纪轻轻的江口君,睡觉时不至于太冷清吧,遇到情急,将夫人拉过去就得了。不过,你也不妨偶尔试试,有时对我可有效啦!"听到夫人嘶哑的嗓音，江口没有回答什么。夫人虽然强调只是数数，但是他怀疑，数着数着，她就会在心中描画起男人的长相和身体。数到十人，要花相当长的时间，同时也会想入非非。江口猝然闻到一股刺鼻的香水味儿，那是稍稍过了花季年华的夫人身上的媚药之味。作为一名夫人认为接吻也不感到厌烦的男人，夫人睡前心中是如何描画江口的呢？这完全是夫人的自由与秘密，同江口毫无干系，既没办法防止，也不能觉得冤枉。但不知不觉间，暗暗成为一个中年女子心中的玩物，总是使他感到窝囊。但是，夫人的话他至今不忘。夫人是无意之中挑逗年轻的江口呢，还是故意奚落他，生编硬造一番呢？其后，他虽说也曾怀疑过，但自那以后，唯有夫人的话语保留到很久之后。如今，那位夫人早已过世，江口老人对夫人的话不再怀疑。那位贤惠夫人说不定临死之前，在活着的日子里，一心妄想同上百个男人接吻的事呢。

随着年龄的老迈，江口于不眠之夜，偶尔想起夫人的话语，也掐指计算过女人的数目。他不仅停留在那些接吻也不觉厌烦的香艳女子身上，同时也在追思那些和自己颇有交情的女人，回想同她们相处的往昔。今夜，他凭借从昏睡的姑娘身上诱发出的幻觉中的乳臭，过去的情妇又浮现于眼前。或者，往昔情人乳头的鲜血，蓦然使他嗅到眼前这位姑娘似有若无的气息。一边抚弄沉睡不醒的美女，一边思念一去不复返的旧时的相好，抑或就是老人的可怜的慰藉。不过，江口却感到一种凄清的温暖和心灵的平静。他只是轻轻摸了摸姑娘的乳头，看是否濡湿了。他并不想使乳头渗出鲜血，让比自己醒得晚的姑娘陷入惊慌失措之中，他并没有产生如此狂傲的心情。姑娘的乳房形状很美。老人在发臆想，所有的动物中，为何只有人类女性的乳房，在悠久的历史演变中，形成了如此美好的形态呢？女人的乳房变得如此美好，不正是人类辉煌历史的荣光吗？

女人的口唇看来也一样,江口老人想起那些化夜妆的女子和睡前卸妆的女子,有的拭去口红之后,唇色苍白,露出衰弱、浑浊之相。眼下身旁熟睡的姑娘的面孔,映照着天棚柔和的光线,包裹在四周的天鹅绒内,虽然看不出她睡前是否轻施粉脂,但确实不曾修饰过睫毛。唇际与唇内闪露的齿列发出白嫩的光亮。她不大可能巧施小计,口含香料,因而只是吐露出年轻女子用嘴呼吸的气味。江口并不喜欢深浓而广阔的乳晕,当他轻轻抬起遮蔽肩头的东西向里一看,依旧泛着娇小的桃红。姑娘仰面而卧,可以紧贴胸脯同她接吻。她不光是那类接吻也不会使人厌烦的女子,像江口这样的老年人,可以对一个年轻姑娘任其所为,不管付出多大代价都是值得的,可以倾其所有作为赌注。江口想,想必来到这家的老人们都曾沉迷于欢乐之海吧。老人中也应该有贪婪者,那场景在江口的脑子里也不是没有浮现过。然而,躺卧着的姑娘不知南北,要是那样,姑娘的脸型依旧像眼前所见,既不污秽也不歪斜吗?江口之所以没有堕入丑陋的恶魔般的游戏,就是顾及着姑娘优美的睡姿。这位江口不同于其他老人之处,不就在于他还保留一副男子汉的做派吗?为着其他老人的缘故,姑娘不得不堕入无底的长眠,昏睡不醒。江口老人已经两次试图轻轻地把姑娘唤醒。倘若稍有差池,姑娘睁开眼来,老人应该做些什么呢?这一点,连他自己也不清楚。这也许是他对待姑娘的一份爱情吧。不,也许是出于老人自身的空虚与畏怯。

"还在睡吗?"这句不必自言自语的话,老人还是不由自主说了出来,随之又加了一句,"总不会永远睡下去,不论是这姑娘,还是我……"每天夜间都是如此,即使今天是非比寻常的夜晚,明日早晨依旧会活脱脱醒来,他只顾闭目沉睡。姑娘的食指抵着口唇,屈曲的臂膀成了阻碍。江口握住姑娘的纤腕,使之伸在腹胁一侧。碰巧触及她的腕子的脉搏。他顺势将食指和中指压在姑娘的脉搏上。脉搏很可爱，也很有规律。鼻息沉稳，较之江口稍微舒缓一些。风，间或打从屋顶吹过，不像刚才听到的那种临近冬日的音响。撞击山崖的波浪，既高亢又柔和，涛声的余韵，成为姑娘身上鸣奏的音乐从海上升起。此外，再加上姑娘手腕的脉搏与胸脯的鼓动。这就使得老人的眼睑背后，仿佛有只洁白的蝴蝶合着音乐翩翩飞舞。江口放开姑娘的脉搏，于是，他不再触碰姑娘的任何地方。姑娘的口香、体香和发香，并不十分浓烈。

江口老人想起同那位乳晕渗血的情人，绕道北陆线路，辗转私奔到京都那几天的情景。他如今回忆起来恍如昨日，说不准就是这位清纯的姑娘身上的温馨，微微传递来的缘故。自北陆至京都的铁路，有许多小隧道。每当火车钻入隧道，姑娘总是感到害怕，紧贴着江口的膝头，握住他的手。火车钻出小小隧道，小小山峦或小小海湾，总是看到天上架起一道彩虹。

"啊，真可爱。""啊，太美啦！"每当看到小小彩虹升起，姑娘就会高声赞叹。可以说每次火车钻出隧道，从左至右眼睛一扫，准能看到彩虹。而且，彩虹的颜色浅淡，似有若无。她以为这些超常的众多的彩虹，是一种不吉利的标志。

"我们是不是正在被追赶呢？到京都会被抓起来吗？要是被抓回去，下回就很难逃出家门啦。"刚刚大学毕业找到工作的江口明白，到京都是无法生活下去的，除非殉情，否则就只能回东京。因为看到小小的彩虹，眼前浮现出姑娘清纯而隐秘之处，总也拂拭不去。江口在金泽河畔的旅馆，看到了那块地方。那是个细雪霏霏的夜晚，青年江口面对美艳一时喘不出气来，激动地流下泪来。其后几十年里的女人们中，从未再见到过那般美丽之色。他更加懂得什么才是美。看来，秘密之处的美艳，同样代表那姑娘心灵的纯洁。"真是犯傻。"尽管他一时想笑，但那早已化作憧憬中流逝的真实，成为老年今日愈加无法撼动的记忆。他们在京都被姑娘的家派来的人带回去不久,姑娘就被嫁人了。

当年,上野不忍池畔偶然相遇时,姑娘正背着婴儿走路。孩子戴着白色的毛线帽。那是不忍池的莲花枯萎的季节。今夜,躺在昏睡的姑娘身旁,江口的眼帘内飞舞的白蝴蝶,或许就是婴儿白色的毛线帽吧?

不忍池畔相会时,江口只说了一句:"你幸福吗?"姑娘猝然回答:"嗯,很幸福。"江口除了简单应和一句"是吗",做不出其他反应。"为何独自一人背着婴儿在这里漫步?"对于这句奇怪的追问,姑娘保持沉默,只是望着江口的脸。

"是男孩,还是女孩?"

"真烦人,是女孩呀,看了还不明白?"

"这婴儿不是我的吗?"

"啊,不是,不是。"姑娘神色嗔怒地摇摇头。

"是吗,要是我的孩子,今天不必挑明,几十年之后,等你想说时,再对我说也不迟。"

"不是不是,真的不是。我虽然没有忘记对你的爱,但请你不要对这孩子抱有任何怀疑,这对孩子不利。"

"是吗?"江口没有硬要看看孩子的小脸儿,他久久地目送着女子的背影。那女子走了一段路,回头瞧了瞧,看到一直望着她的江口,加快脚步,匆匆而去。从此,再也没有见到过。江口听说,那女子十多年前就死了。对于六十七岁的江口来说,有缘分的人或知己逝去多多,但唯独对那位姑娘的记忆鲜明、活泼。婴孩的白帽子,她的美艳的私密之处,以及乳头的血色,尽皆绞合在一起,至今鲜丽可见。想想看吧,那种美丽之无可类比,恐怕除了江口,此世无人能知;况且要不了多久,将因江口老人的死去而从这个世界彻底消失。那姑娘十分腼腆，但她还是给江口看了，这也许就是姑娘的性格所致。无疑，姑娘自己不曾知道那种美丽，因为她看不到那里。

江口和姑娘到达京都，一大早走在竹林的小路上。竹叶承受着朝阳，光耀如银，闪闪飘动。老年之后回想起来，竹叶又薄又软，简直是银质的叶子，竹竿也似乎是银质的。竹林一侧的田畦上盛开着蓟草花和鸭跖草花。虽说不太合乎季节，但那样的道路竟然浮现出来。走过竹林小径，沿着碧清的小溪溯流而上，终于看到瀑布落下，映着日光，白沫飞扬。飞沫中站立着一位裸体姑娘。虽说这是不可能的，但对于江口老人，不知何时已成事实。上了年岁之后，有时看到京都一带小山顶上，一簇簇优美的红松林的树干，就会想起记忆里的姑娘。不过，很少像今夜一样，回忆起来历历如绘。抑或是来自昏睡中姑娘的青春的诱惑吧。

江口老人头脑清醒，再也睡不着了。除了眺望小小彩虹的姑娘，他不愿再去回忆别的女人。他也不想再触及沉眠的姑娘，或直接对她整个身子瞧个遍。他俯伏而睡，再次打开枕边的纸包。这家女人说是安眠药，究竟是何种药物，同她们给姑娘的药是否一样？江口有些迟疑，只拿一片含在嘴里，喝了好多水。纵使睡前饮酒，因为平素不用安眠药，江口及早进入了梦乡。此后，老人做了梦，梦见自己被女人抱在怀里，那女子有四条腿，她用这四条腿缠绕着他，另外还有胳膊。江口微微睁开眼，蒙眬中看到四条腿，颇觉奇怪，却也不感到害怕。比起两条腿来，留在身上的魅惑更加强烈。他恍惚觉得，这种药就是为了使人做这样的梦。姑娘翻身向后，腰肢抵向这边。比起腰来，她的头颅转向后面更加招人怜爱。江口于蒙眬的美中，将手指插进姑娘披散的长发，为她做一番梳理似的，很快睡着了。

随后，他对第二次梦境感到恶心。医院的产房里，江口的女儿生下一个畸形儿。若问如何畸形，醒后的老人记不清了。说是记不清楚,或许根本不想记吧。总之,是个重症畸形儿。那婴儿立即被产妇藏起来了。可是,产房内白色的窗帘后面,产妇正站在那儿肢解婴儿,为的是抛弃。江口的一位医生朋友穿着白大褂立于一旁。江口也站在那里看着。此时仿佛一场梦魇使他清醒过来。四围深红的天鹅绒帷幕使他猛然一惊。他用双手捂着面孔,揉揉前额,这是一场怎样的噩梦啊! 这家的安眠药不会藏匿着恶魔吧。或许是因寻求畸形的快乐而来,所以做起畸形的快乐之梦吧。江口老人三个女儿里,梦中所见不知是哪个女儿,但他也不想考虑到底是哪个女儿。因为姊妹三个,各人都生下了身体健全的孩子。

江口眼下若能起身离开,也想赶快回家。但是为了获得更加深沉的睡意,他把枕畔剩下的一片药吃了下去。冰冷的水通过食道。昏睡的姑娘和刚才一样,依旧把脊背朝向这边。这位姑娘不久也会生孩子,但她也有可能生下一个傻孩子,一个丑陋的孩子。想到这里,江口老人把手搭在姑娘柔软的肩膀上。

"对着这边。"姑娘似乎听到了,随后转向这边。没料到她把一只胳膊搁在江口的胸脯上,腿也伸了过来,像是冻得震颤不已。按理说,这个温暖的姑娘不会感到寒冷。闹不清她是从嘴里还是从鼻子里发出了细微的声音。

"你也在做一场噩梦是吗?"

然而,江口老人早已进入无底的梦乡了。

其　二

江口老人没有想过还会再来"睡美人之家"。至少在第一次入住的时候,就不打算再来这里。到了早晨起床回家时,也是这么想。

江口老人打电话说当晚想到这个家去,是第一次去之后半个月左右。对方接电话的,听声音大概是那个四十多岁的女子。电话中的语调既冷淡又低沉,更加显现所处场所的隐秘。

"您说现在就来,那么什么时候能到这里呀?"

"时间嘛,大概九点过一点吧。"

"那么早,有点儿难办啊。女伴还没有上班,来了也还没入睡……"

"……"老人正在发愣,这时对方又说:

"十一点之前总会让她睡的,请在那个时候来吧,我们等着您。"女人说话慢慢腾腾,老人早已迫不及待,干着嗓子抢先道:

"好的,就在那时候吧。"

江口老人虽然不是真这么想,但他本打算半开玩笑地对她说:

"女孩子还没睡不是挺好的吗?睡前我可以见见她呀。"

不料这话堵在喉咙管里出不来。这些话会刺中这个家的秘密戒律,正因为比较奇特,所以必须严格遵守。这个戒律一旦被打破,就会变成一般的妓馆。老人们一点儿可怜的愿望,心中的迷梦也将消失殆尽。晚上九点,姑娘不会及早就寝,电话里说,十一点之前让她睡觉,当时,江口老人听了胸中突然热辣辣的,激动得直打哆嗦,连他自己也没有想到。抑或这是日常现实的人生之外的意想不到的诱惑引起的感动吧?这些都因为姑娘睡后绝不会醒来的缘故。

本不打算再来的这个人家,半月左右后又来了。这对江口老人来说,是过早还是过迟呢?总之,他没有硬要继续抑制这种诱惑;不如说他不愿意重复那种老丑的游戏。与那些渴望来这个家的老人相比,江口并非像他们那样衰老。然而,他没有在初来第一夜里留下丑陋的记忆。哪怕明明是罪过,江口老人觉得,在六十七年的过去,他和女人从未度过如此清纯的夜晚。早晨醒来后也一样。安眠药似乎很有效,八点醒来,比平时要晚。老人的身子没有触碰姑娘任何地方,就像幼童一样,他是在姑娘年轻、温暖而亲切的馨香之中,甜蜜地睁开了眼睛。

姑娘面对着这边,头颅稍稍前伸,微微含胸而卧。稚嫩而细长的脖颈至下巴阴影一带,青筋似有若无。长长的头发广阔地披散到枕头后边。江口老人从她那优美地闭合的朱唇移开视线,注视着姑娘的睫毛和眉毛。他相信姑娘是个黄花闺女,不再抱有怀疑。江口老人的老花眼由于靠得太近,对于姑娘一根根睫毛和眉毛看得不很真切。老眼昏花,不见胎毛的肌肤,闪射着柔和的光亮。脸孔到脖子,没有一颗黑痣。老人忘记了夜半的噩梦,看到如此招人喜爱的姑娘,只觉得自己就像个孩子,也正为这个姑娘所喜爱。他摸摸姑娘的胸脯,悄悄捧在掌心,心头掠过一丝奇怪的触感,仿佛就是尚未怀孕之前江口老人母亲的乳房。老人虽然缩回手臂,但那种触感从腕子一直贯通到肩头。

听到隔壁拉开隔扇的响动。

"您醒啦?"是这个家里女子的呼唤,"早饭已经准备好了……"

"嗯。"江口老人随口应和着。朝阳透过挡雨窗的隙缝照在天鹅绒帷幕上,光明灿烂。但阳光和房里天棚上的灯光没有交织在一起。

"您可以收拾一下了吧。"女人催促道。

"嗯。"

江口撑起一只胳膊,脱出身子,一只手轻轻抚摸姑娘的头发。

老人明白了,得趁着姑娘没醒就把客人喊起来。女人不慌不忙照顾他吃饭。姑娘要睡到什么时候呢?江口老人觉得不便多问,他随便说道:

"真是个可爱的女孩子。"

"是啊,您做了好梦了吧?"

"是你们让我做的好梦啊。"

"今早风平浪静,或许是个小阳春天气呢。"女人转变了话题。

半月后再来这个家的江口老人,比起初来时的好奇,内心里只是被一种强烈的愧疚、羞耻和激动占有了。九点等到十一点的焦躁,进一步化作难以排解的诱惑。

打开门锁迎接他的还是上回那个女子。壁龛里依旧挂着同样复制的绘画。煎茶的味道和上次一样好喝。江口老人虽然比起初来之夜更加怀有激情,却像一个熟客坐在那里。他回首看看那幅山间红叶的绘画,无话找话地说道:

"这一带地方暖和,枫叶还没有变红就卷缩了。院子里很暗,看不清楚……"

"是吗?"女人无心回答他,"天冷了,铺了电热毯,双人用的,两个开关。由客人自己决定适当的温度。"

"我没有用过什么电热毯。"

"要是不想用,客人可以单方关掉,但不要给女孩子也关掉……"江口老人知道,她们身上不穿一件衣服。

"同一条毛毯,两人可以各有各不同的温度,这办法真有意思。"

"是美国制造的……不过,请不要恶作剧,把女孩子一边的开关关掉。您应该明白,她们不管有多冷都不会醒的。"

"……"

"今晚的女孩子比上一回的女孩子更熟练。"

"什么?"

"她也是个漂亮的姑娘。因为您不干坏事,假如不是个漂亮的姑娘……"

"她和上次不是同一个人吗?"

"嗯,今晚的女孩子……换成另一人,不是更好吗?"

"我可不是喜新厌旧的人啊。"

"喜新厌旧……？您说是喜新厌旧,可您不是什么也没干吗？"女子舒缓的语调里,似乎含有嘲谑般的微笑,"这里的客人,都是不干坏事的,我们只收可以放心的来客啊。"薄嘴唇的女子不看老人的脸。江口老人惭愧得直打哆嗦,不知说什么好。对方不过是个冷血而老练的老鸨罢了。

"还有,即便您认为是喜新厌旧,但女孩子睡着了,她也不知与谁同眠,不管是上一回的女孩子,还是今天的女孩子,她们对介绍来的老爷子们毫不知情,根本谈不上什么喜欢谁还是讨厌谁……"

"那倒是,不是人与人之间的交往嘛。"

"为什么呢？"

来到这个家之后,已经不再是男子汉的老人,同被迫沉睡的少女交际,又说什么"这不是人与人之间的交往",这话听来倒是很奇怪。

"您也可以纵情玩上一把嘛。"女子娇声娇气,对老人诡秘地笑笑,安慰他,"您要是喜欢先前那个女孩子,下次再来时我让她陪您睡。过后,您会说还是今晚的女孩子好。"

"是吗？你说她更熟练,哪方面更熟练呢？不就是昏睡吗？"

"好吧……"

女子站起身,用钥匙打开隔壁的房门,向里瞅了瞅,随后又把钥匙放在江口老人面前："请吧,请休息吧。"

独自一人留下的江口,将铁壶里的开水倒进小茶壶里,慢慢地喝着煎茶。他本想细细品味一番,可手里的茶碗不住颤抖。他暗自嘀咕："这不是因为年迈,哼,自己未必已经是个可以放心的客人哪！"为了替来到这个家后受尽诬蔑和屈辱的老人们报仇,我要打破这家的禁律。对于姑娘来说,这不也是富有人情味的交往吗？他不知姑娘到底被灌了多少迷魂药,但自己还是可以凭借尚存的男子汉的威猛使她苏醒过来。然而,想归想,江口老人心中却无法抖擞精神,勇敢上阵。

同寻访这家的可怜的老人们一样,那种老丑与衰弱,几年之后也向江口逼近了。对于不可预知的性的广阔、深不见底的性的深沉,江口六十七年的过去,他曾接触过多少啊!而且,老人们周围,女人新鲜的肌体、娇嫩的皮肉,美女丽姝,无限涌现,应接不暇。可怜的老人们无尽的梦中的憧憬,逝去的攫不住的岁月的悔恨,不都笼罩在这座秘密之家的罪愆之中吗?江口老人以前也曾想过,只有长眠不醒的姑娘,才能给予老人们超越年龄的自由。昏睡无语的少女也许会对老人说说体己话呢。

江口起身打开邻室的房门,一股暖香扑面而来。他笑了。干吗那般忧心忡忡呢?姑娘伸出两只手臂放在被子上,指甲染成桃红色,口红浓艳。姑娘仰面躺着。

"熟练了吧。"江口喃喃自语。走近一看,那姑娘不光面颊潮红,而且,毛毯的温热使得她的脸孔充满血色,馥郁芬芳。她上睑微微鼓起,两颊丰腴。在红色天鹅绒帷幕的映照下,脖颈洁白无比。双眼闭合,看起来宛若睡眠中的年轻的艳女妖姬。江口离开来转过身,他在更衣的时候,依旧包裹在少女温馨的芳香里,笼罩于室内。

江口老人不像对待先前那位姑娘那样拘谨了。这姑娘不论醒着还是睡着,都能自动诱惑男人。即便江口打破这家的禁律,也只能认为是这个姑娘的缘故。江口仿佛等待着即将到来的欢乐,闭上眼睛,一动不动。仅凭这个,身子底下就涌起一股青春的热流来了。怪不得旅馆的女人夸奖今晚的女子好,他在想,她们怎么就能寻到这样的姑娘呢?老人越发感到这家旅馆好奇怪。老人实在不忍心触碰姑娘,只是陶醉于她的馨香之中。江口虽说不熟悉香水,但这无疑是姑娘自身的香味儿。进入如此香甜的睡眠,那真是无上的幸福。他真巴望能够这样。老人更加小心翼翼,慢慢挨近身子。姑娘像是回应他,轻柔地转过身来,手伸进被子,似乎想抱住江口。

"哦,你,你醒啦,真醒了吗?"江口缩起身子,晃了晃少女的下巴颏,或许江口老人的手指太用力了,姑娘一时躲开了,脸孔伏在枕头上,唇角稍稍张开,江口的食指尖儿触及着她的一两颗牙齿。江口没有收回指头,就那么放着。姑娘的樱唇也没有动一下,少女自然不是假睡,她堕入深眠。

江口不曾想过前一位姑娘和今夜的姑娘不是同一人,他虽然对旅馆的女子发过怨言,但不用多想也可以知道,假如每晚都要给姑娘吃安眠药,不能不损害她们的身体。江口等老人之所以能够"喜新厌旧"尽情玩上一把,也是因为姑娘有个健康的身体。然而,这家二楼不是只能收住一位客人吗?楼下到底怎么样,江口不得而知。但即便有供客人使用的房子,恐怕也只有一间吧。由此可知,这里为老人陪睡的姑娘并不太多。那些人或许也都像江口第一夜的姑娘和今夜的姑娘,个个长得都很漂亮吧?

江口的手指触及姑娘牙齿,他的指尖上似乎被少许的黏液濡湿了。老人的食指摸了摸姑娘的齿列,游走于两唇之间的空隙,来回两三次。口唇外侧本来有些干燥,流出的黏液使得那里滑润了。右侧有一颗虎牙,江口伸进大拇指捏了捏那颗虎牙。然后,他想将指头伸进牙齿后头探查一下,但睡眠的姑娘上下齿咬得很紧,不肯张开。江口抽出指头,已经渗上了红色。用什么擦掉口红呢?如果在枕套上蹭一蹭,权当是姑娘趴着睡时染上的,倒也说得过去。但在蹭掉之前,得舔湿指头才能擦干净。奇怪的是,江口觉得把染红的指头放在嘴里不洁净。老人将指头在少女的刘海上蹭了蹭。当他把食指和拇指指尖蹭着姑娘的头发时,江口老人用五根指头摆弄少女的香发,将指头插进去揉搓一会儿,随后又抓挠耙搔,逐渐变得粗暴起来。姑娘的发尖儿噼噼啪啪地放电,传到老人的指头上,漾溢着浓烈的发香。

因为有了电热毯的温热，少女的芳香从身底下也强烈地传过来。江口一边变换着手法抚弄少女的秀发，一边望着发际，尤其是修长的脖颈的发际，看起来犹如绘画般鲜明、优美。姑娘脑后的头发剪得很短，向上方拢得很齐。额前各处的长短头发，自然成型地耷拉下来。老人撩起额际的黑发，凝望着姑娘的眉毛和睫毛。他用一侧的手指深深探索着姑娘的头发，一直触及到头皮。

"还是没有醒啊。"江口老人说。他抓住姑娘头颅正中摇动着，看见姑娘痛苦地皱了皱眉，俯伏着翻转过来半边身子。这样，她的身体就更加靠近老人一方。姑娘伸展两只手臂，将右臂放到枕头上，右边半个面孔搁在手背上。这姿势只能使得江口看见指头。小指抵着眼睫毛，手指徐徐张开，食指从唇下伸出来。拇指藏在下巴颏下边。稍稍向下的红唇和四根纤纤玉指的红甲，聚合于纯白的枕套上。少女的左臂自肘部蜷曲着，手背几乎触及江口的眼睛下边。面颊丰满而手指细长，使人联想到伸开的双腿。老人用脚心探索姑娘的腿脚。她的左手手指稍稍张开，舒适地搁在那里。那只胳膊的手背上枕着江口老人半边脸孔。姑娘觉察到脸孔的重量，动动肩膀，但没有力气抽出手臂。老人纹丝不动，待了一阵子。少女为了抽出两臂，微微抬起肩膀，肩头根部鼓胀着青春的圆润。江口把毛毯拉到肩膀，将那浑圆的肩头握在掌心里，嘴唇从手背上移向手臂。姑娘肩膀的香气、颈项的香气很诱人。姑娘本来团缩着的肩膀和脊背下面，这时又立即松弛下来，一副香肌紧贴在老人身上。

眼下，江口要为来这个家受到委屈和侮辱的老人们报仇。他要在这些被迫沉眠的女奴身上施展本领，打破这家的禁律。江口明白，不会再到这里来了。也可以说，他的粗暴是为了唤醒昏睡的姑娘。然而，江口又立即被明确无疑的处女的象征慑服了。

"啊！"他喊叫一声，离开了。他呼吸紊乱，心跳加快。他突然刹车，来自于巨大的惊讶。老人闭上眼睛，平抑自己。毕竟不同于年轻男子，及时收手并不困难。江口一边抚摸姑娘的秀发，一边睁开眼睛。姑娘依旧俯伏着身子。一个妙龄女郎，竟然做了雏妓！这到底是怎么回事？即便如此形式，娼妓总归是娼妓。他虽然这么想，但暴风雨过去，老人对姑娘的感情、对自己的感情改变了，未能再回到从前。他并不惋惜。对于昏睡中毫无知觉的女人，不管做什么都不过是无聊。但那突然的惊愕，到底是什么呢？

江口迷醉于姑娘小妖精般的脸蛋儿，诱使他干出了不应有的错事。但转念一想，到这里来的老年客人，哪个不是抱有比江口更加可怜的喜悦、更加强烈的饥渴、更加深沉的悲凉？固然是老后轻松的游乐，便捷的返老还童，但内心里已经潜隐着追悔莫及、无法治愈的懊恼，任你如何挣扎都难以解脱。今晚所谓"熟练"的小妖精，依旧拥有一副女儿身，这不是来自老人们的尊重和守约，而只能标志着他们的凄惨与衰亡。姑娘的纯洁反而映衬出老人们的丑陋。

少女放在右侧面颊下的手或许麻木了，她举上头顶慢悠悠一伸一屈，接连做了两三次。碰到正在揉搓她头发的江口的手指。江口攥住她的手，手指微凉而柔润。老人用力仿佛要握断她的玉指。姑娘抬起左肩，翻转半个身子，举起左臂划了一圈，伸出去似乎想抱住江口的脖子。然而，她的臂膀软弱无力，实在抱不紧江口的脖子。她的面对这一边的睡姿靠得太近，映在江口的老花眼里一团白茫茫。但眼睫造就了眉毛过于浓黑的阴影，鼓胀的眼睑和丰腴的面颊，修长的脖颈，依然像最初留下的印象，是个妖艳的少女。乳房微微下垂，实际上很饱满。作为日本姑娘，乳晕广阔而秀挺。老人顺着姑娘的脊骨到脚跟试着摸索了一遍。自腰肢以下绷得紧紧地伸展着。上半身和下半身不很协调，这也许是处女的缘故吧。

江口老人已经可以平心静气地打量着姑娘的面孔和颈项了。少女的肌肤辉映在红色天鹅绒帷幕上,十分协调。正如这家女人所说的,"熟练"的姑娘的身子虽然累遭老人嬲弄,但依然保持处女状态。其原因一方面来自老人衰弱无力;一方面由于姑娘深睡不醒。这小妖精以后将走过何种转变的人生道路呢?江口内心涌起类似父母般的情怀。这标志江口已经老衰。无疑,姑娘只为金钱而昏睡,但对于付费的老人们来说,躺在这样的少女身边,自然是今世最大的喜悦。因为姑娘绝不会苏醒,老年客人不会因老迈自卑而自惭形秽,对于女性的妄想和追忆也可以无限地自由放纵,随处翱翔。比起清醒的女子,他们即使付出更加高昂的代价也在所不惜,原因就在于此。昏睡的姑娘对于面对的是怎样的老人一概不知,这也使得老人感到心安。这在老人一方,他们对姑娘的日常生活和人品同样一概不知。就连能够了解这一情况的线索——她们穿的衣服,也都无从知晓。对于老人来说,没有后顾之忧,不仅仅是因为这个简单的理由。这是暗夜里一道奇异的光亮。

可是,江口老人对于这位既不言语,也不望他一眼,根本不情愿结识江口他这个人的姑娘,不习惯与之交往,也无法抹消那份寂寥与不满足。他想瞧瞧姑娘妖冶的眉眼,听听她的芳音,同她说说话儿。仅仅摸一摸熟睡中的姑娘,这样的诱惑对于江口已经不很强烈,反而伴随一种无聊之感。不过,江口意外地惊叹于一位未破身的女子,中止了打破禁律的想法,打算按老人的惯例办事。较之前一回的姑娘,今晚的少女虽然入眠而又确实充满活力。姑娘的气息、手感、身子的蠕动,都是切实可感的。

同上回一样,枕畔依然为江口放了两片安眠药。但今晚他不想吃了早睡,他想多看姑娘几眼。姑娘即使睡着了,也不住地动弹,一夜似乎要翻身二三十次。姑娘刚一翻过身去,又马上转向这边。而且用手臂探索江口。江口挽住她一侧的膝盖,拉得靠近一些。

"哦,别弄。"姑娘似乎出声又像没出声地嘟囔一句。

"你醒了?"老人再次用力拉姑娘的膝盖,使她醒过来。姑娘的膝盖松弛着,向这边蜷着腿。江口把手伸到姑娘脖子下边,稍稍抬高些,一阵摇晃。

"啊,我去哪里呀?"姑娘问。

"醒了吧?快醒醒。"

"不嘛,我不。"姑娘的脸孔滑向江口的肩头,仿佛要躲避摇晃。姑娘的前额触及了老人的脖子,刘海儿刺到他的鼻子。她的头发挺可怕,刺得很疼。发香馥郁,江口转过脸去。

"干什么呀,真讨厌。"她说。

"我什么也没干呀。"老人回答,而姑娘说梦话呢。熟睡的姑娘对于江口的动作,是具有强烈的异样感,还是梦见别的夜晚受到老年客的侮弄呢?总之,哪怕是三言两语、断断续续的呓语,江口也觉得是在同姑娘对话,内心激动不已。早晨,也许会使姑娘醒过来的。然而,如今只是老人在说,能否进入熟睡中的姑娘的耳朵呢?比起老人的话来,对她身子的刺激,不更能使姑娘说梦话吗?江口甚至想狠狠打她,扭她,但最后还是紧紧抱住了她。姑娘既没有反抗,也没有作声。想必她的胸中很憋闷吧。姑娘甘甜的气息吹到老人的脸上。到头来,倒是老人的呼吸紊乱了。任他摆弄的姑娘再次诱惑了他。假若从明天开始,姑娘知道已经不再是女儿身,心中将会涌来多大的悲哀啊!这个姑娘的一生将会发生怎样的变化啊!不管如何,不到天亮,她是不会知道一切的。

"妈妈。"姑娘低低叫了一声。

"啊,啊,你走了,原谅我,原谅我吧……"

"做的什么梦呀,是梦,是梦啊!"江口老人听到姑娘说梦话,更加用力抱紧她,想叫她从梦中醒过来。姑娘呼唤母亲声音里包含的凄凉，打动了他的心。姑娘的乳房越发紧紧贴在老人的胸脯上。姑娘动动手臂，或许在梦里她把江口当作母亲才想要抱着他吧？不，她虽然熟睡，虽然是个处女身，却是个不折不扣的妖妇。江口老人对这样年轻的妖妇周身摸个遍，这在六十七年中是从未有过的事。假若真有妖艳的神话，那么她就是神话里的姑娘。

她或许不是妖妇，而只是被施以妖术的姑娘。因此，她"虽然入眠而又确实充满活力"。就是说，她的心灵深深陷入睡眠状态，但身体反而作为女人依然清醒。没有人心，只有女体。正如这家女人所谓"熟练"的形容，果真能很好地成为老人们的对手吗？

江口放松紧抱姑娘的手臂，只是轻轻搂着她。姑娘的臂腕也变作抱住江口的姿态，真正亲切地搂着江口了。老人就那么静静地待着，闭起眼睛，饱尝温暖与舒适，真正地沉迷于一派恍惚之中。他似乎感悟到前来这个家的老人们的欢欣，唤起了幸福之情。对于老人们自身来说，这里不仅有老后的凄凉、丑陋与自卑，不也充溢着青春生命的馈赠吗？对于一个耄耋老人，被年轻女子的肌肤完全包裹其中，还有比这更使人陶醉的事吗？然而，老人们为此作践了昏睡中的姑娘这个牺牲品，他们毫不知罪吗？还是暗暗徒有罪恶之感，反而更加觉得高兴呢？忘我的江口老人仿佛都忘了姑娘是牺牲品，用腿试探姑娘的足尖，全身只有那里没经他触及过。姑娘的脚趾又长又软地动着，脚趾节时而收缩，时而翘起，很像手指的动作。作为妖艳女子，那里也有强烈的诱惑传向江口。这位姑娘可以通过睡眠的足尖交递男女情语。但老人仅将姑娘脚趾的动作，当成既幼稚又绵长的妖娆的音乐欣赏，好大一会儿都在追索中。

姑娘好像在做梦，她的梦做完了没有呢？倘若不是在做梦，随着老人对她的剧烈冲撞，或许已养成用梦呓对话，以表示抗议的因习了吧？江口思忖着。即使不说什么，这位姑娘在梦中也可以同老人通过妩媚的肉体的接触实现对话的目的。他很想听到有声音的对话，哪怕三两句极不协调的梦呓也好。这种愿望缠绕着江口，或许是他还不熟悉这个家里秘密的缘故。江口老人一时很困惑，他不知道究竟说些什么，或推压哪一部分，姑娘才会用梦话给他回答。

"不再做梦啦？是妈妈到什么地方去了的梦吗？"说罢，他随手顺着脊背的凹沟摸去，姑娘耸耸肩膀，又趴在床上了。看来这是姑娘喜欢的睡姿。面孔依然对着江口，右手轻轻抱着枕头一端，左臂搭在老人的脸上。姑娘什么也没有说，只是吹过来一股股轻柔的温热的气息。她稍稍动一动，使得手臂在老人的脸上放安稳，老人伸过手来，将姑娘的手臂搁在自己的眼睛上。姑娘长长的指甲轻轻戳着江口的耳垂，手脖子蜷曲在江口的右眼上方，纤细的手臂遮蔽着他的右眼睑。江口按住左右眼睛上的姑娘的手，希望就那么放着不动。姑娘肉体的芳香渗透眼眸，诱发着江口新鲜而丰蕴的幻想。如今的季节，大和古寺高高石垣下部，在小阳春的阳光照射下，盛开着两三朵寒牡丹花，诗仙堂庭院的廊缘附近白色的茶花展现着笑颜。而春天的时候，奈良的马醉木、藤花都在盛开。还有茶花寺①花开似锦、落英缤纷、铺满庭院的散落山茶树的花瓣儿。

"对了。"这些花使得江口联想起出嫁的三个女儿。他曾经带着三个女儿或其中一个女儿旅游时看过这些花。这些已为人妻人母的女儿，或许都不记得了，但江口是记得很清楚的。他有时想起来就跟妻子谈论花的事。打从女儿出嫁后，做母亲的或许不像父亲那样觉得同女儿已经分开，事实上，当妈的也一直同女儿们保持着亲密的联系，所以对在她们婚前一起旅行看花的事并不怎么放在心上。况且，

---

① 茶花寺：指位于日本京都的昆阳山地藏院。一五八七年，丰臣秀吉向寺院寄赠了名品茶花"五色八重山茶花"，故后来被称为"茶花寺"。

有些花因为母亲未去也就不曾见到过。

江口搭放着姑娘手臂的眼窝里,任其花的幻想时时浮现又时时消失。女儿出嫁不久,昔日的感情重新复苏,随即觉得别人的女儿也很可爱了。他觉得这位姑娘就是当时别家的女儿。老人放开手,但姑娘依旧将手置于眼睛上方。江口三个女儿里,看过茶花寺散落山茶花的只有最小的女儿。那时是三女儿出嫁半个月前的特殊告别之旅。那次茶花的幻想最为强烈。尤其是小女儿结婚时遇到了深深的痛苦。不仅两个青年相互争夺小女儿,而且在争夺战中小女儿破了身。江口为了使小女儿改换心情,特地带她去旅行。

传说山茶花从树顶上"吧嗒"掉落下来,是不吉利的。茶花寺有一棵树龄四百年的五色茶花正在盛开,这种多重茶花不会整朵掉落,而是一瓣一瓣散落下来,所以才叫散落山茶花。

"落花最盛时一天飘零五六簸箕。"寺院里的年轻夫人对江口说。

山茶花比起阳光下眺望,不如阴影里观看更感到美丽。江口和小女儿坐在廊缘边面对西方,太阳西斜了,正值阴凉地里。就是说因为逆光,高大的茶树繁茂的枝叶同盛开的茶花相重合,搪住了春日的太阳。日光笼罩在茶花树丛之中,树荫边缘似乎飘荡着晚霞的光亮。茶花寺位于普通居民区闹市,庭院中除了那棵大茶树外,几乎没有什么可观之物。江口的眼里除了满满装载着那棵大茶树之外,他什么也未看到。他的心被花儿夺去了,听不到街上的声音。

"开得真好看呀!"江口对女儿说道。

"有时早晨起来一看,到处都是落花,几乎看不到地面。"

寺里的年轻夫人应和了一句,便将他们父女两个留在那里,站起身离开了。一棵大树上是否能开放五种颜色的花朵呢?的确既有红的,也有白的,还有色彩斑驳的。江口没有在意察看,而是被一整棵茶树吸引住了。树龄四百年的茶花树,花朵竟然如此繁茂美丽!夕阳的光线全都被花丛吸收了,那花木之中一定是热烘烘的。尽管没有一丝风,但那顶端的花枝有时微微摇动着。

不过,小女儿不像江口那样一直注意那棵著名的散落山茶树。她的眼睑没有力气,似乎不是在观赏茶花,而是在想自己的事。三个女儿中,江口最喜欢这个小女儿。因为她最小,也最娇气。两个姐姐出嫁后,她更是这样。上面两个女儿曾经对母亲说过嫉妒的话,以为父亲有意将小妹留在家里招女婿,江口也是从妻子那里听说的。小女儿性格开朗,男性朋友很多,这在父母眼里,虽说有点儿轻浮,但身边有这么多男孩子围着她转,女儿就越发显得活泼可爱。其实,这些男性朋友之间,女儿真心喜欢的也就两个人,这在父母眼里,尤其是对于在家里招待那些男性朋友的母亲,心里最清楚。其中一个男孩子夺去了女儿的贞操,女儿在家里一时变得寡言少语,即使是换衣服的动作也显得焦躁不安起来。母亲一眼看出女儿肯定出了什么事,轻轻地询问她,女儿毫不犹豫地对母亲全说了。那个男孩子在百货公司上班,住在廉价公寓,女儿被他诱骗去了那里。

"你打算跟他结婚了,是吗?"母亲问道。

"不,绝对不。"女儿回答。这使母亲深感困惑。母亲估计这个青年或许有勉强她的行为,随即向江口说明,同他商量。江口觉得自己的这颗掌上明珠受到了伤害,同时,当他得知小女儿同另一个青年匆匆定了婚约,更加大吃一惊。

"您打算怎么办呢?这样可以吗?"妻子进一步追问。

"女儿把这事儿向未婚夫说过了?全都表白了没有?"江口尖声问道。

"哎呀,这个倒是没问清楚。当时,我也是太惊奇啦,所以……我去问问女儿看。"

"不用。"

"这种事儿还是不向结婚对象表白的好。一般人认为,隐瞒下去,可保无虞。世上的成年人都是这种想法。不过,这还要看女儿的性格和心情如何,因为女儿很可能会因为憋着不说,独自痛苦一辈子的。"

"首先,父母同意不同意女儿这门婚事,不是还未决定下来吗?"

被一个青年侵犯了,又和另一个青年匆匆订了婚,这在江口眼里自然觉得有些不够稳妥。做父母的,知道两个青年都喜欢女儿,江口也很了解两个青年,他甚至曾经认为他俩不管谁同小女儿结婚都可以。然而,女儿急忙订婚,不就是出自受到打击后的反叛心理吗?她一方面对其中一人愤怒、憎恶、恼恨和后悔,遭遇一番挫折之后,又倾心于另一位青年,不是吗?或者说,她对一个人绝望了,心慌意乱之中又去依靠另一个人。由于她被玷污了清白,从此内心彻底离他远去,反而为另一位青年强烈吸引,这对于小女儿来说,并非完全不可能。不是简单地出于报复或自暴自弃,更不是什么动机不纯等一句话所能说明白的。

但是,江口并未想到,这类事会发生在自己的小女儿身上。不论谁家的父母都是如此吧?不过,这也是因为小女儿有这么多男性朋友围绕身边,就愈加显得开朗、自由。女儿性格好强,江口对她也很放心。但像这样真的出了事,倒也不觉得有什么不可思议。小女儿的身子同世间女子没有什么不同,同样会被男人无礼侵犯。当那时候女儿丑陋的身姿蓦然浮现于江口的脑际,立即袭来一阵剧烈的屈辱与羞耻。江口送别上面的两个女儿去新婚旅行时,不曾有过这样的感觉。尽管江口想到过,小女儿同样是俗人凡胎,更何况处于男人爱情的烈火之中很难抗拒,但作为一个父亲,这难道是有悖于常理的看法吗?

江口对于小女儿的婚事既没有立即承认,也没有从头脑里彻底排斥。父母亲知道有两个青年在激烈地争夺女儿,那是在这件事发生很久之后。而且,江口带女儿到京都观赏盛开的散落山茶花,已经是在女儿临近结婚的时候。巨大的茶花树丛中微微笼罩着嗡嗡之声,那里或许隐藏着一群蜜蜂吧。

小女儿结婚两年后生下个男孩。女婿看来很喜欢孩子,星期天小两口到女方娘家来,妻子和丈母娘在厨房里忙活着,丈夫很熟练地喂孩子吃牛奶。江口看在眼里,觉得这对小夫妻感情颇为稳定。同住在东京,但婚后女儿很少在娘家露面。

有一天,女儿一个人来了。

"怎么样?"江口问道。

"什么怎么样?很幸福啊!"女儿回答。

夫妻关系也许不该对父母这般言说,但鉴于小女儿的性格,理应在娘家父母面前更多谈起丈夫的事,因而,在江口看来总觉得有些不满足,也有些不放心。然而,小女儿作为少妇正值鲜花盛开、越发娇媚之时,纵令处于由姑娘转为少妇的生理变化时期,但倘若于此隐藏着心理暗影,也会影响此般花样年华的亮丽。小女儿生孩之后,身子内外如水洗般透明澄澈,人也越来越沉稳老练了。

或许出于这种缘由,在"睡美人之家",江口任姑娘的手臂搭在眼睑上,浮现于眼前的幻影才是盛开后零落下来的茶花瓣吧?不消说江口的小女儿以及睡在这里的姑娘,都不像山茶花那般雍容华贵,不过,仅仅瞟一眼人世间女儿的丰盈体态或老老实实伴寝的睡姿,那是无法弄明白的,也是不可用山茶花作比拟的。姑娘的手臂传达到江口老人眼窝里的,是生的流动、生的旋律、生的诱惑,而且对老人来说,是生的回复。江口将姑娘的手臂放了一会儿,觉得眼球上太重,便用手拿下来了。

姑娘的左臂无处可放，顺着江口的胸口一直伸出去又觉得地方窄小，随即向这边半转过身来，两只手臂弯曲在胸前，手指相握。她触及了江口老人的胸脯，不是合掌的形式，而是祈祷的形式。这是一种柔软的祈求。老人用两手将姑娘十指组合的手握在自己的掌心里，这时候，老人自己也闭目沉思，仿佛在祈祷着什么。不过，老人接触昏睡中年轻姑娘的手，只能是一种悲哀。

夜雨潇潇，降落在静静的海面上，传到江口老人的耳朵里。远方的轰隆不是车声，本是冬日殷殷的雷鸣，但老人对此狐疑不定。江口松开姑娘组合的手指，拇指除外，一根一根伸开来仔细瞧看。他甚至想把细长的手指含在嘴里咬一咬。一旦小指留下齿痕，渗出鲜血，这姑娘明日醒来会怎么样呢？江口使得姑娘的臂腕伸展于胴体一边，随即注视着姑娘的乳房，看到她的乳晕广阔、丰润而色彩秾丽。他稍稍捧起下垂的乳房瞧着，只觉得微温，不同于睡在电热毯上姑娘暖热的躯体。江口老人将额头顶进两乳中间的凹陷之处。面孔刚刚接触，就为着姑娘的体香而踌躇。他趴在床上，将枕畔的安眠药拿出来，今晚上一次吃两片。以前，他第一次来这里的夜晚，先吃了一片，被噩梦惊醒之后又吃了一片。他知道这是一般的安眠药，于是江口老人及早进入了睡眠。

老人被姑娘抽抽搭搭的剧烈啜泣声惊醒了。她的哭声又立即转化为狂笑，笑声持续了好长时间。江口将手伸到姑娘的胸前晃动着她。

"做梦啦，做梦啦，做的什么梦呀？"

姑娘长久的笑声停止之后的安静令人害怕。但是，江口老人的安眠药正在发挥作用，他好不容易将枕畔的手表拿过来一看，三点半了。老人同姑娘贴着胸脯，紧紧搂着她的腰肢，温暖地入睡了。

早晨，他又被这家女人叫醒过来。

"您睡醒了吗?"

江口没有回答,这家女人会不会挨近密室的门扉,将耳朵贴在杉木门上偷听呢?他对周围的情景感到害怕。姑娘或许因为电热毯太热,伸出了裸露的肩膀,一只玉臂举过头顶。江口为她向上拉拉被子。

"您睡醒了吗?"

江口依旧没有回答。他把头缩进被子里,下巴颏磕着姑娘的乳头。江口猝然兴奋起来,抱住姑娘的脊背,两腿将她紧紧夹住。

这家女人三四次轻轻敲打着杉木门扉。

"客人!客人!"

"起来了,马上穿衣服啦!"看样子,江口老人要是还不回答,那女子就要破门而入了。

相邻的房间里运来了洗脸和刷牙的用具。女人一边伺候他吃早饭,一边询问:

"怎么样?是个好女孩吧?"

"是个好女孩儿,非常……"江口点点头,"她什么时候醒来呢?"

"啊,她究竟什么时候醒来呢。"那女人佯装不知。

"我不能等她醒来再离开吗?"

"那种事儿,这里是不允许的。"女人稍稍有些惊慌失措,"不管多么熟悉的客人都不行。"

"不过,她是个很好的女孩儿啊!"

"您不必自作多情啦,权当是同一个熟睡中的少女的一番交际不是很好吗?那女孩儿根本不知道同一位老爷子共寝,什么麻烦都不会有的。"

"可我记着她呀,要是在路上碰见了……"

"这么说,您想跟她打个招呼对吗?这事儿就免了吧,不就是犯罪吗?"

"犯罪……?"江口老人重复着女人的话。

"是啊。"

"是犯罪吗?"

"不要再惹是生非了,您就纯粹把她当作睡不醒的姑娘,照顾照顾她吧。"

江口老人本想说自己还不是那么可怜的老人,但他控制住了。

"昨夜好像下雨了。"

"是吗?我一点儿不知道呀。"

"确实是雨声。"

透过窗户眺望海面,岸边附近微波涌起,在朝阳下闪闪放光。

其 三

江口老人第三次去"睡美人之家"是在第二次去之后的第八天。第一次和第二次之间相隔半月余,这回缩短了一半时间。

看来,江口也逐渐被睡美人的魅力迷住了。

"今晚的女孩子是个见习生,或许不能中您的意,就请您包涵着点吧。"这家女人送来煎茶,随口说道。

"又换了个女孩子?"

"您临来时才打电话,为了赶时间,只能临时配备一个……要想点个可意的,就得两三天前通知我们。"

"那是的。见习的姑娘怎么样呢?"

"新来的小女孩。"

江口老人大吃一惊。

"因为不熟练,便有些害怕,说着能不能两个人一起,不过客人要是不同意也不行啊。"

"两个人吗？两个人也没有关系。更何况处于昏睡之中，哪知道什么害怕呀？"

"说得对。不过因为是个不太熟练的女孩子，请动作轻一点儿。"

"我不会干什么的。"

"这我知道。"

"见习生啊。"江口老人嘀咕着。这里面有鬼。

像寻常一样，女人把杉木门打开一道细缝儿，向房内看了看。

"她已经睡了，请进吧。"说罢，走出屋子。老人自己又倒一杯煎茶喝了，枕着胳膊睡了。清寒的空虚感阵阵袭来，他懒洋洋地起来，悄悄打开杉木门，窥视一下挂着天鹅绒帷幔的密室。

"小妮子。"是一个脸小的女孩子。松开的小辫子，披散到一侧的面颊上。一只手的手背搭在另一侧面颊和口唇之间，使得脸盘看上去尤其小。天真可爱的少女睡着了。手背轻松地伸展着指头，手背的一端轻轻触及着眼窝一带，蜷曲在那里的手指，由鼻侧横着遮住了嘴唇。细长的中指显得有些多余，伸到了下巴颏下头。这是左手。右手放在被子头上，指头轻柔地握在一起。她没有化夜妆，睡前也不见卸去妆容的痕迹。

江口老人悄悄从旁边躺进去，注意不触碰她身体任何地方。姑娘纹丝不动，但那有别于电热毯热度的温暖的体温包裹着老人，犹如未熟的野生动物的体温。或许凭借头发和肌肉的香气可以这样感知，但也不光如此。

"也就是十六岁的样子啊。"江口自言自语起来。老人们走进这座家门，虽说面对这些女人，已无法享尽欢爱之乐，但同这样的姑娘静静同榻而卧，倒也能找回逝去的生的快乐，寻得一些渺茫的慰藉。

对于在这个家住下第三个夜晚的江口来说,他心里很明白。有的老人,暗暗祈祷自己永眠于睡美人身边。姑娘年轻的肉体满含悲哀,诱使着老人渴求死亡的心。不,江口或许是来这里的老人中一位最富于多愁善感的人,而其他则多是为了从睡美人身上吸收朝气,借着熟睡不醒的女体以行乐。

枕畔依旧放着两片安眠药,江口老人拿起来看看,药片上没有任何文字或标识,无法知晓药的名字,但肯定不同于姑娘或吞服或注射而使用的药。江口想,下次再来就向这家女人索要同姑娘一样的药吃。她或许根本不会给,一旦到手,自己也能像死人一样长眠不醒吧。同死一般昏睡不醒的姑娘一起昏睡,老人从中感受到一种诱惑。

说到"死一般昏睡"这个词儿,江口就想起一个女子来。三年前春天,老人领着一位女子回到神户一家旅馆。因为是从夜总会归来,此时已经过了夜半。他喝了房间里的威士忌,同时也劝女人一起喝。女人喝的和江口一样多。老人换上旅馆常备的宽大的睡衣,但没有女人的睡衣,只能直接抱住她穿着内衣的身子。正当江口挽着女人的脖颈,抚摸着其脊背沉迷于温柔之乡时,女子折起身子说:

"穿着这些东西睡不着呀!"说着,她把身上衣服全都脱掉,扔到镜台前的椅子上。老人有些惊讶,以为这是她和白人在一起养成的习惯。不过,女人出奇地温存,江口放开女子,问道:

"还没有……吧?"

"狡猾,江口先生真狡猾。"女人重复了两次,依旧柔情似水。老人酒劲儿上来了,立即睡着了。翌日早晨,江口听到女人的动静睁开眼睛。女人正对着镜子整理头发。

"起得很早啊。"

"有孩子的人嘛。"

"孩子……?"

"是的,两个,很小呢。"

女人趁着江口尚未起床,急匆匆离开了旅馆。

这位腰身细长而坚实的女子,居然生过两个孩子,这在江口老人看来深感意外。生过孩子的不该是这种腰身。她的乳房也不像是喂过奶的。

江口打算换一件新衬衫出门,当他打开旅行包时,里边收拾得整整齐齐。出门在外十多天以来,换下的衣服握成一团塞进包里,不管找什么东西,都要翻个底朝天。在神户买的和人家送的礼品,随手扔进包里,歪歪斜斜,胀鼓鼓的,连盖子都关不起来。或许包盖翘起来,能让人窥见一二,又或者是老人取香烟时,女子一眼瞅见包内杂乱的情景吧?那么她怎么会想到帮他整理的呢?又是什么时候整理的呢?那些随手扔下的穿过的内衣都折叠得方方棱棱,虽说是女人手巧,但无疑也得花费一些时间。或许昨晚江口入睡之后,女人睡不着起来,将他旅行包整理了一番的吧?

"唔?"老人望着整理过的提包,"她是怎么想的呢?"

翌日傍晚,女人身穿和服如约来到日本饭馆。

"你有时也穿和服吗?"

"是的,只是有时候……合体吗?"女人羞涩地笑笑,"正午时分,一位朋友打电话来,说他很惊讶,问我那么做能行吗?"

"你都告诉他啦?"

"是的,毫无保留地全说啦。"

逛街时,江口老人为那女子买了和服料子和腰带料子,随后回到旅馆。透过窗户,可以窥见驶入海港的轮船的灯火。江口一边站在窗边同女人亲吻,一边关上百叶窗和窗帘。他向她举了举昨夜喝的威士忌,女人摇摇头。看来她担心酒后失态而忍住了。她睡得很沉。次日早晨,江口起床时女人也醒了。

花的圆舞曲

"啊,死一般昏睡。实在是死一般昏睡啊。"

女人睁开眼,凝视着。一对炯炯有神的眼睛!

女人知道江口今日回东京。她的丈夫是从一家外国公司调转神户之后和她结的婚。最近两年多,他回了新加坡,下个月再来神户妻子的身边。昨晚,女人对他说了这件事。在这之前,江口不曾听说她已是少妇,而且是外国人之妻。他把她很容易地从夜总会诓骗出来了。江口老人昨晚一时兴起,去了夜总会,邻近的座席上坐着两位西方男子和四位日本女子。其中一位中年女子认识江口,他们互相打了招呼。这个女人似乎就是随她而来的。当两位外国男子起来去跳舞之后,中年女人也劝江口同年轻女子跳上一曲。江口第二个曲子跳了一半,试着邀她离开这儿。年轻女子似乎对此类不循常理之事很感兴趣,毫无顾忌地跟着他来到旅馆。反而是江口老人走进房间,显得有些不大自然。

江口同一位有夫之妇,而且是外国人的日本老婆搞起不伦之恋来了。女人竟然把小孩子交给保姆或看孩子的人,在外头过夜了。她虽为人妻,丝毫不感到内疚,这也使得江口并未抱有多么强烈的不伦的实感。不过,内心里总是留下一道苛责的暗影。然而,女人说了,她"死一般昏睡",此种欢喜,仿佛留下一种青春的乐音。那时候,江口六十四岁,女子在二十四五至二十七八之间。老人觉得他这是和年轻女子最后一次上床了。仅仅两夜,其实一个夜晚也可以,她"死一般昏睡",成了江口难以忘情的女子。她写信来,信中说如果您来关西,还想再次见面。过了一个月后,又写来了信,告诉他她丈夫回到了神户,然而没关系,她还想同江口见面。过了一个月,又写来同样内容的信。自那之后,便没了消息。

"哈,那女人怀孕啦。第三胎……肯定没错啊。"江口老人嘀咕道。三年之后,他躺在同样"死一般昏睡"的少女身边,又想起那个女人。过去,他从来没想到过这个因由,那么如今为何突然想起?江口自己也感到奇怪。不过,细想想,他觉得肯定是这个原因。女人之所以没有继续写信来,是因为怀孕了吧?果真如此吗?江口老人似乎浮现出微笑。女人迎接新加坡归来的丈夫,自己也怀孕了,江口同她的不伦之情从此也就可以洗刷尽净了。老人因而也会感到安然。这样一来,他便怀念起女人的身子来了。这种怀念不伴有色情。那副结实、柔滑而颇为舒展的身体,正是年轻女子的象征。妊娠虽然使江口出乎意外,但又是无可怀疑的事实。

"江口先生,您真的喜欢我吗?"女人在旅馆里曾经问过他。

"喜欢。"江口回答,"这是女人时常提到的问题。"

"不过,我还想……"女人嗫嚅着,没有继续说下去。

"你怎么不问我喜欢你哪儿呢?"老人开玩笑地问。

"算了,别再说啦。"

不过,女人问江口喜欢她么,他明确回答她喜欢。而且,江口老人三年后依然没有忘记女人向他提起过这个问题。女人生下第三个孩子,依然保持着不曾怀孕般的细巧的身材吗?江口对那女子的怀恋之情油然而生。

老人几乎完全忘记身边熟睡中的少女了。是这个小姑娘使他想起那个神户女子。姑娘的胳膊肘儿横斜着,手背抵着面颊,有些不方便。老人握着她的手腕,放进被窝里伸展。电热毯的热度使得姑娘将肩胛骨裸露了出来。她那小巧的圆柔而细嫩的肩膀就在眼前,几乎触及了老人的眼睛。老人本想将那浑圆的香肩挽在手心里,但又止住了。肩胛骨未被肉体遮挡,江口本想沿着骨头抚摸看看,却也止住了,只是将耷拉在右侧面颊的长发悄悄分开来。天花板上微弱的灯光,映着四周深红的帷幔,使得姑娘的睡颜愈加娇柔。她没有描眉,长长的睫毛整齐划一,似乎用指尖就能摄住。樱唇下面的中段稍显厚实,看不见口内的玉齿。

年轻女子天真的睡颜秀媚无比,这是江口老人到了这个家里才感觉到的。或许,这就是世界上最美好的慰藉吧。无论什么样的美女,都掩饰不住那张睡颜的芳龄,纵然不是美女,青春的睡颜总是美好的。或者在这个家里,专门挑拣睡颜美丽的女子。江口仅仅就近凝视一下少女小巧的睡颜,就仿佛觉得自己一辈子日常的劳苦轻轻软化,消失殆尽了。此种感觉固然是安眠药的成效,但无疑也是天赐良缘,喜获一夜触摸的结果。老人安静地闭目养神。这位姑娘使他想起神户的女子,她也许还会使他再想起什么,所以他不想立即进入睡眠。

神户那位年轻的人妻,迎接阔别两年后归来的丈夫,立即怀孕了。这是出乎意外的想象,而这一想象肯定是事实无疑,这种近乎必然的实感,又不能即刻远远离开老人。可以认定,那个女人和江口的一段私情,既不会给她生下的孩子带来耻辱,也不会损害孩子的前途。老人对她的妊娠与生产由衷感到祝福。那个女子浑身跃动着青春的生命,同时暗示着江口自己愈来愈向老迈滑行。然而,那女子为何不见一点郁结或愧疚,曾经真诚地委身于他呢?这可是江口老人将近七十年生涯中不曾有过的事啊!女人既没有娼妓的深欲,也不见荡妇的轻狂,江口甚至觉得比起在这个家中睡在奇异昏睡的少女身旁更不具罪恶感。一到早晨,她就干练地快速收拾停当,悄然离去,回到她有着小孩子的家里。此种离合也很投老人江口分别于床侧之所好。江口思忖着,这或许是自己同年轻女子最后的幽会。他既然忘不掉那个女人,女人恐怕也会永远记住江口老人吧。两人都没有深受其害,纵使守口终生,又焉能相互忘情?

然而,奇怪的是,这位"睡美人"的见习小姑娘,如今竟然使他更加鲜明地回忆起神户的女子。江口睁开紧闭的眼睛,他用手指轻轻抚摸小姑娘的眼睑。姑娘蹙起眉头,避开脸孔,朱唇由此开启。开启之处,舌尖儿紧贴下颌,沉香一团,缩小在一起。那未脱乳臭的舌头的中央,分布着可爱的凹陷,使得江口老人感到一种诱惑。他窥探着姑娘开启的口唇,要是将姑娘的脖子勒住,那小巧的香舌一定会发生痉挛的吧?老人想起昔日遇到的比这位小姑娘年龄更小的雏妓,江口对她不感兴趣,但作为客人应邀而至,只得逢场作戏。那个小姑娘的舌头薄而细长,水渍渍的,江口尝不出任何味道。此时,大街上鼓声咚咚,笛韵悠扬,听起来令人精神振奋。看来似乎是节日的夜晚啊。小姑娘眉清目秀,一脸娇嗔的表情。她虽然对客人江口有些心不在焉,但似乎又有点儿情急难熬。

"是在过节吧?"江口问,"真想早点儿去街上逛逛呢。"

"哎呀,是的啊,您知道得真清楚!我本来和朋友约好了的,又被叫到这儿来啦。"

"那你去吧。"江口躲开小姑娘水渍渍又冰凉的舌头,"没关系,你早点去吧……鼓声震荡着神社哪!"

"不过,要被这儿的老板娘责骂的!"

"放心吧,我会生办法说服她的。"

"是吗?真的?"

"你几岁啦?"

"十四啦。"

姑娘对于男人没有任何羞耻心,对于自己也不觉得屈辱和气馁,一副傻乎乎的样子。她随便打扮一下,就急忙到街上看节目去了。江口一边抽烟,一边倾听了一会儿鼓声笛韵,以及商店店员的叫卖声。

江口不记得当时自己多大岁数了,但毕竟到了对小姑娘不再留恋、随便放她上街看节目的老爷子年纪,不过到底还不是像今天这样

227

的老人。今晚的姑娘比起那个姑娘虽然只大上两三岁,但显得更加丰腴,更具性感。首先,最大的区别是长久昏睡,绝不苏醒。即便节日的大鼓如雷鸣,她也听不到响声。

侧耳细听,后山犹如寒风轻轻掠过。姑娘微微开启的朱唇吐出的温热的气息,不断吹拂到江口老人的脸上。映照在深红天鹅绒帷幔上的幽微的灯光,一直照到姑娘的口腔深处。这位姑娘的舌头,似乎不像那位姑娘水渍渍的,令人觉得冰凉。她对老人的诱惑更加强烈。在这个"睡美人之家",露出口中的舌头睡眠,这位小姑娘是第一个。老人与其伸出手指触及香舌,更具狗血的恶念在他心间晃动。

但是,此种恶念伴随着剧烈的恐怖的残酷,眼下尚未以一种明显的形态在江口的心中浮现。所谓男人侵犯女人的恶念,究竟是怎样的心理活动呢?例如,神户的人妻与十四岁雏妓,不过是漫长人生的一瞬,流水般猝然消逝。夫妻结缡,养育爱女,虽然表面行善,但时光悠长,江口长期束缚着母女们的人生,甚至使得她们性格扭曲,这或许就是一种恶行。世间因袭,秩序纷乱,使得人们对于作恶也麻木不仁了。

躺在长眠不醒的姑娘身边,无疑也是一种恶念。假如要害死姑娘就愈加明显。绞杀姑娘的脖子,堵塞她的口鼻,多半是轻而易举的事。然而,小小的姑娘张着嘴,露着稚嫩的舌头睡觉,江口老人一旦伸进手指,那舌头或许就像婴儿吮吸奶水一样纠合成圆形。江口将手放在姑娘的鼻子下边和下巴颏上,使她闭上嘴巴,不料一旦松手,姑娘的嘴唇又张开了。一边睡眠一边微微张着嘴,倒也显得很可爱。老人看到姑娘实在年轻。

姑娘因为太年轻,反而越发使得江口的恶念在胸中不停翻腾。他们这些偷偷访问这座"睡美人之家"的老人们,不仅是在苦寂地追悔已逝的青春年华,还有的是为了忘却平生所犯下的罪恶,不是吗?

介绍江口来这里的木贺老人,不用说没有向他泄露过其他客人的秘密,恐怕会员客人不是很多吧。而且,按照世俗的眼光观察,这些老人都是成功者,而非落伍者。然而,他们的成功是在作恶之后得到的,并且借助重复作恶继续维护这样的成功。他们不是心灵的安定者,而是恐怖者、失败者。当他们触及年轻女子的肌肤而卧的时候,打心底里突现出来的,抑或不仅是对于逐渐临近的死的恐怖以及失去的青春的哀绝;抑或有着对于自我犯下的违背道德的悔恨以及成功者常有的家庭的不幸。老人们一般不具有求神拜佛的心灵的偶像,他们只是紧紧搂抱着裸体美女,流淌着冰冷的眼泪,即使痛哭失声,号叫不已,姑娘也毫无所知,绝不会睁开眼睛。老人既不会感到羞耻,也不会损伤自尊心,完全是自由的忏悔、自由的哀戚。如此一来,"睡美人"不就是神佛吗?而且是生身。姑娘年轻的肌肤和体香,给予可怜的老人带来了宽恕与慰藉。

　　此种思绪一旦在心中泛起,江口老人便静静闭上双眼。至今三位"睡美人"中,只有今夜这个最年幼而丝毫未受磨炼的姑娘,突然诱发起江口如此的情思。这真是有点儿不可思议。老人紧紧抱住姑娘,之前他一直避免触及她的任何地方。姑娘似乎被严严实实包裹在老人的体肤之中了。姑娘被彻底夺走气力,再也不能违抗。多么纤细而娇娜的腰身!姑娘虽然沉眠不醒,似乎也能感应到江口,她闭上张开的红唇,突出的腰骨用力抵在老人身上。

　　"这个小姑娘将会度过怎样的人生呢?她就算没有获得所谓成功或出世,但果真能迈入平稳的一生吗?"江口思索着。今后,要是她能凭借在这个家里慰藉、救赎老人们的功德,获得未来的幸福,那就再好不过了。或者就像古代故事书所描述的那样,这位姑娘不就是某位神佛的化身吗?古代传说之中,不是也有游女妖妇本是神佛化身的故事吗?

江口老人一边轻轻抓住姑娘的垂发,一边平心静气,为自己过去的罪孽与背德忏悔。然而,浮现于心头的是过去的一群女子。而且,老人庆幸自己所想到的,并非是与她们交往时间的长短、女人们面容的美丑妍媸、头脑的聪颖迂执,或者品行的优秀与低劣。

他想到的,例如,那个神户的少妇,都是那样言语的女子:

"啊,死一般昏睡。实在是死一般昏睡啊。"江口的爱抚,触及她的敏感神经,以至于达到忘我,陶醉于不自觉的喜悦之中。较之女人爱的深浅,这难道不是来自于她的天生丽质吗?这位小姑娘不久成熟之后又会如何呢?老人用怀抱她的脊背的手掌摸索下去。然而,这样是不会弄明白的。以前在这个家里,睡在看似妖妇般的姑娘身边,江口曾经寻思过六十七年的过去,对于人的性的广阔、性的深沉,他曾接触过多少啊!而且,从这样的想法中,他感觉出自己的老衰。但今夜的小姑娘反而唤醒江口老人性的往昔,使之重新恢复青春的生机。这倒是很奇怪的事。老人将自己的嘴唇悄悄贴在小姑娘闭合的双唇上,没有任何味道,只觉得干燥。这种毫无意味反而更好。江口或许不会再见到这位小姑娘了,当这位小姑娘的樱唇浸润在性的馨香中的时候,江口抑或已经死去。这也并不寂寞。老人的嘴唇离开姑娘的口唇后又触及了她的眉毛和眼睫。姑娘似乎很像被胳肢似的,微微移动一下脸孔,将额头抵在老人的眼眉上,使得一直闭着眼睛的江口,更加紧闭双眼。

他的眼睑内部似乎要浮现出无尽的幻影,接着又消泯了。不久,幻影汇成一定的形状,好几条金色的箭矢打附近飞过。箭矢的尖端扎着浓紫色的风信子花,而且末端附着各种颜色的卡特兰花,非常好看。但是,箭矢如此快速飞行,花瓣不会散落吗?不掉下来倒是挺奇怪啊。江口老人心里感到很不安,睁开了眼睛。原来自己已经昏昏欲睡了。

枕畔的安眠药还没有服下,看看药片旁边的手表,已过十二点半了。老人将两片药放在掌心里,今夜没有受到衰老后的厌世和寂寞侵扰,所以舍不得马上入睡。姑娘已经睡得很甜,到底给她吃了什么药或打了什么针,丝毫看不出有任何痛苦。安眠药的分量要么很多,要么或许是轻型的毒药,江口也想尝试一次堕入这般深沉的昏睡之中。江口悄悄脱离被窝,走出挂着大红帷幔的屋子,进入相邻的房间。他打算向这家的女子索要同姑娘一样的安眠药,按响了呼叫铃。铃声大作,仿佛告知家庭内外一派寒气。秘密之家的呼叫铃,半夜长鸣不止,连江口都有些放心不下。这里是一片温暖的土地,冬日的残叶依旧蜷缩于枝头,但庭院里还是传来若有若无的风扫落叶的响声。扑打山崖的波涛,今夜也显得特别平稳。阒无人迹的宁静,令人感到这个家庭宛若幽灵宅院。江口老人肩头寒冷,老人是穿着一件浴衣般的睡衣出来的。

回到密室,小姑娘面颊绯红。他已经降低了电热毯的温度,或许是她年轻的缘故吧。老人紧挨姑娘身边,以便焐热自身的寒冷。姑娘燥热地挺起胸膛,双脚放在榻榻米上。

"要着凉的。"江口老人说着,感到自己和她年龄上的差距。小巧而温暖的姑娘,抱在怀里正合适。

翌日早晨,在这家女子的照料下,江口一边吃早饭,一边说道:

"昨夜里我按呼叫铃啦,没听到吗?我想要姑娘那种安眠药呢。真想像那样睡一觉啊。"

"这是绝对禁止的。首先,对老人很危险。"

"我的心脏很健康,不用担心。即使一直睡不醒,我也不后悔。"

"刚刚来过三次,就这般任性,想说什么就说什么。"

"那么在这个家里,说出来你可以满足的最大的任性是什么呢?"

花的圆舞曲

女人脸色不悦地望着江口老人,脸上浮现出一丝冷笑。

其　四

冬季的天空一早就阴暗下来,到了晚上下起寒冷的小雨。江口老人跨进"睡美人之家"时,发现小雨已经变成雪霰。还是那个女子又悄悄关上大门,并上了锁。借着女人照亮脚下的手电的微光,他看到雨中夹杂着白色的东西,这些白色的东西沙啦沙啦,似乎很柔软地落在通往玄关的脚踏石上,随后消融了。

"石面淋湿了,请当心啊。"女子一手打伞,一手想搀扶着老人。中年女子那种可怖的体温自老人手套上方传递过来。

"我没关系。"江口甩开她的手,"还不到必须要人搀扶的年纪啊。"

"石头很滑。"女人说道。石头周围散落的红叶尚未清扫,有的卷缩着褪色了,经过雨淋又泛出光亮。

"是否还有些需要牵拉着手,或是抱持着来到这里,或是只有一只胳膊、一条腿半身不遂似的自暴自弃的老年客人呢?"江口老人问那女人。

"不要打听别的客人的情况啊。"

"不过这样的老人,不久到了冬天很危险。要是发生脑溢血、心脏病,在这里过世了怎么办呢?"

"要是发生那样的事,这里也就完啦。客人或许是去了极乐之地。"女人冷淡地回答。

"恐怕你也不能就此了断吧?"

"哈。"女人原来是干什么的呢?她丝毫不动声色。

走进楼上的房间,和平时一样。壁龛中的山间红叶图换成了冬日雪景。这无疑也是复制版。

女人熟练地沏上一杯尚好的煎茶,随口问道:

"您又突然地打电话来,是不是对先前的三个姑娘都不满意啊?"

"不,我对三个姑娘都很满意!这是真话。"

"那么,您完全可以两三天前就打来电话预约一个嘛……看来,您又是喜新厌旧呀。"

"对着昏睡不醒的姑娘,哪里说得上什么喜新厌旧?对方什么也不知道,对谁都一样。"

"即便睡着了,也还是活生生的女儿身啊!"

"有没有哪个女孩子问起昨夜的老人什么样子呀?"

"此种事儿是绝不会有的。这是这个家的规矩,您只管放心好啦。"

"你曾经跟我说过,对一个姑娘过分用情,会给心里造成困惑。还记得吧?在'喜新厌旧'这件事上,之前你对我说过的话,和我今夜给你说的一样,今夜两人的意见倒是完全颠倒过来了,好奇怪呀。你也露出做女人的本性来了,对吗?……"

女人薄薄的嘴角浮现出一丝冷笑。

"看来您年轻时,让好多女人大哭过呀。"

江口老人被女人突如其来的话吓一跳:

"哪儿的话呀,别开玩笑啦!"

"瞧您认真的样子,怎能不叫人疑惑?"

"我要是像你说的,是不会到这里来的。凡是来这里的,都是深深留恋女人的老人们。而他们懊恼也罢,挣扎也罢,一概都无法挽回了。"

"啊,这该怎么说呢。"女人不动声色。

"上回来也曾问过,这里可以满足老人的最大的任性是什么呢?"

"这个嘛,是沉睡的姑娘啊。"

"姑娘吃的药也能给我一份吗?"

"上次不是拒绝过您吗?"

"那么说,允许老人干的恶是什么呢?"

"这里没有恶。"女人压低娇滴滴的嗓门,似乎要提醒江口注意。

"没有恶?"老人嘀咕了一句。女人黑色的眼眸显得很沉静。

"不过,要是企图扼杀姑娘的脖子,就像拧断婴儿的胳膊那样……"

江口老人有点不爱听下去。

"被掐脖子也不会醒吗?"

"我想是的。"

"这对于被迫情死倒也很好啊。"

"当您感到自己一个人自杀会很寂寞的时候,不妨一试。"

"比自杀更感到寂寞的时候呢……?"

"老人嘛,会有的。"女人依旧很冷静,"今晚上,您是否喝酒了,净说些昏话?"

"喝了比酒更坏的东西。"

女人朝着江口老人瞟了一眼,装得毫不在意:"今夜的女孩子很温暖。这样的寒夜,不是正好吗?可以焐一焐身子骨呀。"说着下楼去了。

江口打开密室的门扉,比起平时更加充满女人甘甜的浓香。姑娘面朝里侧睡着了,虽然说不上是打鼾,但也毕竟是深沉的一呼一吸。她似乎身个儿很高大。或许是深红的天鹅绒帷幔映衬的缘故,丰盛的黑发稍稍变成了茶褐色。厚实的耳轮和肥满的脖颈看起来肌理细白。正如女人所言,显得很温暖。相比之下,脸色不太红润。老人钻入姑娘背后的被子中,不由"啊"地惊叫起来。温暖倒也温暖,但姑娘的肌肤还带有诱人的滑腻感,悠然的肉香微散着潮气。江口老人闭上眼睛,静静待了一会儿。姑娘也一动未动。自腰部以下,十分丰满。她的温暖不仅浸染了老人,更是包裹着老人了。姑娘胸脯挺起,乳房反而显得低伏而广大,乳头小得不可思议。他想起刚才这家女人所说的"扼杀"一词,不由浑身战栗,仿佛受到姑娘肌肤的诱惑使然。假若真的将她掐死,那么这位姑娘的身体又会散发出怎样的气味呢?江口硬是想象着这位姑娘白日里站立行走的丑态,极力逃离恶感。他稍稍平静下来。但姑娘走路时难看的步态是怎样的,而好看的优美的腿脚又是怎样的呢?对于一个六十七岁的老人来说,仅仅睡了一夜的姑娘,她的聪慧与否,教养的高低与否,对他来说又算得了什么呢?眼下不就是仅仅抚摸她吗?而且,姑娘一直睡着,并不知道老丑的江口正在抚摸自己,到了明天也不知道,不是吗?她不就是一个玩物、一具牺牲品吗?江口老人来这个家只不过是第四次,随着次数的增加,自己的内心也越来越麻木不仁,今夜尤其感觉剧烈。

今夜的姑娘也习惯了这个家的规矩了吧?她们对这些可怜的老人是否已经没有了任何想法?姑娘对江口的抚摸一动不动。不论什么非人的世界也会因习惯而变成人的世界。各种背德皆隐匿于世间阴暗之处。唯有江口和来到这个家的其他老人稍有不同。甚至可以说完全不同。介绍江口老人来这个家的木贺老人或许把他看作同自己一样,这种想法是错的,江口到底还是个男人,因此,江口并没有痛切认识到访问这个家的老人们真正的悲欢、懊悔与凄苦。对于江口来说,他认为没有必要一定使得姑娘昏睡不醒。

例如,江口第二次来这个家时,对那位妖妇般的姑娘差点儿冲破禁忌,当他惊讶发现对方还是个处女时才抑制住自己。自那之后,他立誓遵守这家的禁律,保护"睡美人"们的安眠,绝不破坏老人们的秘密。尽管如此,那么,这个家专门招聘未婚处女,又是出于何种用心呢?或者说,这就是老人们可怜的希望吗?江口既有些明白,又有些模糊。

然而,今晚的姑娘很不寻常。江口老人难以置信。老人挺起胸脯,将前胸压在姑娘的肩膀上,瞧着姑娘的面孔。就像她的体型一样,姑娘的面孔不够端正,却出乎意料地天真无邪。鼻官下方微微扩展,上方很低。面颊圆而广阔。额前发际很低,天生的富士山型①。短短的眉毛浓黑而寻常。

"好可爱啊!"老人嘀咕着,面颊压在姑娘的面颊上。那里也很滑腻。姑娘或许觉得肩膀很沉重,她仰面躺着。江口缩回身子。

老人好一阵子闭目不动,或许因为姑娘的香味尤其浓烈。俗话说,此世间再没有比气味而更能唤起往昔的回忆的了。可那香气过于甜腻,只能令人想起婴儿的乳臭。尽管两种气味各不相同,或许都属于人世间具有根源性的气味吧。打过去起就有老人把少女身上的香气,当作长生不老药看待。那么,这位姑娘的体香不正是他所希望的那种芳馨吗?假如江口老人对这个姑娘做出冒犯家规的举动,那就会产生令人可厌的腥臊。不过,有这种想法,就说明江口也已经老了。正是这位姑娘的浓香与腥臊,才是人类诞生的本源。她似乎是个易于怀孕的女子。尽管被迫处于昏睡之中,但生理机制未停,整个明日都会清醒。她即便怀孕,也一概全然不知。江口老人已经六十七岁了,将一个这样的孩子留在这个世界上,将会如何呢?引诱男人

---

① 富士山型:原文为"富士额",指富士山型发式,即所谓的"美人尖",风格倾向于古典,适合具有传统爱情观与家庭观的男女。

进入"魔界",似乎就是这样的女体。

然而,姑娘已经丧失了所有的防御,为了老年客人,为了可怜的老人。她一丝不挂,也绝不会清醒。江口自己也感到很无情,满心烦恼起来。他不住嘀咕那些意想不到的事:老人只有死,年轻人有恋爱;死只有一次,而恋爱可以多次。虽说是意想不到的事,但这些可以使江口获得平静。本来,他的心情也并非十分躁动。房间外面微微传来雨雪的声音。海浪声似乎消隐了。雪霰落在水面上,融化了。老人似乎看到那片黑暗而广阔的海洋。一只巨雕般的野鸟,叼着一块血淋淋的猎物,在黑色的波涛边缘盘旋俯冲,那不是一个婴儿吗?怎么会有这样的事?细思量,这正是人类背德的幻象。江口在枕头上轻轻摇摇头,赶走了幻象。

"啊,真温暖!"江口老人说。这不仅是电热毯的原因。姑娘将棉被向下拉,半露出广阔、丰腴而又稍显缺乏高低的胸脯。那雪白的肌肤微微印上了深红的天鹅绒帷幔的色泽。老人望着优美的胸脯,伸出一根手指,沿着富士山型的发际描画了一遍。姑娘自打仰面躺卧之后,一直保持平静而悠长的呼吸。小巧的口唇内有着怎样的牙齿呢?江口捏住她的下唇正中,稍稍使其开启。樱桃小口,牙齿却不太细密,但齿列还算整齐。老人放开手指,但姑娘并未再度闭上口唇,恢复原样,而是微微露着牙齿。江口老人用染上口红的手指,捏住姑娘肥厚的耳轮蹭了蹭,剩下的又在她白胖的脖颈上蹭了蹭,等于是在白皙的头颈上画了一道似有若无的红线,显得十分可爱。

到底还是个黄花闺女呀,江口想。他对这个家第二夜的那位姑娘曾经犯过疑惑,他随后对自己如此卑劣无耻深感震惊和懊悔,所以未能调查一番。但不管是或不是,对于江口老人又怎么样呢?当他想到未必一定是处女时,老人仿佛听到自己内心里的自嘲:

"是恶魔在嘲笑我吗?"

"什么恶魔,没那么简单!你只是一个劲儿夸大你那半死不活的感伤和憧憬,不是吗?"

"不,比起自己来,我是作为可怜老人们的同伴,正在思考这一问题啊!"

"哼,你这个背德者,动辄将责任转嫁给他人,真是卑劣无耻啊!"

"说我背德就算是背德好啦。难道凡是处女就纯洁,不是处女就不纯洁吗?我来这个家,并非为了寻找处女。"

"因为你还不懂得老人真正的需要是什么。不要再来啦。万一,万一,假若姑娘半夜醒来,你就会明白老人没多少可羞愧的,不是吗?"

江口心里浮现出一种自问自答的念头。当然,他也不总是为此要姑娘睡在自己身旁。江口老人才到这个家里来过四次,但陪睡的全是处女,他觉得有点不可思议。这难道真的就是老人们的希望与欲求吗?

至于说"假若姑娘半夜醒来",眼下的想法却强烈地诱惑着他。昏睡的姑娘需要通过多大的刺激,或者怎样的刺激,才会醒过来呢?哪怕是蒙眬状态也好啊!例如,一只胳膊被砍掉,胸间腹部被深刺,恐怕就不会继续昏睡下去了吧?

"更加邪恶起来了。"江口老人对自己低语。到这个家中来的老人们的无力感,江口几年后也将会体验得到。他心中涌起一种恶趣。毁掉这个家,让自己的人生也同归于尽!不过,之所以这样想,是因为昏睡的姑娘不是所谓"完整的美女",而是可爱的美人,广阔而洁白的酥胸呈现出了亲切。这是忏悔之心逆反的表现。渐渐终结于怯弱的人生也有忏悔。抑或同小女儿一起观看茶花寺散落山茶花时,小女儿的那种勇气也没有了。江口老人闭起双眼。

沿着庭院脚踏石一侧低矮的灌木丛,两只蝴蝶飞舞嬉戏。时而隐匿于灌木,时而擦着灌木飞旋、逗乐。当两只蝴蝶稍稍高出灌木轻轻交相飞舞时,叶丛中出现一只,又出现一只。正当想到是两对夫妇蝴蝶时,忽而又变作五只,混合交飞。它们是否在争斗?看着看着,灌木丛中又不断飞起蝴蝶,庭院中立时汇成白色的蝶阵。蝶群一概飞得不高,低垂而广阔的红叶枝头,在似有若无的风里晃动。红叶树枝纤细,先端缀着宽阔的叶片,动辄招风。白色的蝶群犹如白色的花圃不断增加。江口只是望着有红叶树的地方,这样的幻象或许同这座"睡美人之家"有关吧?幻影中的红叶发黄了,变红了,衬托得蝶群更加洁白。然而,这个家的红叶已经脱光了,只有极少数卷缩着残留枝头。冰霰洒落下来了。

江口完全忘记了外头的冰雪很寒冷。凝神一看,白色的蝶群飞旋的幻影,正是来自身边姑娘不停向他展示的丰隆而广阔的酥胸吧。这位姑娘或许有着某种驱除老人恶念的东西。江口老人睁开了眼睛。他望着广阔酥胸上小小的桃红色的乳头,那是善良的象征。他将一侧的面颊放在姑娘的胸脯上,眼睑里仿佛涌起一股热流。老人想在这位姑娘身上留下自己的印记,假若打破这家的禁忌,姑娘醒后必然苦恼无尽。江口老人在姑娘胸脯上留下一些血红的印痕,他一阵战栗。

"会变冷的啊。"他拉起夜间之物,又掏出枕畔寻常放置的两片安眠药吃了。"好沉呀,下半身好肥呀!"江口放下手将她抱起来调整了睡姿。

翌日早晨,江口老人被这家女人叫醒过两次。第一次是女人咚咚咚敲响杉木门扉。

"老爷子,已经九点啦!"

"嗯,醒了,这就起床。那边的房间很冷吧?"

"及早点上炉子啦。"

"还下小雪吗?"

"停了,云层很厚。"

"是吗?"

"早餐已经准备好啦。"

"唔。"老人随口应和着,又模模糊糊闭上眼睛。他一边紧挨着姑娘少见的肌肤,一边嘀咕:"地狱催命鬼来叫啦。"

女人第二次来,是紧接着不到十分钟之后。

"客人,"她用力敲杉木门,"还在睡吗?"她尖着嗓门叫道。

"那门没有上锁。"江口说。女人进来了。老人惆怅地坐起身子,女人帮着头脑不清的江口换衣服,连袜子都给他穿好了,但动作有些粗鲁。走到隔壁一看,煎茶照例沏好了。江口老人悠悠地品着茶,女人却翻着白眼冷冷地看着他。

"昨夜的女孩儿您特别满意是吗?"

"啊,算是吧。"

"那就好,做了场好梦吧?"

"做梦?那倒没有,睡得很沉啊,最近从未睡得这么好。"江口在她面前直打哈欠,"还没完全醒过来呢。"

"昨天太累了吧?"

"都怪那女孩子,那孩子很走红吗?"

女人低下头,表情僵硬。

"有件事儿想求你。"江口老人改口说,"早饭后,能否再给我一次安眠药吃。拜托啦!我会酬答你的。那姑娘不知什么时候会醒来……"

"别开玩笑啦。"女人青黑的脸孔变得苍白起来,双肩也僵硬了,"看您说些什么话,做事总得有个限度啊。"

"限度?"老人想笑又笑不出来。

女人怀疑江口对姑娘动了手脚,急忙站起身来,走进隔壁房间。

其 五

新年过后,严冬的大海传来汹涌的涛声。陆地上没有这么大的风。

"啊,如此的寒夜,欢迎您……""睡美人之家"的女人打开门锁,迎了出来。

"正因为天冷,才来这里的啊。"江口老人说,"这么冷的夜晚,一个老人抱着年轻的女子暖暖身子,就是立马死了,不也是老人最大的快乐吗?"

"您净说些昏话。"

"老人随时会死的。"

还是楼上那间客房,火炉暖融融的,女人依旧沏了上好的煎茶。

"好像有钻墙风进来啊。"江口说。

"啊?"女人环顾四方,"没有缝隙呀!"

"房子里是否有鬼?"

女人吓得紧缩着肩膀,看了看老人,脸色也变得惨白起来。

"再给我满满一杯茶。不要等冷凉之后,我要喝热茶。"老人说。

女人一边遵照他的吩咐,一边冷冷地问他:

"您听到什么了吗?"

"嗯,是呀。"

"是这样啊,既然听说了什么,为何还要来呀?"女人似乎感觉江口知道了什么,但也并非硬要隐瞒下去。不过,表情上并不高兴。

"您虽然好不容易来了,可否请您回去呢?"

"知道了还来,不是很好吗?"

"嘻嘻嘻……"说她像魔鬼的笑声,一点不错。

"到底还是会发生那种事啊,冬天对老人很危险……大冷天,这家逢到冬季干脆休业不好吗?"

"……"

"不知道还有哪些老人会来,假如接二连三有人死去,你也不能推脱责任啊。"

"这些事您可跟我们老板说,我会有什么罪呢?"女人的脸色再次变得惨白起来。

"有罪啊,老人的尸体不是运到附近的温泉旅馆去了吗?趁着暗夜,偷偷摸摸……无疑你也是帮忙的。"

女人两手抓膝,姿势变得僵硬了。

"那是为了老人的名誉。"

"名誉?死人也有名誉吗?不过这也关系到体面问题。比起已死的老人,也许更是为家属着想吧。虽然谈论起来有些无聊……那家温泉旅馆和这个家是同一店主吗?"

女人没有回答。

"老人在这里死在裸体姑娘身旁,恐怕报界也不会全部披露真相。倘若我是那位老人,不会同意被运出去,还是放在这里最幸福。"

"大概是为了接受验尸或烦琐的调查的缘故。房间也稍微改变了。或许会给常来的其他客人造成些麻烦,还有伴睡的女孩子们……"

"姑娘睡着了,根本不知道老人已死。死者即便微微挣扎一下,姑娘也不会惊醒。"

"是的,那个……不过,假如人们知道老人在这里身亡,必须把姑娘转移出去,藏在一个地方。即便如此,人们也会知道死者身边有姑娘在啊。"

"你是说让姑娘离开吗?"

"那不是明显的犯罪吗?"

"老人死了,直到尸首变冷,姑娘都不会醒来的,不是吗?"

"嗯。"

"姑娘完全不可能知道老人已经死亡。"同样的事情江口又重复说了一遍。那个老人死了之后,不知过了多长时间,昏睡的姑娘依然依偎着冰冷的尸体,直到尸体被运走,姑娘都一概不知。

"我的血压和心脏没问题,不必担心。但是,万一出了意外,千万别送到温泉旅馆,就请放在姑娘的身旁为好,可以吗?"

"那怎么行啊!"女人慌了,"既然那么说,您还是回去的好。"

"这是玩笑话。"老人笑了。他似乎也在对女人说,他并不认为死亡已经迫近自己身上。

尽管如此,死于这家中的老人的葬礼,刊登在报纸广告栏里,上面只说是"猝死"。江口在殡仪馆遇见木贺老人,听他耳语知道了内幕,据说老人是因为心绞痛去世的。

"那家温泉旅馆,不像是他能住的旅馆。他有其他固定住宿的旅馆。"木贺老人对江口老人说,"所以有人暗暗传言,说福良董事可能是安乐死。不用说,这些人也根本不知道具体情况。"

"唔。"

"很像是安乐死,但又不是真正的安乐死,或许比安乐死更痛苦。我和福良董事很熟,一听说脑子里就有所感觉,立即调查一番。不过,对谁也没有说,家属也不知道。你不觉得那家报纸上的讣告挺滑稽吗?"

报上的讣告有两则,一则写着福良的嗣子与妻子的名字;另一则

243

是公司发出的。

"福良就像这样。"木贺做出粗脖子、宽胸膛、大肚子的模样给江口看,"你也要注意啊!"

"我呀,不必担心。"

"总之,福良那具庞大的尸首,半夜里给运到温泉旅馆去了。"

是谁运去的呢?肯定是用车子了,不过对于江口老人来说,这事实在太恐怖了。

"这件事看来不了了之啦,不过依我看,一旦发生这种事,那家恐怕也长不了啦。"木贺老人在殡仪馆对他嘀咕道。

"说得对呀。"江口老人应和着。

今夜,女人估计江口知道福良老人的事,所以她也没有隐瞒,却十分小心地警惕着。

"那姑娘真的不知道?"江口老人向女人提出这个令人心烦的疑问。

"这事儿弄不清楚,不过,看样子老人很痛苦,姑娘从脖子到胸脯都有被抓伤的血痕。因为姑娘什么也不知道,次日醒来,她说这老爷子好难缠呢。"

"说很难缠吗?那也是临死前的挣扎啊!"

"那抓伤倒也不怎么厉害。只是好几处渗出了血色,有点儿红肿……"

女人似乎要向江口老人全盘托出,如此一来,江口反而不想听她说了。无非是随时会在某个地方猝死的老人罢了。不过他倒是可能实现了幸福的猝死。唯独木贺对他说的将巨大的尸首送往温泉旅馆那件事对他的想象最有刺激。"老衰致死很丑陋呀。啊,或许接近幸福的天国……不不,那位老人肯定堕入魔界了。"

"……"

"对方那姑娘也是我认识的姑娘吗?"

"这我不好说。"

"哦。"

"从脖颈到胸脯有些血绺子,所以打算叫她休息到伤痕退去再说……"

"请再给我一杯茶,嗓眼儿太干了。"

"好的,换一下茶叶吧。"

"发生这种事情,尽管人不知鬼不觉地料理好了,这家店也不会长存下去的。你不这么想吗?"

"是这样吗?"女人和缓地说。她也不抬头,端来了煎茶。

"老爷,今晚上这一带要闹鬼啊!"

"我正想跟鬼好好聊聊呢。"

"聊什么呢?"

"关于可怜的衰老的男人。"

"刚才我是开玩笑啊。"

老人呷一口喷香的煎茶。

"明知你是开玩笑,但我心中确实有鬼,你心中也有鬼。"江口老人伸出右手指着女人。

"那个老人死了,你是怎么知道的?"江口问。

"听到他奇怪地呻吟呢,上楼瞧了瞧,心跳和呼吸已经停止了。"

"姑娘不知道吧?"老人又叮了一句。

"姑娘不会因为这点小事而醒来的。"

"这点小事……? 这么说,她也不知道老人的尸体被运走,对吗?"

"对。"

"这么说,姑娘是最了不起的人。"

"她没啥了不起。您是客人,不必再谈这些多余的事,赶紧到隔壁去吧。难道过去您曾经认为昏睡的姑娘是了不起的人吗?"

"姑娘的青春对于老人来说也许就是了不起的啊。"

"您都说些什么呀……"女人微微笑着站起身来,稍稍打开一些邻室的杉木门,"睡着了,等着呢,请吧……喏,这是钥匙。"说着,她从腰带里抽钥匙交给江口。

"对啦对啦,差点儿忘了告诉您,今晚是两个人。"

"两个人?"

江口老人大吃一惊,看样子,福良老人的猝死姑娘们或许是知道的。

"请自便。"女人离开了。

江口打开杉木门,第一次来时的好奇和羞耻也麻木了,但猛然想起了什么。

"她也是见习生吧?"

不过,同以前见习的"小女孩"不一样,这位似乎很野蛮。她的野蛮的表现几乎使得江口忘掉了福良老人的死。两人挨在一起,睡在门口附近的就是那位姑娘。或许是不习惯电热毯等混合着的老人的体臭,或者是身上储满了不畏冬日寒夜的温热,那姑娘将被子蹬到心窝之下,躺成个"大"字形状。仰着身子,两只胳膊尽量伸展着。乳晕广大、紫黑。天花板的光线照射着深红色的天鹅绒帷幔,乳晕的颜色固然不好看,脖颈至胸脯的颜色也并不优美。而且,黝黑而光亮。似乎有点儿狐臭。

"人的生命就是这样啊。"江口嘀咕道。对于六十七岁的老人来说,这样的姑娘才会给他增添生机。江口怀疑这个姑娘是不是日本人。作为十几岁女孩儿的体征,她的乳房宽阔而乳头尚未鼓胀出来。身板儿不胖而结实。

"唔。"老人拎起她的手看了看,手指修长,指甲也很长。身子骨肯定就像如今那种长身材吧。她究竟是一副怎样的嗓音,爱说些什么话呢?广播和电视里有几个女星的声音江口很喜欢,每当这些女星出场时,他总是闭着眼睛只倾听她们的声音。老人很想听听这位昏睡的姑娘的嗓音,这种诱惑十分强烈。绝不会睁开眼来的姑娘根本不会认真说什么。怎样才能使她们发出几句梦中呓语呢?况且梦话的音色毕竟不同于一般。还有,女人大都有几副嗓音,不过这个女子恐怕只用一种嗓音说话吧?从睡相上可以看出,她完全是自然的表现,没有任何伪装。

江口老人坐下来,摆弄着姑娘长长的指甲,坚硬得似乎不像指甲。这就是健康的年轻的指甲吗?指甲下面的血色新鲜而富于活力。他刚刚不曾注意到,姑娘脖子上戴着细长的金丝项链。老人脸上绽开了笑容。在这寒冷的夜晚,居然裸露着胸脯,而前额发际还微微渗出了细汗。江口从口袋里掏出手帕,给她揩拭了一下。手帕上浸染上一股浓香。姑娘的腋下也擦了。这样的手帕不能带回家,团成一团儿扔在屋角里了。

"啊,染着口红呢。"江口嘀咕着。这是自然的事,但这位姑娘涂的口红也引起他的微笑。江口老人瞧着那姑娘。

"做过豁嘴儿手术了吧?"

老人拾起来丢弃的手帕,揩拭着姑娘的朱唇。没有豁嘴手术的痕迹。上唇的中央隆起,明显地呈现出优美的富士山型唇线,那一带出乎意料地招人怜爱。

江口老人蓦地想起四十年前的那次接吻。站在姑娘面前,将手极其轻微地搭在她的肩头的江口,突然凑过去嘴唇。姑娘向左右转头回避。

"不要,不要,我不愿意。"

"好啦,吻过啦。"

"我不愿意嘛。"

江口擦擦自己的嘴唇,给她看看蹭着薄红的手帕。

"不是吻了吗?看……"

姑娘接过手帕瞧了瞧,默默塞进自己的手提包。

"我不愿意嘛。"姑娘俯伏着身子,泪眼朦胧,不说一句话。打那之后,再也没见过面。姑娘把那块手帕是如何处理的呢?不,比起手帕,四十多年后的今天,那姑娘还活着吗?

江口老人眼望着昏睡的姑娘上唇美丽的山型唇线,在这之前他将那位从前的姑娘忘记多少年了呢?倘若将手帕放在姑娘的枕畔,手帕蹭着微红,自己的口红也褪了色,醒来时会认为被人偷吻了吗?当然在这个家里,接吻之类肯定是客人的自由,不会禁止,不论多么老衰,接吻还是可以做到的。只是姑娘绝不躲闪,也绝不会知道。熟睡中的唇际冰冷,或许水渍渍的。爱过的女人们死尸般的口唇,不能传达情感的战栗吗?江口想到来这里的老人们可怜的衰老,那种欲望更加消泯了。

然而,今宵的姑娘罕见的唇型,稍稍勾起江口老人的情趣。也有如此的口唇吗?老人用小指头轻轻触动一下姑娘上唇的中央,很是干燥,表层也很厚实。这时,姑娘开始舔舐嘴唇,直至充分湿润为止。江口缩回了手指。

"这姑娘睡眠中也在接吻吗?"

老人只是稍微抚摸了一下姑娘的鬓发,既粗又硬。老人站起身来换衣服。

"再怎么健康,这样也会感冒的。"江口将姑娘的胳膊给她放回被子里,又将被子拉到胸脯上方,然后挨着她睡下。姑娘翻过身来,伸出两只臂膀使劲儿推着,老人很容易地被推出了被窝。这事儿显得挺滑稽,惹得他笑个不停。

"这种见习果然出手不凡啊!"

姑娘堕入绝不会醒来的昏睡之中,身子已经麻木,可以任人摆布。但是,对于这样的姑娘,江口老人已经没有足够的气力应对她了。或许时间太久长,他已经忘却了。江口来这里原本是为着温柔的荡漾的欲情、诚挚的容许,还有女子的亲切,而不再为冒险与争斗耗费气力了。眼下,被昏睡的姑娘突然推出被窝,老人一边笑,一边思忖着这一类事情。

"毕竟上了岁数啊。"他暗自嘀咕着。就像来这个家的其他老人,其实尚未具有来这里的资格,但是自己身上残存的男性生命之光已经没有几分亮度,让他经常产生此般切实考虑的,是姑娘那黝黑光亮的肌体。

对这样的姑娘乱施暴力,正好可以唤醒自身青春的活力。江口对这个"睡美人之家"也有些厌倦了。但虽然厌倦,来的次数反而增多了。他想对这位姑娘施加暴力,无视这家的禁制,破坏老人们低劣的恶趣。江口热血奔涌,跃跃欲试,想以此同这里诀别。然而,不需要暴力和强制,昏睡不醒的姑娘的身子,恐怕不会有任何反抗。即便将她一手掐死,也易如反掌。江口老人泄气了,暗黑的虚无感在心底蔓延。附近涛声轰鸣,听起来似乎很遥远,或许是陆地上无风的缘故。老人想象着夜间海水黝黑的底层。江口支起一只胳膊,挨近姑娘的面孔。姑娘喘着粗气,老人停止接吻,横倒那只胳膊。

江口老人保持着被黝黑肌肤的姑娘推出的姿态,袒露着胸脯,进入相邻的姑娘的被窝。背对这边的姑娘扭转过身来。这位颇有姿色、柔情似水的姑娘熟睡中接纳了他。姑娘伸开一只胳膊,放在他的腰部。

"配合得很好嘛!"老人玩弄着姑娘的手指,闭上了眼睛。姑娘细骨伶仃的手指柔韧如荑,仿佛怎么折都折不断。江口很想含在口里呢。乳房虽小,但浑圆而硬挺,整个儿被江口老人纳入掌中。腰肢也完全是这种浑圆形。女人风情万种,老人略感悲凉。他睁开了眼。女孩子脖颈很长,同样纤细优美。虽然是细腰身,但并非那种日本古典仕女的老派的风情。紧闭的眼睛是双眼皮,但那线条很浅,睁开来或许会变成单眼皮。也可能有时是单眼皮,有时是双眼皮吧。还有的时候一只双一只单。在屋内四面天鹅绒帷幔的映衬下,肌肤的颜色看得不很真切,脸色呈现麦黄色,脖颈细白,脖根也是微带麦黄。胸部彻底白皙。

江口知道黑光油亮的姑娘身材修长,这位也不会例外吧。江口用脚尖儿蹭了一下,最先碰到是黑姑娘厚硬的脚心,而且是汗脚。老人慌忙缩回了腿脚,反而被深深诱惑。江口脑里倏忽一闪,听说福良老人心绞痛发作致死,那么对方会不会就是这位黑姑娘呢?所以今晚才使两位姑娘相伴啊!

然而,这理由难于成立。刚刚听这家的女人说了,福良老人是临死挣命,对方姑娘自脖子到胸脯多处被抓伤,目前在休养,以便等到痊愈为止。江口老人再次用脚尖蹭了一下姑娘厚皮的脚心,并向上方探索那黧黑的肌肤。

"授予我生的魔力吧。"江口似乎感觉传来一种战栗。姑娘撩开被子,踢走下面的电热毯,一只腿伸展到外头来了。老人有一股想将姑娘的身子推向严冬寒冷的榻榻米上的冲动,他从胸部到腹部凝视着。他将耳朵贴在姑娘的心脏上,倾听心跳。本以为那声音既强且大,但实际上却小得可爱,甚至似乎还有一点紊乱。或许是老人奇怪的听力所致吧。

"会感冒的呀。"江口为姑娘盖上了身子,关上姑娘一边毛毯的开关。老人开始感到女人的生命的魔力也没有什么。勒紧她的脖子将会如何呢？她很脆弱。对于老人来说，这一手很容易做到。江口将贴紧姑娘胸脯的一侧的面颊用手帕擦了擦。姑娘油腻的肌肤仿佛转移给他了。姑娘心跳的声音也留在他的耳里。老人将手放在自己的心脏上，他是自我触摸的缘故吧，感觉心跳十分有力。

江口老人脊背转向黑姑娘，面对温柔的姑娘。一副形态美好的鼻官更加优雅地映入他的老眼。横躺的美好脖颈细而且长，使得老人不由自主地伸出胳膊绕到脖子底下将她搂了过来。脖子温柔地动了一下，飘来一缕甜香，此种暗香同身后黑姑娘的野性的浓香掺和在一起了。老人紧贴着色白的姑娘，她的呼吸变得频繁而短促，但并没有醒过来的迹象。江口暂时躺着不动。

"她会原谅我的吧？作为自己一生中最后的女人……"身后的黑姑娘似乎在煽动他。老人伸手摸索，那里也与姑娘的乳房一样。

"冷静一下吧，听着冬天的涛声冷静下来吧。"江口老人努力控制住心跳。

"姑娘像是麻痹了一般昏睡不醒。她似乎被灌进了毒药或烈性药。"为了什么呢？"不是为了钱吗？"老人这么一想，还是犯了犹豫。尽管他明明知道每个女人都不一样，但这姑娘难道就这么与众不同，让他想要侵扰这位姑娘，给她带来一生的悲惨与凄楚，以及难于治愈的创伤吗？对于六十七岁的江口来说，纵然把女人的身体都看作一律也不足为怪。而且，这位姑娘顺从而不抗拒，也不回应。不同于死尸的只是温热的血液和正常的呼吸。不，到了明天，鲜活的姑娘就会醒来，这同死尸相比还是大不一样的，不是吗？然而，姑娘没有爱，没有羞耻，也没有战栗，醒来后只留下怨恨与懊悔。她不知道夺走她纯洁的男人是哪一个，最多只知道是个老人罢了。姑娘恐怕也不会跟这家女人说起这类事。即使这座"老人之家"的禁律被破坏，姑娘肯定也会隐瞒下去的，除了姑娘不会有任何人知晓。温柔的姑娘的肌体紧紧贴着江口,或许电热毯自己这边关闭了开关,变得寒冷的缘故,背后黑姑娘的身子不住推拒着老人。她的一条腿和色白姑娘的一条腿交合在一起。江口反倒感到可笑地失去了力气。他摸索到枕边的安眠药。江口被两个女人夹在中间,手也不得自由伸展。他的手心搭在色白姑娘的额头上,像平时一样瞅着白色的药片。

"今晚就不吃药了吧。"他自言自语。这无疑是一种较为厉害的药,一旦吞下,不久就会沉入梦乡。进入这家的老年客人难道都听从主人的安排,老老实实吃安眠药吗?江口老人第一次开始怀疑起来。不过,假如有不吃安眠药而珍惜此良夜者,那不是比老丑更加老丑吗?江口思忖,自己尚未进入那老丑之行列。他今晚也吃了药。他想起本来提到过想吃使姑娘昏睡的那种药。

"对老人很危险。"女人回答。因此他也不好继续索要那种药了。

但是,"危险"一词意思就是睡着睡着一命呜呼了吗?江口虽说是个平淡无奇的老人,但其为人也,有时也会堕入孤独空虚、寂寞厌世之境地。这家不就是难得的死之场所吗?勾起人们的好奇心,遭受世人厌弃,不也是一种死后留名之举吗?想必熟人会感到震惊,虽然不知会给遗属带来多大伤害。像今晚夹在两位少女中间而死去,不也是老残之身的心愿吗?不,不会如此。最后或许就像那位福良老人,尸首被人运往简陋的温泉旅馆,被人看作在那里吞服安眠药而自杀。没有遗书,原因不明,终将被看作老命无常而自寻末路吧?想到这里,眼前又出现了这家女人冷笑的面颜。

"为啥要一个劲儿傻想呢?这可很不吉利啊!"

江口老人笑了,但不是明朗的笑,安眠药已经开始发挥作用。

"好吧,将那个女人叫起来,向她要姑娘吃的那种药。"他嘀咕着。不过,那女人不可能送来。再说江口也懒得爬起来,他没有这番心思。老人仰着身子,两只手臂挽着两个姑娘的脖子。一边温柔细腻,芳香四溢;一边坚硬厚实,油脂肥腻。他的内心涌起一股热力。老人望望左右深红的帷幔。

"啊啊!"

"啊啊。"黑姑娘似乎在回答。黑姑娘将手抵在江口的胸口上。她很痛苦吗?江口放松一只臂膀,转身背向黑姑娘。他一只臂膀伸向色白的姑娘,挽住她的腰肢。接着,闭上了眼睛。

"至于谁是一生中最后的女人,为何是最后的女人等等,要是有人问起这些事……"江口老人思忖着,"那么说,自己最初的女人又是谁呢?"老人的头脑里,较之慵懒,更是痴迷。

最初的女人是"母亲",江口老人一闪念。"除了母亲还能是谁呢?"他的脑子里浮现出全然意想不到的答案。"母亲能说是自己的女人吗?"江口如今已经六十七岁,躺卧在两个裸体的姑娘之间,第一次从胸中某个地方突然涌现出这一真实。是冒渎还是憧憬?江口老人像扫除噩梦时一样,睁开眼来眨巴着眼皮。但是,安眠药正在发挥作用,意识很难清醒,迟滞的头脑疼痛起来了。老人打算在蒙眬的意识中追寻母亲的面影,他叹了口气,将两只手掌搭在左右两个姑娘的乳房上,脑子里想着"柔滑""肥腻",闭上了眼睛。

母亲死于江口十七岁那年冬天夜里。父亲和江口分别握着母亲的右手与左手。母亲长期受肺结核病折磨,虽说胳膊只剩一把骨头,但握力依然很强,攥得江口手指生疼。母亲手指的寒气,直达江口的肩膀。正在为母亲按摩足底的护士,蓦然站立起来,似乎要去给医生打电话。

"由夫,由夫……"母亲断断续续地呼喊着,江口立即有所觉察,他轻轻抚摸母亲喘息的胸膛,这时,母亲吐出了大量鲜血。血液从鼻孔里咕嘟咕嘟冒出来。母亲咽气了!流出的血用枕畔的纱布和手巾

花的圆舞曲

擦也擦不净。

"由夫,用你内衣的袖子擦擦吧。"父亲吩咐他,"护士小姐,护士小姐!请拿脸盆和水来……嗯,是的。新枕头、新睡衣,还有被单……"

江口老人假如有"最初的女人是母亲"这一想法,脑里浮现出母亲去世的情景也是很自然的。

"啊啊。"此时的江口,想起了围绕密室的深红色的天鹅绒帷幔,感觉那是血的颜色。即使眼睛闭得严严的,眼底的红色也不会消失。而且,安眠药已经使得头脑模糊不清,两只手掌依然搭在两位姑娘娇嫩的乳房上。老人良心与理性的抵抗也大半麻木了,眼角聚集着泪水。

"在这种地方,怎么会想到把母亲当成最初的女人呢?"江口老人也觉得很蹊跷。然而,正因为他把母亲当作"最初的女人",脑子里再未浮现过后来的游女荡妇。而且,事实上的"最初的女人"是妻子。但尽管如此,已经嫁出去三个女儿的老妻,这个冬日的夜晚却一个人睡觉。不,她肯定孤枕难眠吧?没有这里的涛声,晓夜独居,或许比这里更加寒冷吧?老人捉摸着,自己手掌下面的两个乳房,到底是什么东西呢?自己死了之后这东西依旧会流通着温热的血液。可这又如何呢?老人慵懒地用手心一点力气使劲儿搦住不放。姑娘们连乳房都沉入睡眠,不再回应他了。江口在母亲临终时抚摸前胸时,自然也触及母亲萎缩的乳房了。他没有感觉到那是乳房。他现在想不起来了,所能记得的,只是幼时摸着年轻母亲乳房睡眠的日子。

江口老人渐渐泛起困意。为了摆正便于睡觉的姿势,他从两位姑娘的前胸缩回手,身子转向黑姑娘一侧。因为那个姑娘的体臭太浓烈了。姑娘的呼吸急促,直扑向江口的脸孔。姑娘微微张开了红唇。

"哎呀,好可爱的小虎牙啊!"老人用手指捏住那颗虎牙。牙齿很大,虎牙甚小,要是没有姑娘的呼气扑脸,江口说不定会向小虎牙一带亲吻。但是,姑娘的浓重的气息阻碍了老人的睡眠,所以他翻过身去。纵然这样,姑娘的呼吸还是冲着江口的脖颈,虽然没有打鼾,却带着响声。江口缩紧脖子,额头正好靠近白姑娘的面颊。白姑娘似乎有些嫌弃,但看表情又像是微笑。他注意到紧贴后背肥腻的肌肤,又冷又湿。江口老人沉入睡眠。

夹在两个姑娘中间,或许很不舒服,江口老人不断做噩梦。虽然断断续续,但皆是可厌的色情的梦。而且到最后,新婚旅行回到家中,到处盛开着红色的大丽花,摇曳多姿。江口犯起犹豫,他怀疑是不是自己的家。

"哎呀,回来啦?怎么站在那里不动啊?"本该已经去世的母亲出来迎接,"新娘子还在害羞吗?"

"娘,这鲜花是怎么回事呢?"

"这些啊,"母亲定定神,"快进来吧。"

"嗯,我还以为摸错了门呢。心想不会吧,但看到这么多花……"

客厅里摆满了祝贺新婚夫妇的菜肴。母亲接受新娘子的问候,随后到厨房热热汤,不一会儿还飘来烤鲷鱼的香味。江口到廊子上看花,新媳妇跟在身后头。

"啊呀,好漂亮的花!"她说。

"是呀。"江口为了不惊吓新媳妇,他没有说"我家本来没有这些花"之类的话。江口盯着花丛中最大的一朵,这时从一片花瓣上落下一滴艳红。

"啊?"

江口老人醒了。他摇摇头,安眠药使他处在蒙眬之中。他转向黑姑娘而卧,姑娘的身子冰冷。老人大吃一惊。姑娘没有呼吸了。伸手摸摸她的心脏,心脏停止了跳动。江口飞身而起,打了个趔趄倒在地上。他摇摇晃晃,颤抖着来到相邻的房间,向周围一看,壁龛一侧有呼叫铃,他手指用力按了很长时间。楼梯上传来脚步声。

"睡着了,什么也不知道。会不会无意之中掐了姑娘的脖子呢?"

老人连滚带爬回到原处,望着姑娘的脖子。

"出了什么事啦?"这家的女人进来了。

"这个女孩子死啦!"江口牙根合不到一起了。女人冷静一下,揉着眼睛问道:

"死啦?怎么会有这等事呢?"

"是死了。没有呼吸了,脉搏全断了。"

女人脸色大变,双膝跪在黑姑娘枕畔。

"是死了吧?"

"……"女人掀开被子,查看姑娘,"客人,您对姑娘干下什么事啦?"

"什么也没干。"

"没死。客人,您不用担心……"她极力冷静下来,淡淡地说。

"死了呀,快叫医生来。"

"……"

"到底给她喝了些什么呀?也会有特异体质的人啊。"

"客人不用嚷嚷,绝不会给您带来麻烦的……也不会说出您的名字的……"

"她死了呀!"

"她不会死的。"

"现在几点了?"

"四点多了。"

女人抱起光裸的黑姑娘,脚步踉跄。

"要帮忙吗?"

"不用。下边有个男帮手……"

"这女孩子很重啊。"

"客人不必过于担心,慢慢休息吧。不是还有一位姑娘吗?"

"还有一位姑娘"这句话强烈地刺激了江口老人,可不是吗,邻室里还有一位白姑娘。

"实在睡不着啊!"江口老人的声音里充满愤怒,其中还夹杂着胆怯和恐惧,"我马上也要回去了。"

"您别这样,眼下您一个人从这里回去,万一引起怀疑怎么办……?"

"我睡不着觉啊。"

"我再去拿药来。"

楼梯上传来女人向下拖动黑姑娘的声音。老人身穿一件浴衣,开始感到夜寒如冰。女人拿着白色的药片上楼来了。

"吃下这片药,明天早晨,就请好好休息吧。"

"是吗?"老人打开通往邻室的房门,只见刚才慌慌张张一脚蹬开的被子原样未动,白姑娘躺在那里,赤裸的身子光艳美丽。

"啊!"江口凝望着。

搬运着黑姑娘的车子声音渐渐远去,莫非依旧运往那家神秘的温泉旅馆吗?那里以前接受过福良老人的遗体。

《睡美人》解读

肯定这部小说是杰作的,据我所知除我之外还有一个人,他就是爱德华·赛登施蒂克①先生。先生和我的文学观尽管有冬夏之别,但每次见面总要提及这篇作品。一旦谈起,一直争论不休的我们,立即开始握手言和。

我打出爱德华·赛登施蒂克先生的旗号,绝非因为部分日本人依旧保留的崇洋媚外情结,然而在我看来,外国人错误评价日本文学,与日本人错误评价日本文学,程度上没有太大差别。日本人对于自己所犯下的种种文学偏见相当麻木,为此,白白让眼前作品的芳香飘逸而去,此种情况并非没有。而且,自《徒然草》以来,流行一种所谓"偏爱半成品"的趣味(实际上出于这种"半成品趣味",对川端先生某些作品给予过高评价,也不是没有),这样就容易忽略表现形式上的完成美。

《睡美人》保持着表现形式的完成美,散放着烂熟水果的芳香,堪称颓废派(法语:décadence)文学的精品。这篇作品洋溢着真正的

---

① 爱德华·赛登施蒂克(Edward George Seidensticker,1921—2007):美籍日本学者、翻译家。通过翻译川端康成、谷崎润一郎、三岛由纪夫等作家的日本文学作品,广泛传播日本文化。其中川端康成获诺贝尔文学奖,也与他对《雪国》的翻译有莫大的关联。

颓废，远远为冒充成颓废主义的大正文学所莫及。我至今没有忘记初读时的强烈印象。一般小说在写作方法上，通常运用会话和动作对人物性格分别进行动态性描写；这篇作品本质上却通过极其困难、极富讽刺的手法，对六位姑娘分别加以描写。因为六个人都处于昏睡状态，不能对话，除了各种习惯性睡姿和梦呓，只留下肉体描写的余地。其执拗绵密的"尸体爱好症（necrophilia）"一般的肉体描写，或许可以说是语言观念性的淫荡的极致。但是，整个作品之所以显得过于窒闷，那是因为性幻想里时常交织着厌恶；生命褒贬中时常交织着生命的否定。小说中，其官能的闭塞状态，作为所谓的"人智的局限"而推进。绝没有人以"性"作为自由与解放的象征。而且，此种不可救药的世界，因一位"睡美人"的猝死，引来旅馆女主人一句可怖的话语"还有一位姑娘"而结束全书。

但是，认真地说，这个世界并没有就此关闭，暗示江口老人自身的死亡的，那更广阔、更富于社会性、更无法逃离的"死亡之舞"①，通向那里的道路打开了。这部作品，通过对高度闭塞状态严酷反复的描写，终于将读者拉向非道德的虚无。我迄今未曾读过如此反人性的作品。

开篇不久，旅馆主人的中年妇女"用左手"打开房间的门锁，那腰带鼓形结子上诡异的鸟状花纹很大，给人一种阴森可厌的感觉。不久，就是对沉睡中姑娘的指尖详加描写，于是，我们已经被这种"丝毫不知道自己存在"的性对象所赐予的一种安心感所俘获。我们可以发现，江口老人和姑娘的交流，是男人性欲观念性的极致。虽然眼前就是欲望的对象，但这个欲望的对象，抱有意志一般尽量回避

---

① 死亡之舞：法语 danse macabre，欧洲中世纪晚期讽喻死亡普遍性的艺术形式，描绘人与骷髅牵手共舞的幻想世界。

与这边正面对应，江口始终从追求实存与观念相一致之处寻求陶醉。因而，对方处于睡眠中正是理想的状态。由于自己的存在对方丝毫不知晓，性欲止于纯粹的性欲，可以防止以相互感应为前提的"爱"的浸润。罗马教廷最厌恶的邪恶就在于此。因为这是距离"爱"最遥远的性欲形态。

然而，旅馆主人却断言：

"这里没有恶。"

当睡美人世界由于无力感而从恶中被隔出来时，川端先生所考虑的"恶"究竟是什么，该问题的答案便朦胧浮现出来。那就是活力过于热爱对方而泯灭对方的"恶"，即一切人的行为的别名。有些和川端先生相同程度的厌世家，却沉迷于与川端先生相反方向的世界。这里仅举出一个《卡门》的作者梅里美就足够了。

三岛由纪夫

臂　腕

"这只臂腕可以借给您一个晚上啊。"姑娘说。接着,她把右臂从肩上卸下来,用左手拿住,放在我的膝盖上。

"谢谢。"我望望膝头,感受着姑娘右臂的温热。

"哦,我给它戴上戒指,表明是我的臂膀。"姑娘微笑着,将左手伸向我胸前,"帮我一下吧……"

只剩左臂的姑娘,很难脱掉戒指。

"这不是订婚戒指吗?"我问。

"不是,是母亲的遗物。"

这是一枚镶嵌着一排小粒钻石的白金戒指。

"有人以为是我的订婚戒指也没关系,我一直就那么戴着呢。"姑娘说,"一旦附在指头上,再次脱掉,那就像离开母亲一样难受。"

我从姑娘的手指上脱掉戒指,然后将膝上的姑娘的手臂竖立起来,一边将戒指套在无名指上,一边问道:"这个指头可以吧?"

"嗯。"姑娘点点头,"是的。胳膊肘和指关节不能弯曲,就这么直直地杵着,不管您如何擎着,都像假肢一样,太没意思。我让它灵活些吧。"她说着就从我的手上接过自己的右臂,轻轻亲一下胳膊肘,再一一亲一下指关节。

"这回都能活动啦。"

"难为你啦。"我接过姑娘的那只臂膀,"这臂腕能言语吗? 能跟我对话吗?"

"臂腕只能干臂腕分内的事。要是使它能说话,以后还给我时,还不得被吓死?不过,您可以试试……您对它好点儿,它也许还是能听您说话的。"

"我会好好对它的。"

"去吧。"姑娘像转移心思似的,用左手指触动一下我手中自己的右臂,"今天一晚上,你就属于这位先生啦。"

然后,姑娘望着我,眼睛里噙满泪水。

"您把它带回之后,把我的臂腕同您的臂腕对换一下……"姑娘说,"不妨试试看。"

"好的,谢谢你啦。"

我将姑娘的右臂藏在雨衣里,走在夜雾迷蒙的大街上。假如乘电车或坐出租车,会引起怀疑。脱离姑娘身子的臂腕如果哭起来,或发出声音,那还了得?

我用右手紧紧握住姑娘臂膀浑圆的接头,抵在左侧胸前,上面盖着雨衣。而且,还得时时用左手摸摸雨衣,看姑娘的臂腕还在不在。这动作不是为了确认姑娘的腕子,而是在确认我的喜悦。

姑娘从我喜欢的地方,卸掉自己的臂膀送给我。不只是臂肘的接头,还是肩膀的一端,那里柔软而又浑圆。那是西洋美丽的蜂腰姑娘具有的浑圆,为日本姑娘所稀有。但这位姑娘独有。这是微光闪耀的球体般清纯优雅的浑圆。姑娘失去纯洁之后不久,浑圆的可爱就将变得迟钝、松弛。对于美丽的姑娘的人生来说,这是十分短暂的优雅的浑圆。这也为这个姑娘所具有。从肩头可爱的浑圆中能够感受姑娘整个身子的可爱。胸的浑圆应该也不算很大,一旦进入手掌,便有一种羞涩的吸附般的坚韧与优柔吧。看着姑娘圆活的肩膀,同时我也看到了姑娘的步履。那是细腰的小鸟般轻柔的碎步,是蝴蝶在花丛中款款飞舞般的碎步。这种细微的旋律,也存在于接吻的舌尖儿。

穿着无袖女服的季节,姑娘的香肩刚刚露出。那是尚不习惯于径直接触空气的肤色,那是春天掩蔽的细润以及尚未受到酷夏伤及而变得粗糙的蓓蕾般的光艳。那天早晨,我在花店买了一枝广玉兰的蓓蕾,插进玻璃瓶内。姑娘肩头的圆润就像那广玉兰银白而硕大的骨朵。姑娘的上衣,比起无袖,脖子附近的料子裁剪得更多。连接臂膀的肩根大半显露。衣服是灰黑的近于浓青的绢子,闪耀着柔和的光泽。具有这双浑圆肩头的姑娘,脊背丰满。这类溜肩般的浑圆,描摹着背部丰腴及和缓的波纹。从背后稍稍斜视过来,连接圆活的肩头和颀长秀颈的肌肉,被梳得很高的发际鲜明地分切开来,黑发似乎在浑圆的肩头上印上了光影。

姑娘似乎觉察到我的喜爱,特意将连接浑圆肩膀的右臂卸下来借给了我。

雨衣内被我小心翼翼握着的姑娘的臂腕,比我的手更加冰冷。我兴奋地怀着激烈的心跳,手也热乎乎的。但愿我的这份温热不要转移到姑娘的臂腕上。我希望姑娘的臂膀维持着姑娘寂静的体温。而且,掌心之物的微凉,依旧向我传达着情爱。那仿佛就是未曾经人抚摸过的姑娘的乳房。

催雨的夜雾变浓了,我没有戴帽子的头发湿漉漉的。大门紧锁的药店内传来广播的声音,据说眼下有三架客机因为浓雾不能降落,已经在机场上空盘旋了半个钟头。广播继续提醒每个家庭注意,这样的夜晚因为湿气重,钟表标示的时间可能不准确,此外,假若上足发条,还会因湿气而断裂。我抬头仰望天空,看看能否望见盘旋的飞机的灯光,但什么也看不见,空中毫无踪影。团团湿气流入耳朵,仿佛众多蚯蚓远远爬行的阴湿的声响。广播还会向听众提起什么警告呢?我伫立药店门口倾听。据说,动物园的狮子、虎豹等猛兽,因愤恨湿气而狂吼。广播播出了那吼声。动物的吼叫,听起来好似山摇地动。广播接着还说,这样的夜晚,孕妇和厌世家等,请尽早上床安静睡觉。还说,这样的夜晚,女人搽香水,香味会直接渗入皮肤,再也去除不掉。

听见猛兽的吼声时,我已经从药店前边离开。直到香水的提醒,广播声追我而来。猛兽们愤怒的吼叫威胁着我,我因而担心此种恐怖会不会传向姑娘的臂膀,于是离开药店的广播。我思忖着,姑娘尽管既不是孕妇,也不是厌世者,借给我一只臂腕,还剩下另一只臂腕,今夜还是像广播中所提醒的那样,安安静静躺在被窝里为好。我巴望着姑娘作为只剩下一只臂腕的母体静静安眠。

横穿马路时,我用左手从雨衣上头揾住姑娘的臂腕。汽车喇叭响了,感到右侧腹胁有动静,随即扭过身子。或许受到汽车喇叭的惊吓,姑娘的臂膀握紧了手指。

"不用担心啊!"我说,"汽车很远,只因看不清方向,所以一个劲儿鸣笛。"

我怀揣宝物,必须仔细看清楚道路前后再横穿过去。我虽然不觉得那喇叭因我而鸣叫,但眺望来车的方向,没有一个人影。那辆车的车身看不见,只能看到车头灯。那灯光朦胧宽广,而又泛出薄紫色。这种灯光的颜色难得一见,我便站在横穿马路的路口,看着车子通过。开车的是一位身穿红衣服的年轻女子,那女子似乎看着我这一边俯首而过。蓦然间,我想到那姑娘是来索回右臂的,打算转身逃走。但转念一想,光剩一只左臂是无法开车的。不过,那位女车主是不是识破了我怀揣姑娘一只臂腕?一个同性女子,能够感应出那是姑娘的臂膀。所以必须注意,回我的房间前不能遇见任何女人。女人的车子尾灯也是薄紫色。同样看不见车体,只在雾霭中飘浮着朦胧的薄紫渐去渐远。

"那女子无目的地只是为开车而开车,走着走着会不会消失了呢……?"我自言自语,"车厢后面的座席上坐着的是什么呢?"

那里似乎什么也没有。我看到什么也没有而感到害怕,是因为我怀揣着姑娘的臂膀吗?那个女子的汽车里也乘着湿漉漉的夜雾啊。而且,女人的某种东西使得车灯照射的雾霭变成薄紫色了。倘若女人的身子不会发出紫色的光亮,那么又是什么呢?一个年轻女子在这样的夜晚,一个人驱车奔驰,在我眼里看作一种虚幻,也是因为我藏匿着姑娘臂膀的缘故吗?女人从车厢里跟姑娘的臂腕打招呼了吧?在这样的夜晚,或许有一位天使或精灵,会随处巡视女人的安全。或许那个年轻女子不是坐在车上,而是乘坐在紫光之中。那不是一种虚幻,她早已看透了我的秘密。

不过,其后我回到公寓前,路上再也没有遇到一个人。我伫立良久,窥视门内的动静。头顶上,萤火明灭闪烁。当我发现那作为萤火过于广阔和强烈,便立即后退四五步。又有流萤似的两三点火光飞逝而去。那火光在被浓雾吸纳之前及早消失了。莫非是人魂或鬼火,在我的前方萦绕,等待我的回归吗?然而,我很快明白了那是一群小飞蛾。飞蛾的翅膀映着门前的电灯,发出萤火般的光亮。虽然比萤火宽广,但飞蛾甚小,看似萤火交相飞舞。

我避开自动电梯,悄悄登上狭窄的楼梯到达三楼。我不是左撇子,将右手一直插在雨衣内,而用左手打开上锁的房门,我对此很不习惯。越是着急,手指越是颤抖,简直就像犯罪一般胆战心惊,不是吗?房子里似乎有什么东西。我平时独居一室,孤独不就是一种东西吗?今晚我和姑娘的臂膀一同回来了,我终于不再孤独。但这样一来,笼罩于我房内的孤独将要威胁我了。

"先进去吧。"我好不容易打开门扉,从雨衣里捧出姑娘的臂膀,"欢迎你哪,这就是我的房间,我来开灯。"

"您感到害怕吗?"姑娘的臂腕似乎开口说话了,"房内有人吗?"

"哦?你觉得有人吗?"

"好香呢。"

"有香味?是我的气息吧。黑暗之处不是朦胧地站立着我的高大的身影吗?仔细看看。我的身影或许正等待着我的回归呢。"

"啊,是甜香哪!"

"噢,那是广玉兰花的香气。"我朗声地说。所幸,它的感觉并非我的不洁而造成的阴湿孤独的气息。我之所以养活广玉兰的花蕾,是为了喜迎美丽可爱的客人。我的眼睛稍稍习惯于黑暗,但凡黑暗之处,哪里放着什么东西,每晚我都十分熟悉。

"请让我来开灯吧。"姑娘的臂膀出乎意料地发话了,"第一次进入这个房间呢。"

"请吧。谢谢啦。除我之外,你是第一个开灯的人。"

我捧着姑娘的臂膀,将手指举向房门一侧的开关上。天花板下、桌面上方、枕畔、厨房以及洗脸间这五个地方的电灯,同时亮了起来。我的房间的灯光竟如此明亮,使得我的眼睛倍觉新鲜。

玻璃瓶内的广玉兰盛开着硕大的花朵。今天早晨还是一朵蓓蕾呢。尽管盛开不久,但桌面上已经有散落下来的花蕊。我感到很奇怪,比起白色的花瓣,我更多凝视着零落的花蕊。我一根一根拿在手里观看,桌面上姑娘的臂膀活动起来,不停地伸缩着手指挪动过来,积攒了好多花蕊。我从姑娘手里接过花蕊,站起身来丢到废纸篓里。

"浓烈的花香渗进了皮肤,快救救我……"姑娘的臂腕呼唤着我。

"啊,一路上眼界褊狭,想必已经疲倦了,好好歇歇吧。"我把姑娘的臂腕横放在床上,我也坐在一旁,轻轻抚摸着姑娘的臂膀。

"很漂亮啊,我很高兴。"姑娘的臂膀所说的"漂亮",指的是床罩吧。水蓝色的底子上面印染着三种颜色的花纹。对于孤独的男人来说,这太华丽了。

"今夜我会安安稳稳睡在这里面的。"

"是吗?"

"我会靠近您的身边,又让您觉得您的身边什么也没有啊!"

姑娘的手悄悄握住我的手。我看到姑娘的指甲打磨得很光滑,并染成了淡红色。修长的指甲伸得比手指还长。

姑娘的指甲一旦接近我的既短且宽又很粗笨的指甲,姑娘的指甲简直不像人的指甲,呈现出非比寻常的美丽的形态。女人在这样的指甲上,也打算超越人类吗?或者以此探究作为女人的本质吗?内部纹饰闪耀的贝壳、光艳漂流的花瓣等物,虽然我的脑里想起了这些寻常的形容,但酷似姑娘指甲颜色和形体的贝壳与花瓣,眼下都没有在我心中浮现,姑娘的指甲只能是姑娘的指甲。较之清脆小巧的贝壳和玲珑剔透的花瓣,这指甲更显得通体明净,比起其他各物,更像是悲剧的泪滴。姑娘日日夜夜一心一意打磨着女性悲剧的美丽。这一点,浸润着我的孤独。我的孤独,零落于姑娘的指甲上,抑或化作了悲剧的泪滴。

我的另一根没有被姑娘握在手里的食指,挑起姑娘的小指,用拇指肚儿磨蹭着那细长的指甲,看得入迷。不知不觉,我的食指触及了藏在姑娘指甲盖下的小指指尖。姑娘猝然缩回了手指,蜷曲起臂腕。

"哦,觉得痒痒吧?"我问姑娘的臂腕,"会感觉痒痒的啊。"

不小心说出了这句愚蠢的话语。这就等于说我知道女人留着修长指甲的指尖容易痒痒;或者说告知姑娘的臂膀,我对于姑娘之外的其他女子也相当熟悉。

比起借给我一个晚上臂膀的姑娘来说,从前我认识一个女人,与其说她年长于我,不如说她早已习惯同男人交际。她曾告诉过我,被这样的指甲所掩藏的指尖会怕痒痒的;因为已经习惯于用细长的指甲触及物体而不用指尖,所以偶有触及就会发痒。

"唔。"我不由感叹她的意想不到的发现。那女子继续说:

"即使做饭烧菜,或吃东西,偶尔接触到指尖就会觉得不干净,甚至连肩头都在发抖。真的,是这样的啊……"

所谓不干净,是说吃的东西变得不干净吗?还是指尖变得不干净呢?恐怕女人不论用指尖接触什么,都会因为不干净而感到战栗吧?女性纯洁的悲剧的泪水,为细长的指甲所掩护,只在手指尖上残留一滴。

我很想摸摸女人的指尖,这样的诱惑是自然的。但是,我唯独没有这么做。我自身的孤独拒绝了这种诱惑。那女子几乎失掉了这样的特征:身体任何部位触及了都会发痒。

借给我臂膀的姑娘,或许身体的任何部位,触及了都会自动发痒。这样的姑娘即使触摸她的指尖儿,我也并不认为是罪过,只是戏弄。但是,姑娘并非为了满足我的恶作剧心理,情愿借给我一只臂腕,不是吗?我不可将此当作喜剧看待。

"窗户开着呢。"我注意到了。玻璃窗紧闭,窗帘敞开着。

"看到了什么?"姑娘的臂膀问道。

"看到的无非是人啊。"

"即使看得到人,您也看不到我。假如您真的看到了什么,那也只能是您自己。"

"自己……?自己是什么?自己在哪里?"

"自己在远方啊。"姑娘的臂膀犹如在吟唱安慰之歌,"为了找回远方的自己,人们举步巡游各地。"

"能到达吗?"

"自己身处远方啊。"姑娘的臂膀重复着说。

我蓦然感到这只手臂和母体的姑娘相距无限遥远。这只臂膀果真能回归于遥远母体之所在吗？我果真能携带这只臂膀抵达姑娘所在的远方，使之物归原主吗？正如姑娘的臂膀信任我而安心于此，母体的姑娘也相信我已经安然入梦了吧？没有由于失掉右臂的不适而连连做噩梦吧？姑娘离别右臂的时候，是泪眼盈盈强忍着没有掉落下来吧？如今这只臂膀来到我的房内，但姑娘还未曾来过这里。

玻璃窗蒙上湿气一派迷离，仿佛蛤蟆鼓胀的肚皮。水雾似乎使雨云静止于空中，窗外的暗夜失去了距离而包裹于无限的距离之中。看不见房顶，也听不到汽车喇叭声。

"关上窗户。"我正要拉上窗帘，窗帘也潮润润的。玻璃窗上映着我的面影，看起来比我寻常的面孔更显得年轻。但我拉窗帘的手没有停下，我的面影消失了。

有时，我的心头会蓦然想起在某家旅馆看到的九楼客房的窗户，当时有两个衣裾敞开的红衣小女孩儿爬窗嬉戏。因为穿着一色，两人又很相似，或许是孪生姊妹。是西洋人的女儿。两个小女孩儿握紧拳头敲打玻璃窗，又用肩膀猛撞，两人互相推来推去。母亲背靠窗台站立，编织毛线。宽敞的窗户只镶嵌一块大玻璃，要是打碎了，小女孩就会从九楼坠地摔死。只有我看到了危险，两个小女孩儿和那位母亲浑然不觉。关得严严实实的玻璃窗是没有危险的。

拉上窗帘回头一瞧，姑娘的臂膀从床上发话了。

"好漂亮。"它说。或许因为窗帘和床罩同样都是印花布吧。

"是吗？晒得褪色了，已经陈旧得不能再用啦。"我坐到床上，将姑娘的臂膀担在膝上，"漂亮的是这个呀，实在没有比这更美的啦！"

我用右手紧紧握住姑娘的手心，用左手捧起姑娘的肩关节处，慢慢试着使胳膊肘时而屈曲，时而伸展，反复多次。

"您真是个调皮鬼。"姑娘的臂膀亲切地微笑道，"这样摆弄，您觉得很有趣吗?"

"你说我调皮吗?不光是有趣啊。"姑娘的臂腕真的浮现着微笑。那微笑光闪闪的,使得臂腕的肌肉也流光溢彩,犹如姑娘青春润泽的面颊绽放的微笑。

我可以想见,姑娘两只臂腕撑在桌面上,两手手指轻轻叠放在一起,时而抵着下巴颏儿,时而抵着一侧面颊。作为年轻姑娘,这种姿态虽然不算高雅,却是"撑着""叠着"或"抵着"这些词儿都不太能准确表达的那种轻松的爱恋。自臂腕圆润的关节处,经手指、下巴、脸颊、耳朵、细长的脖颈直到发际,浑然一体,宛如整首乐曲和谐一致。姑娘一边灵巧地运用着刀叉,一边将握着刀叉的食指和小指蜷曲着,无意地时时稍向上举,将食物送进小嘴,咬断,吞下。那动作使人感到不是人的动作,而是手臂、脸孔和咽喉共同演奏的一首爱的乐章。姑娘的微笑流动地映照在臂膀的肌肤上。

姑娘的臂膀似乎微笑着,那是因为随着我将这只臂膀时屈时伸,姑娘臂膀上微微紧绷的筋肉,流动着微妙的波纹,因而使得那微妙的光与影在白皙而柔润的肌肤上闪烁流动。刚才,我的手指触及到姑娘修长指甲遮挡着的指尖儿,姑娘的手臂猝然抽动了一下,臂膀上的光倏忽一闪,射向我的眼睛。因此我尝试着将姑娘的臂膀弯曲,绝不是犯调皮。我不再使臂膀屈曲活动,就那么伸展着搁在膝盖上瞧着。姑娘的臂膀上依旧有着离合的光影。

"如果说这就是有趣的调皮,那么还可以同我的右臂交换一下。我是得到她的许可的,知道吗?"我说。

"知道。"姑娘的右臂回答。

"这可不是调皮,我感到害怕。"

"是吗?"

"即便那样也行吗?"

"行啊。"

"……"

姑娘臂膀的声音进入耳朵,令我泛起疑惑。

"你再说一次'行啊',再来一次……"

"行啊,行啊。"

我想起来了。这种声音很像一位决心委身于我的姑娘的嗓音。那位姑娘不像借给我臂腕的这位姑娘美貌,而且还有点异常。

"行啊。"那位姑娘睁开眼睛瞅着我。我摸蹭了一下她的上眼皮,是想让她闭上眼睛。姑娘颤动着嗓音对我说:

"耶稣流泪了!犹太人说:'啊,他是多么爱她啊!'"①

"……"

这里的"她"乃为"他"之误,是指已经死了的拉撒路②。姑娘是女人,此处将"他"称之为"她",是记忆错误还是有意而为呢?

我被姑娘在此种场合不该有的唐突而奇怪的话语惊呆了。我屏住呼吸瞧着姑娘紧闭的双眼,看她是否在流眼泪。

姑娘睁开眼睛,挺起胸脯。我用臂腕顶落了她的胸脯。

"好疼。"姑娘将手放到头后面,"好疼啊!"

雪白的枕头上蹭上一点儿小小的血迹。我将姑娘的头发分开来搜索着,发现鼓起的小血泡渗出血滴。于是我的嘴巴凑了过去。

"好啦,血马上就出来了,稍等会儿就好。"姑娘将发卡全部拔下来,看样子是发卡刺伤了头皮。

---

① 《圣经·约翰福音》第十一章三十五至三十六节:耶稣哭了。犹太人就说,你看他爱这人是何等恳切。此处的这人实际指身为男性的拉撒路。

② 拉撒路(Lazarus):《圣经·约翰福音》中记载的人物,病危时未等到耶稣的救治而去世。但耶稣一口断定他将复活,四天后拉撒路果然从山洞里走出。

姑娘似乎颤动了一下肩膀，她强忍住了。

我虽然明知姑娘是想委身于我，但我很难接受。这女子对委身是如何想的呢？自己为何希望委身他人或者主动寻求委身呢？当我知道所有女人的身子都可以如此交给别人之后，我便更难于置信了。即使到这种年龄，我还是十分不理解。而且，女人的身子以及委身他人的样子，要说各自不同就是各自不同；要说一律相似就是一律相似，要说一律相同就是一律相同。这不是叫人甚感奇怪的事吗？我的这种动辄感到奇怪的心理，或许是比年龄更加充满幼稚的憧憬；抑或更是一种较之年龄更加老迈的失望。这不就是心灵的残破吗？

像这位姑娘如此痛苦，并非是所有委身于他人的女子所具有的痛苦。即便是姑娘本人，也只限于那个时候。银链断裂，金盘粉碎。

"行啊。"姑娘的臂膀说。这声音虽然令我想起那位姑娘，但这只臂膀的声音和姑娘的声音，果真相似吗？不是因为说的是同一句话而相似吗？其实，尽管说的是同一句话，因为离开了母体，这只臂腕便有别于那位姑娘，而更加自由了，不是吗？因为是在这般情况下的委身，这只臂腕就没有什么自制、责任和悔恨，可以为所欲为了，不是吗？然而我想，正如"行啊"所言，假若姑娘的右腕与我的右腕相互交换，母体的姑娘可能就会受到异样痛苦的折磨。

我继续凝视着放在膝盖上的姑娘的臂腕。胳膊肘内侧泛着微薄的光影，似乎也可以吸进肚里。我将姑娘的腕子稍加弯曲，留住光影，抬高一些，凑近嘴唇吮吸。

"好痒痒啊！真调皮。"姑娘的臂腕说。它似乎为躲开嘴巴而抱住我的脖子。

"痛饮芳醇……"我说。

"您饮了什么了？"

"……"

"到底饮了什么了呀?"

"光的醇香,或是肌肤芬芳。"

外面的雾霭似乎更浓了,甚至花瓶内广玉兰的叶子也濡湿了。广播里正播送着什么警告?我从床上起来,打算向桌子上的小型收音机走去,但又打消了这个念头。姑娘抱紧我的脖子,听广播也成了多余。但是,凭想象广播里似乎正在播报如下这些事:恶浊的湿气浸湿了树枝,小鸟的翅膀和双足也潮湿了,小鸟们滑落下来,不能飞翔,希望通过公园的车辆加倍小心,切莫碾压着鸟儿。倘若刮起暖风,雾气颜色就会改变,变了颜色的雾霭是有害的,要是变成桃红色或绛紫色,请尽量不要外出,关紧门窗。

"雾气的颜色会改变?桃红和绛紫?"我暗自嘀咕,抓住窗帘,向外窥视。浓重的水雾似乎奔涌而来。似乎起风了,夜气或明或暗地流动着。浓厚的雾气似乎有着无限的距离,在远方某种骇人之物正上下翻卷。

我想起刚才携带姑娘的右臂归来的路上,红衣女子的汽车从雾霭之中穿过时,车前车后浮泛着薄紫的光芒。是紫色。犹如来自迷离雾霭中薄紫的大眼睛向我逼近,我连忙放下窗帘。

"想睡吗?我们也一起睡吧。"

此时的世界,看样子没有一人不在睡觉。这样的夜晚还未睡眠是很可怕的。

我从脖颈上卸下姑娘的臂膀放在桌子上,换上新睡衣。睡衣是浴衣,姑娘的臂腕看着我换装。我被它看得有点不好意思。我从未在自己房间里当着女人的面换睡衣。

我搂着姑娘的臂腕上床了。我面对姑娘的臂膀躺着,轻轻握住它的纤指靠在胸窝里。姑娘的臂腕一动不动。

似乎听到小雨的响声,不是雾气转为小雨,仿佛是雾气转为水珠静静沉落发出的微音。

我知道姑娘的手臂放在毛毯内,手指又握在我的手心里,这样会渐渐变热的,但尚未达及我的体温,这使我感到多么安谧。

"睡着了吗?"

"没有。"姑娘的臂腕回答。

"看你纹丝不动,以为睡着了呢。"

我敞开浴衣,将姑娘的手臂贴近心窝,胸间渗进不同的温度。表面酷热而根底寒冷的夜晚,姑娘臂膀肌肤的触感令我身心欢愉。

房内的电灯依旧全都亮着,上床时忘记关灯了。

"对啦,没有关灯呢……"我折身起来时,姑娘的臂腕从我的胸间滑落下来。

"哦。"我拾起臂腕,"帮我关上灯好吗?"

接着,我一边走向门扉,一边问它:"摸黑睡觉呢,还是点灯睡觉呢?"

"……"

姑娘的臂腕没有回答。臂腕不会没听到,那么为何不回答呢?我不知道姑娘夜间的习惯。心想那位姑娘喜欢点着灯睡觉,还是喜欢在黑暗中睡觉呢?失去右腕的姑娘,今宵大概会亮着电灯睡觉。我忽然舍不得关灯了,我还想再看一看姑娘的臂腕。而且,我想清醒的时候看看先我而入睡的姑娘的臂腕。然而,姑娘的臂腕却向门侧电灯开关伸出手指,做出关灯的姿态。

我摸黑回到床上躺下了。我使姑娘的臂膀置于胸的一旁,静静等待它进入梦乡。但不知姑娘的臂腕不甚满足,还是害怕黑暗,将手心抵在我的胸侧。但不一会儿就登上我的胸间来了。它自动弯起臂腕,做出紧抱着我胸脯的态势。

姑娘的臂腕跳动着可爱的脉搏。姑娘的纤腕搁在我的心脏上,脉搏与我的心率共跳动。姑娘臂腕上的脉搏稍微缓慢些,但不一会儿就同我的心跳完全一致。我渐渐只感到自己的心跳,不知道谁快谁慢了。

手腕的脉搏和心跳的一致,或许这短暂的一瞬,正是为了让我与姑娘交换右臂。不,也可能只是姑娘入睡的标记。我曾经听女人谈论过,说比起醉心于忘情的狂喜,还是能安睡于他身边更是女人的幸福。可惜我没有一个如姑娘臂腕这般安心睡在我身旁的女子。

姑娘脉搏跳动的臂腕置于我的胸口,使得我也意识到自己心脏的跳动。一次跳动随之带动下一次跳动,其间,我感到一种东西迅疾越过遥远的距离又回到原处。随着听闻持续不断的跳动,距离也逐渐变得遥远起来。而且,不论远至何处,即便无限遥远,前方仍是空无一物。并非触碰到何物反射回来,而是由下次的跳动忽然召唤回来的。本应很恐怖,但也不觉得可怕了。我摸索着枕畔的开关。

开灯之前,我悄悄卷起毛毯观察,姑娘的臂腕睡着了,浑然不觉。泛白的微光遍照着我的全裸的胸脯。我的胸间浮现出苍茫的白光。那是我的胸间即将升起小太阳之前的温暖之光。

我打开电灯,将姑娘的臂腕一旦从胸口拿下来,便用两手抓住臂腕的肩关节和手指使之笔直地伸展开来。五烛光微弱的灯泡在姑娘臂腕的浑圆的接头以及光影之间荡起了柔和的波浪。自浑圆的接头开始,先是纤细,继而越过丰隆的上臂,再次变细,经过光洁浑圆胳膊肘儿,以及肘部内侧的小凹陷,再到圆活柔细的素腕、手心、手背和手指……我一边转动姑娘的臂腕,一边凝视着明暗闪烁、光影离合。

"这支臂腕还是给我吧。"我只是嘀咕一声,也没有在意。

于是,我在迷迷糊糊之中,从肩头卸下自己的右臂,同姑娘的右臂交换过来。对此我自己也不知道。

"啊！"低声的喊叫不知是来自姑娘臂膀还是我自己,只觉得肩头猛然抽动了一下,这时我才知道我的右臂已经交换过了。

姑娘的一只臂腕,如今成了我的一只臂腕,震颤着向空中乱抓。我将那手臂弯曲过来,靠近嘴巴,问道：

"疼吗？痛苦吗？"

"不疼,不疼,不苦,不苦。"那只臂腕断断续续地快速说着。战栗的闪电流贯我的全身,我用嘴含着那只臂腕上的手指。

"⋯⋯"我将如何表达我的喜悦呢？姑娘的手指只是触动一下我的舌头,我就说不出话来了。

"行啦。"姑娘的臂腕回答。不用说,震颤停止了。

"本来说好了的嘛,不过⋯⋯"

我猛然发觉,我的嘴里可以感知到自己叼着姑娘的手指。但姑娘右腕的手指亦即我的右腕的手指,却感受不到我的口唇和牙齿。我连忙试着挥动,但也感觉不到在挥动。肩端、接头,有阻挡,有抗拒。

"血液不流通啊。"我随口说道,"血液到底流通还是不流通呢？"

恐怖袭击我,我坐在床上。我的一只臂腕掉落于一旁。这支臂腕闯入我的眼帘。我的脱离自身的臂膀是丑恶的臂膀。然而,这只臂腕的脉搏没有停止吗？姑娘的臂膀有着温热的脉搏,而我的右臂看上去却显得冰冷僵硬。我用接在肩头的姑娘的右臂握住自己的右臂。握是握住了,但没有握的感觉。

"有脉搏吗？"我问姑娘的右臂,"不觉得冷吗？"

"有点⋯⋯比我稍微⋯⋯"姑娘的臂腕回答,"因为我是热的嘛。"

姑娘的臂腕用了第一人称"我",如今在我的右肩变成我的右臂了,它却首次以"我"自称。我的耳鼓震响着"我"字的声波。

臂　腕

"脉搏没有消失吧?"我又问道。

"好烦人哪,还不相信……?"

"相信什么?"

"您自己的臂腕同我不是调换过来了吗?"

"可是血脉通了没有呢?"

"'女人啊,你在找谁呀?'这句话,您知道吗?"

"知道。'女人啊,你为何哭泣?你在找谁呀?'"①

"我夜间做梦,醒来经常叨咕这句话。"

眼下自称为"我"的,自然是连接在我右肩上的宝贝素腕的母体无疑。我渐渐以为《圣经》上的这句话是永恒传承、代代言说下来的。

"您没被梦魇住吗?睡梦中过于痛苦……"我提及臂腕的母体,"外头的雾霭简直像为了魔群的徘徊而浮现,然而纵使是恶魔,身子也会发潮、咳嗽。"

"为了听不见恶魔的咳嗽……"姑娘的右臂握住我的右臂遮住了我的右耳。

姑娘的右臂,实际上眼下就是我的右臂,使之运动的不是我,像是姑娘臂腕的意志。不,其实不是如此的分离。

"脉搏,脉搏的声音……"

我的耳朵听到了我自己右臂的脉动。姑娘的臂腕握着我的右臂送到耳边来,我的腕子是被压在耳朵上了。我的右臂也有体温。正如姑娘以前说的,比我的耳朵和姑娘的手指稍稍冰冷些。

"我为您驱魔……"姑娘顽皮似的将细长的小指指甲伸进我的

---

① 《圣经·约翰福音》第二十章第十五节:耶稣问她说,妇人,为什么哭?你找谁呢?

279

耳内轻轻抓挠。我转头躲闪,用左手,这倒真的是我的左手,摁住我的右腕,实际是姑娘的右腕。接着,我转脸一看,看到了姑娘的小手指。

姑娘的手用四根指头握住从我肩头卸下的右臂,只有小指可以说空闲着。那根小指滑向手背一方,指甲轻轻触及我的右臂。那是只有年轻姑娘的纤纤玉指才能做到的,并且是像我一般手指粗硬的男人难以相信的姿态。自小指根部向手心方向弯成直角,然后再把下边的指关节弯成直角,紧接着再把下一个指关节弯成直角。于是,小手指自动构成一个四边形,四边形的一边是无名指。

这个四边形的窗口,位于我的眼睛窥伺的位置,说是窗口,其实很小,可以说是窥探孔或者眼镜。不知为何,我把它当作窗口。就像紫堇花向外眺望的窗口。那犹如发出淡淡白光的小手指窗户边缘,或者说小手指构成的眼镜边缘,我又靠近闭起一只眼睛观看。

"窥探装置……?"姑娘的臂膀说,"您看到了什么?"

"我的陈旧昏暗的房间,五烛光的电灯……"没等话说完,我几乎喊叫起来,"啊,我不信,看到啦!"

"看到什么啦?"

"又看不到了。"

"您看到什么啦?"

"颜色。薄紫光线,茫茫一片……在薄紫之光中,有许多谷粒般的红黄色的小圆环,咕噜噜滚动而来。"

"您太累啦。"

姑娘的右臂把我的右臂放在床上,用手指肚轻柔地滑动我的眼皮。

"红色和金黄色小圆环,是不是有的似乎变成巨大的齿轮旋转……齿轮中间,不知什么在转动,又有什么时而出现,时而消失。

看见了吗？……"

齿轮与齿轮中间之物看得是否清楚,我全然不知。瞬间的幻影,不留于记忆。那幻影是什么？我想不起来了,问道：

"你想给我看什么幻影？"

"不,我是来扑灭幻影的。"

"你是说过去的幻影吧,憧憬与哀伤……"

姑娘的手指和掌心的滑动,停在我的眼睑上方。

"头发很长了吧？一旦散开,会不会披到肩头和臂腕上来呢。"这个出乎意料的问题,不由得脱口而出。

"是的,是会披到肩上来的。"姑娘的臂腕回答,"洗澡洗头发时用热水,或许是出于我的习惯,最后还要用冷水将头发仔细漂洗干净,漂到头发变冷。冰凉的头发披散在肩头、手臂,触摸着乳房,痒抓抓的,好舒服呢。"

不用说,它是指的臂腕母体的乳房。那姑娘看上去不曾让他人接触过自己的乳房,自然也不会提起冰凉而湿漉漉的头发触及乳房的感觉。但姑娘的臂腕离开身子,就不像作为母体的姑娘那般谨慎,同时也摆脱了羞涩的心理吧。

姑娘的右臂如今变成我的右臂,我悄悄将那可爱而浑圆的接头握在左手心里。我想象着,姑娘尚未变大变圆的胸脯,似乎就在我的掌心里。圆活的肩头转变为圆活、温软的胸脯。

接着,姑娘的手轻轻放在我的眼睛上。那手心和指头亲密地吸附于眼睑上,渗透到眼睑内里,眼睑内部似乎温热而湿润。那种温热与湿润,甚至在眼球内也渗透扩散开了。

"血脉通啦。"我沉静地说,"血脉通啦。"

我没有像发现自己的右臂和姑娘的右臂互换时那般惊讶地叫喊。我的肩膀以及姑娘的臂膀更没有发生痉挛和战栗等现象。到底是何时,我的血液开始流淌于姑娘的臂腕而姑娘的血液流淌在我的身上的呢?又是何时,臂腕连接处的阻断与抗拒消失了呢?如今,女人清纯的血液流淌于我的体内,正如眼前所见;但我这个男人污浊的血进入姑娘的臂腕,当这只臂腕复归于姑娘肩头的时候,会不会发生出乎意料的事呢?要是不能像过去那样接在姑娘的肩膀上,又将如何呢?

"不会那样的。"我嘀咕道。

"没事的。"姑娘的臂腕低声说。

然而,我的肩膀与姑娘的臂腕,并没有明显的血流往来之感。我那握住右肩的左手手心,以及成为我右肩的姑娘肩膀的圆润,自然地明白了一切。不知不觉间,我和姑娘的臂腕便明白了一切。而且,藏于令人沉醉、绵软的甜梦之中。

我睡着了。

聚拢的雾霭泛着淡紫色,我漂浮于缓缓流动的雾的巨浪之中。在这广阔的烟雾中,唯我的身体浮动之处,闪现着薄绿的细浪。我的阴湿、孤独的房间消失了。我好像将自己的左手轻轻搁在姑娘的右臂上。姑娘的手指似乎掐着广玉兰的花蕊,虽然看不见,但闻到了香气。花蕊扔在废纸篓里,它是何时又是怎样拾起来的呢?一日之花的白色的花瓣尚未凋零,为何花蕊先落了呢?红衣女郎的车子,远远地描画着以我为中心的圆环,迅速地滑行着,似乎守卫着我和姑娘的臂腕睡眠的安全。

这样的睡眠纵使很浅,但我从未有过这般温暖而甜蜜的睡眠。总是苦于睡不好而辗转床榻的我,从未同今天一样像幼小的孩子睡得那般香甜。

姑娘华奢的细长的指爪,可爱地搔着我左手的手心。那微微的触感之中,我的睡眠深沉起来。我不存在了。

"啊!"我在自己的惊叫中折身而起,跳下地面,犹如从床上跌落下来,踉跄地向前奔走了三四步。

猛然睁开眼来,一种可怕的东西触及我的腹胁。那是我的右臂。

我站稳摇晃不定的脚跟,瞧着掉落在床上的我的右臂。呼吸停止了,血液上涌,全身战栗。我的右臂进入我的眼里只是瞬间。下一个瞬间,便是从肩头摘下姑娘的臂腕,换上我的右臂。犹如魔性发作后的杀人行为。

我跪在床前,胸脯趴在床上,用刚刚连接的自己的右臂,抚摸狂乱跳动的心脏。随着心跳的平复,悲哀便从我自己内心深处喷涌而出。

"姑娘的臂腕……?"我抬起眼来。

姑娘的臂腕被扔到床边了。被踢翻的乱糟糟的毛毯里头,一只被丢下的臂腕掌心向上,展开的手指纹丝不动,在薄暗的光影里泛着灰白。

"啊!"

我连忙拾起姑娘的臂腕,紧紧抱在胸前。我抱着姑娘的臂腕,仿佛怀揣生命渐渐冷却的爱儿。我把姑娘的手指衔在嘴里。姑娘伸展的指甲内里和指尖之间,倘若流下女人的泪滴……

一九六三年八月至一九六四年一月
连载于《新潮》杂志

论川端先生的《臂腕》

说实话,关于这篇作品,我应该惭愧地检讨,因为第一回发表时,据我记忆,当写到"姑娘的手悄悄握住我的手。我看到姑娘的指甲打磨得很光滑,并染成了淡红色。修长的指甲伸得比手指还长"时结束了,因为后面没有标明"待续"字样,我以为这部小说写完了,早早断定为"具有完美结尾部分的珠玉之作"。然而,其后及至连载,我深感惊讶(此种不知何时结束的写作方法,也是作者惯用的手法),要改变自己此种先入为主的看法,变得十分困难起来。

如今,再重新通读一遍,我确实感到,第一部分将借来的女人的臂腕带回家,使得此种寓意停留于美好的寓意,也可以给人一种明确的现实主义之感。通读全篇,从基本构思顽强的展开过程中,后者反而能够让人感觉到噩梦般富于感觉的黏着力。这就不单是所谓"美丽的寓意",而是描绘了作者精神上无法回避的轨迹。这不是构思问题,而是一种强迫观念。

说到部分、全体,总是觉得陷入这篇作品的陷阱中不能自拔。为什么呢?因为色情在任何场合,都不要求全体,色情因臂腕而由整体变成部分,亦即较之整体,不如通过部分更能逐渐准确地描绘色情本身。而一味认定第一回就是完整全篇的我,抑或不知不觉被女人的臂腕紧抓不放了。

臂　腕

　　闲话休提,《臂腕》不同于《睡美人》,这是一部具有明确对话、交流和感应的小说。但是,对象只有是臂腕时才可获得成功。这里也有作者关于小说结构上的所谓"逆说"①。乍看起来是超现实的梦想,实际上是官能性必然的产物。这种"但愿如此"的愿望,决不借助思想形态,而借助于肉体形态而产生。女人的臂腕就是希求的女人自身的象征性的具体表现,甚至是先生希求的他所居住的绝对孤独的世界形态。

　　"又是何时,臂腕连接处的阻断与抗拒消失了呢?"

　　自己的右臂和姑娘的右臂交换后并感到血流畅通时,"我"流露了上述的感想。所谓"阻断与抗拒",其实在"臂腕交换"的游戏上演前,即从"我"的臂腕连接在"我"身上时就开始了。这是一种常态。否则,"我"单靠人的接触和性的接触就能使自我满足。"我"由于交换了臂膀,并且借来了女人的臂膀,开始会话和交流,或许仅凭这一点,就成为一个得以成就"关系"的人了。《臂腕》以优美抒情的众多细节阐述这一"关系",因此,可以看作一部憧憬这种"关系"的物语。

三岛由纪夫

---

①　逆说:意即相反的论述。

附录

川端康成简谱

明治三十二年(1899)

六月十四日,生于大阪市北区此花町医师川端家,父亲荣吉,母亲 GEN,长子,上边有比他大四岁的长姊芳子。

明治三十四年(1901)两岁

一月十七日,父亲死于肺病。

明治三十五年(1902)三岁

一月十日,母亲亦死于肺病,康成遂由祖父三八郎(大正三年改名康筹)、祖母 KANE 领养于原籍地大阪府三导郡丰川村大字宿久庄字东村(今茨木市宿久庄)。川端家族世世代代担当本村的"庄屋"(村长),大地主。然而,后来祖父将家产抛散精光,一时离开村子。康成母亲死后,祖父祖母又回到昔日村内,建造更小宅邸而居,养育幼孙。姊芳子寄养于姨族儿女婚家,大阪府东成郡鲶江村蒲生的素封秋冈之家。康成姨父乃众议院议员,母死留有遗金,为川端一族老小生活费之来源。

明治三十九年(1906)七岁

四月,进入丰川普通高小读书,九月九日,祖母 KANE 去世(67岁)。

明治四十五年·大正元年(1912)十三岁

三月,高小六年级毕业。四月,以第一名优异成绩考入大阪府立茨木中学,早晚徒步往返六公里走读。遂使生来虚弱的身子受到锻炼。

大正三年(1914)十五岁(初中三年级学生)

五月二十五日,祖父死去(73岁),写作《十六岁日记》。八月,被领养于母亲娘家大地主黑田家。

大正四年(1915)十六岁

三月开始住校,立志当作家。向《文章世界》等杂志投稿,皆无反应。

大正五年(1916)十七岁

相继于当地《京阪新报》连载《H中尉》等习作。四月,任学生宿舍舍长,为低班生小笠原义人所友爱。此种体验后来写入《少年》(1948)一作。秋,同祖父一起生活过的故宅被出售给川端岩次郎。

大正六年(1917)十八岁

三月,茨木中学毕业。赴东京寄寓于母亲亲戚家里,准备投考第一高等学校(简称"一高")文科。九月进入乙类(英语)学习。

大正七年(1918)十九岁

十月末,到伊豆旅行。偶遇江湖艺人,同行途中。获得十四岁舞女之好意与温情。

大正八年(1919)二十岁

六月于校友会杂志发表小说《千代》。其后,去本乡元町埃拉西咖啡屋,会见名曰"千代"的少女(本名伊藤初代),随之与学友经常出入于该家咖啡屋。

大正九年(1920)二十一岁

九月,进入东京帝国大学文学部英文科。秋,与石浜金作、铃木彦次郎、今东光等人创立同人杂志《新思潮》，结识菊池宽，长期受其恩顾。

大正十年（1921）二十二岁

二月，第六次新思潮创刊，二号（四月）刊出《招魂祭一景》，引起注目。四号（七月）刊载《油》。十月，往访十六岁的初代，签署婚约。一月之后，初代毁约。以后康成经数度努力，终未成功。

大正十一年（1922）二十三岁

六月，转入国文科。带着失恋的悲痛，住在汤岛，著文记述当年同舞女和小笠原初遇之情景。

大正十二年（1923）二十四岁

一月，加入菊池宽所创立的《文艺春秋》，为同人。开始写作有关"千代"的《南方之火》。（《新思潮》，七月）。九月一日，关东大地震。

大正十三年（1924）二十五岁

三月，东京帝国大学文学科毕业。十月，与横光利一、片冈铁兵、今东光等共同创办同人杂志《文艺时代》。千叶龟雄称这一流派的出现为"新感觉派的诞生"（《世纪》，十一月），此后，人们渐渐以此名呼之。

大正十四年（1925）二十六岁

《新进作家的新倾向解说》（刊载于《文艺时代》，一月）。《十七岁日记》（《文艺春秋》，八九月），后改为《十六岁日记》发表。这一年几乎都住在伊豆。

大正十五年·昭和元年（1926）二十七岁

《伊豆的舞女》（《文艺时代》，一二月）。四月，住在市谷左内町，与留守的松林秀（夫人秀子）开始一起生活。和横光利一等结成新感觉派电影联盟。六月，出版处女作品集《感情装饰》（金星堂）。

昭和二年(1927)二十八岁

在汤岛疗养的梶井基次郎经常去汤本馆看望川端康成,帮助校对作品集《伊豆的舞女》(金星堂三月)。四月,去东京参加横光利一结婚典礼。此后一直未回汤岛,入住于杉井区马桥。五月,《文艺时代》终刊。最初报纸连载小说《海的火祭》,连载于《中外商业新报八月至十月》。十二月,租住热海小泽的鸟尾子爵别庄,至翌年春。

昭和三年(1928)二十九岁

无产阶级文学隆盛,结交片冈铁兵等众多左倾势力。当局加强镇压左翼人士,林房雄、村山知义等一时寄居于川端之处。五月,移居大森。附近宇野千代夫妇、萩原朔太郎、广津和郎群集,交际频繁。开始爱好养犬。

昭和四年(1929)三十岁

九月,移居上野樱町。往返于浅草,为写作《浅草红团》取材,发表于《东京朝日新闻》十二月至二月。十月,加入堀辰雄主编的《文学》杂志同人集团。

昭和五年(1930)三十一岁

加入中村武罗夫等十三人俱乐部,同新兴艺术派新人交往。为倡导新心理主义,横光利一写作《机械》(《改造》,九月),川端写作《针和玻璃和雾》(《文学时代》,十一月)《水晶幻想》(《改造》,翌年一月)。

昭和六年(1931)三十二岁

九月,"九一八"事变。说服奉舞蹈家梅园龙子脱离浅草喜剧团,劝其学习西洋舞蹈音乐及英语等。十二月,同秀子订婚。

昭和七年(1932)三十三岁

三月,千代(婚后为樱井初代)拜访川端家。创作《致父母的信》《抒情歌》《化妆和口哨》等。

昭和八年(1933)三十四岁

二月,《伊豆的舞女》首次拍制电影(田中绢代主演)。无产阶级作家小林多喜二遭虐杀。写作《禽兽》《临终的眼》等。

昭和九年(1934)三十五岁

六月,初访越后汤泽,十二月再访。《雪国》执笔。

昭和十年(1935)三十六岁

以《暮景中的镜子》为起始,《雪国》各章连载于各个报纸杂志。一月,担任芥川文学奖铨衡委员。同被遗漏的太宰治往来交信。十二月,听林房雄劝,迁居镰仓。

昭和十一年(1936)三十七岁

向《文学界》推荐北条民雄《生命的初夜》,震动文坛。夏,赴轻井泽,开始关注信州。

昭和十二年(1937)三十八岁

七月,《雪国》(创元社,六月)荣获文艺恳话会奖。战争开始,写作《牧歌》,以信州为舞台,描写战争时代社会百相。九月,购买轻井泽别墅。

昭和十三年(1938)三十九岁

《川端康成选集》(九卷,改造社)。观看本因坊秀哉退隐比赛,于《东京日日新闻》连载观战纪实。后来,据此创作《名人》。

昭和十五年(1940)四十一岁

《爱的人们》(副题《母亲的初恋》)《逝去的人》《年暮》等九篇,相继发表于《妇人公论》。

昭和十八年(1943)四十四岁

三月,领养表兄黑田秀孝三女麻纱子为养女。创作《故园》,发表于《文艺》六月至翌年一月。四月,为梅园龙子做媒,并出席婚礼。

昭和十九年(1944)四十五岁

战争激烈时期,亲近《源氏物语》和中世文学等等典籍。

昭和二十年(1945)四十六岁

四月,作为海军报道班成员,采访鹿儿岛鹿屋海军航空队特攻基地,停驻月余。五月,同久米正雄、小林秀雄等开办租书屋"镰仓文库"。八月,日本投降,二战结束。镰仓文库改为大同造纸工厂旗下的大同出版社。

昭和二十一年(1946)四十七岁

一月,接待三岛由纪夫来访。推荐《香烟》发表于《人间》杂志六月号。十月,转居于镰仓长谷二六四番地,终生居于此地。

昭和二十三年(1948)四十九岁

五月,《川端康成全集》(十六卷本),新潮社出版。六月,任日本笔会第四届会长。十二月,完结版《雪国》,创元社出版。

昭和二十四年(1949)五十岁

《千羽鹤》《山音》等相继问世。这年,镰仓文库倒闭。

昭和二十五年(1950)五十一岁

二月,《天授之子》发表于《文学界》,十二月,《舞姬》连载于《朝日新闻》。

昭和二十六年(1951)五十二岁

八月,《名人》连载于《新潮》杂志。

昭和二十八年(1953)五十四岁

四月,《波千鸟》连载于《小说新潮》。十一月,当选为艺术院会员。

昭和二十九年(1954)五十五岁

一月至十二月,《湖》连载于《新潮》;五月,《东京人》连载于《北海道新闻》等。

昭和三十一年(1956)五十七岁

英译《雪国》在美国出版。三月,《身为女人》连载于《朝日新闻》。

昭和三十二年(1957)五十八年

三月,与松冈洋子一起赴欧,出席国际笔会执行委员会会议。九月,主持召开第二十九届国际笔会东京大会。事前为筹措资金四方奔波。

昭和三十三年(1958)五十九岁

二月,当选为国际笔会副会长。十一月至翌年四月,因胆结石住院。

昭和三十五年(1960)六十一岁

《睡美人》,一月至翌年十一月,连载于《新潮》杂志。

昭和三十六年(1961)六十二岁

《美丽与哀愁》,一月至后年十月,连载于《妇人公论》。《古都》,十月至翌年一月,连载于《朝日新闻》。十一月,荣获文化勋章。

昭和三十七年(1962)六十三岁

二月,因停服睡眠药出现异常而住院。六月,《古都》由新潮社出版。十月,当选为保卫世界和平七人委员会委员。

昭和三十八年(1963)六十四岁

四月,财团法人日本近代文学馆成立,任监事。《一只胳膊》,八月至翌年一月,连载于《新潮》。

昭和三十九年(1964)六十五岁

《蒲公英》,六月至昭和四十三年十月,连载于《新潮》。

昭和四十年(1965)六十六岁

四月起一年间,NHK播送连续电视剧《玉响》。十月,辞去日本笔会会长职务,由芹泽光治良接任。

昭和四十三年(1968)六十九岁

七月,担任今东光参议院议员选举委员会事务局长。十月,作为日本人,首次荣获诺贝尔文学奖。十二月应邀前往斯德哥尔摩出席授奖式。会上发表演讲《我在美丽的日本——序说》。

昭和四十五年(1970)七十一岁

十一月二十五日,三岛由纪夫剖腹自杀时曾赶到现场。

昭和四十六年(1971)七十二岁

一月,担任三岛葬仪委员会委员长。

昭和四十七年(1972)七十三岁

三月,因阑尾炎而住院。四月十六日,于逗子马丽娜公寓含煤气管自杀。十月,财团法人川端康成纪念会成立。

昭和五十六年(1981)

为纪念川端康成逝世十周年,新潮社出版新版《川端康成全集》(三十五卷,增补两卷,凡三十七卷)。

(二〇二〇年夏据羽鸟彻哉所编年谱并参阅其他诸家作成)

花的圆舞曲

ハナノワルツ